サシバのさっちゃん親子の
琉球ワタイ旅

はじめに

私が住んでいる市貝町は、関東地方の栃木県にある人口一万二千人ほどの小さな町です。首都東京までの距離は百キロ余りです。沖縄本島から見ると北東に千六百キロのところにあります。市貝町は、関東平野が東北地方への進入を拒むかのように横たわる山溝山地に溶け込む境界に位置し、美しい里地里山の風景の中にあります。町の北部の小高い丘には、本州最大級といわれるしばざくら公園が広がり、その稜線上に、わが国唯一といわれる武者絵資料館があります。南部には、国指定重要文化財の入野家住宅が堂々と配置され、欧州の世界遺産に匹敵すると評価される多田羅沼に続く伊許山《いこやま》があります。伊許山はその名の通り日光開山 勝道勝人《にっこうかいざんしょうどうしょうにん》の伯父にあたる伊許速別命《いこはやわけのみこと》が頂に眠る山です。歴史の重みのある南部中央には、花王株式会社の近代的な白亜の研究所が林立しています。町の中央には観音山梅の里があり、日本国内から珍しいといわれるほど、原型を保った山城跡があります。その中心には千手観音様が安置されています。その山すそ近くには、日本一長いと言われる谷津田《やつた》が続き、サシバの格好のエサ場となっています。サシバは渡りをするため、筋肉をそぎ落としてあり、空中戦で獲物を捕ることができません。谷津田には、里山までの間になだらかな傾斜地があり、ここを移動する小動物を容易に捕獲することができます。このため、オオタカ保護基金によると、市貝町とその周辺には百平方キロあたり一三八つがいのサシバが繁殖する、日本一の営巣地域となっているということです。

サシバは、カエルやヘビなどの両生類と爬虫類を捕食する大型の肉食性鳥類にあたり、タカ科の鳥ですが、同じ仲間のトビ、ノスリ、クマタカ、イヌワシと異なり、数千キロに及ぶ長距離の渡りをします。なぜサシバは渡りをするのかについて、樋口広芳先生は、春から夏にかけて越冬地に残っているよりも、多くの食物を確保することが可能であり、確実に子育てができるからだとおっしゃっています。サシバは、子育てをするために、遠い赤道直下の国々や台湾、オキナワから危険を冒しながら二千キロ余りの長い旅をして、市貝町にやってくるのです。

近年、人工衛星を使った渡り鳥の進路調査によって、サシバがどのような経路で目的地に渡るのか次第に明らかになってきています。愛知県の伊良湖岬、鹿児島県の佐多岬、そして沖縄県の伊良部島がサシバの休憩地として有名です。このうち伊良湖岬には「鷹ひとつ　みつけてうれし　いら虞《こ》崎」との芭蕉の句碑があり、また、宮古島に向かう途中、必ず首里城の上空を渦を巻いて若鳥たちに旅の目印を覚えさせるということで、その舞う姿を「アンデー鷹、アンデー鷹」と歌う童謡があります。サシバは本州で繁殖のパートナーを見つけ、二、三羽ほどの子宝に恵まれ家族を形成しますが、秋に何百、何千という群れをつくって南の暖かい島々に渡っていく場合でも、家族の単位は崩さないで飛んで行くと言われています。さらに、フィリピン、マレーシアなどの越冬地でも二羽の両親と子どもたちで生活するということが知られています。しかし、三月中旬ごろから繁殖地を目指して渡りを始めると、四国、紀伊山地辺りで親子は離ればなれとなって行き、到達地の本州の各地では再び新しい家族がつくられて行きます。

市貝町の村上《むらかみ》、駒込《こまごめ》、田野辺《たのべ》、刈生田《かりうだ》、羽仏《はぶつ》、塩田《しおだ》、続谷《つづきや》、大谷津《おおやつ》には、地名の通り湧き水となだらかな傾斜を持つ美しい谷津田が幾筋も形成され、サシバが何つがいも家族をつくっています。ピックィー、ピックィーと子育てをするかわいいサシバの親子を母鳥の「さっちゃん」、子鳥の「いっちゃん」(雄)、「かいちゃん」(雌)と名付け、ゆるキャラのぬいぐるみを作って、町内のイベントを盛り上げてもらっています。

今回の旅は、さっちゃんがいっちゃんとかいちゃんを連れて渡る初めての旅です。九州の南端の佐多岬の岩頭からエイッと勇気を出して、紺碧の空とエメラルドグリーンの海が広がる琉球弧のおとぎの世界に旅立ちます。沖縄の島々に残るサシバにまつわる伝説や史実、沖縄本島の歴史と現在についてさっちゃんから教えられ、いっちゃんとかいちゃんが成長してゆく姿を描きました。単なるサシバの紀行文に終わることがないよう、現在の私達が共有する価値観や歴史的事実を踏まえ、過去を捉え直すことにも意を注いだつもりです。子どもから大人まで楽しく読んでいただけたら幸いです。

目次

第一章

世界の窓・宮古へ集結

1　琉球弧《りゅうきゅうこ》、海《うみ》の道《みち》を渡《わた》る

（1）日本列島を南に下る

サシバのさっちゃんは、いっちゃんとかいちゃんの三羽暮らしです。サシバは、タカの仲間ですが、子育てをするために豊かなエサ場を求めて移動する渡り鳥です。現在絶滅が心配される野鳥として世界的に保護されていますが、沖縄から二千キロ離れた栃木県《とちぎけん》の市貝町《いちかいまち》は、十平方キロメートルあたり十三つがいのサシバが繁殖《はんしょく》する世界的な営巣地帯《えいそうちたい》となっています。市貝町は関東平野と栃木、茨城《いばらぎ》、福島県《ふくしまけん》の間を連《つら》なる八溝山地《やみぞさんち》との境界《きょうかい》に位置《いち》し、ちょうど広げた手の平の指と指の間にあたるなだらかな谷の窪地《くぼち》に、ゆるい傾斜《けいしゃ》のついた田畑がいく条《すじ》も山地に向かって入り込んでいます。こういう田を谷津田《やつだ》と呼んでいますが、農家によってきれいに刈り取られた畦道《あぜみち》が芸術的に曲がりくねった水田を囲み、美しく温《あたた》かみのある里地《さとち》里山《さとやま》の景観《けいかん》を醸《かも》し出しています。晩秋《ばんしゅう》にくすぶった籾殻《もみがら》の山から一本の煙が上がる姿などは、まさに絶品の田舎《いなか》の風景と言えます。この谷津田《やつだ》の中には複雑な土手《どて》や小川が走り、カエルやヘビの寝床《ねどこ》がたくさん造られています。

サシバは、カラスぐらいの大きさですが、春と秋に日本列島から沖縄を通ってインドネシアまで数千キロも渡るために、筋肉《きんにく》が削《けず》り落としてあり、羽をたたむときゅっとスマートな鳥に変身します。トンビと比べ小型ですが、ノスリとの区別が難しいです。サシバの一番のチャームポイントはコゲ茶色のネクタイをばっちり決めているところです。タカの仲間たちはこの格好《かっこう》の良いネクタイをうらやんでいます。鳴き声はピックィーですが、沖縄でのピックィーは優しい赤ちゃんの声に聞こえましたが、子育て中でヘビやカエルをたくさん食べたサシバのピックィーは鋭《するど》い声に聞こえます。ただし、鳴き声で大事な子どもの居場所《いばしょ》が分《わ》かってしまわないように、子育て中はピックィーと滅多《めった》に鳴かないようです。

サシバのいっちゃんとかいちゃんは、東京《とうきょう》から百キロほど北に上がった日光《にっこう》や那須《なす》の手前にある人口一万人余りの小さな町、市貝町《いちかいまち》の村上観音山《むらかみかんのんやま》で生まれました。観音山はその名の通《とお》り、千眼千手観音様《せんげんせんじゅかんのん》が山城《やましろ》の中腹《ちゅうふく》におわしまし、いっちゃんとかいちゃんが育つのをじっと見守ってくれていました。お父さんは春先に、農薬をヘリコプターでまく空中散布《くうちゅうさんぷ》をもろにかぶり、間もなく亡くなりました。いっちゃんもかいちゃんも父親の顔はよく覚えていません。

五月に田植《たう》えが終わり、八月ごろ稲の小さな白い花がわずか数時間だけ開くと、いよいよ黄色くなり、黄金色に輝き出すと、お母さんのさっちゃんによる飛行訓練《ひこうくんれん》は厳《きび》しさを増《ま》して行きます。上手《じょうず》に羽をバタバタしないで、空気をすべって行けるようになると、さっちゃんから、ご褒美《ほうび》にトウキョウダルマガエルをもらえたのですが、九月を過ぎるころには巣の中にも入れてくれなくなりました。親鳥のさっちゃんは、子どもたちにこれから気の遠くなるような長い道のりを、自分の力で飛んで行かねばならないことを自覚《じかく》させようとしたのでした。幼鳥《ようちょう》のいっちゃんもかいちゃんも母鳥の思いが分かったのか、夜になってもお堂《どう》の上の大きな杉の木のてっぺんにあるなつかしい巣には帰らなくなり、これまた大きな銀杏《いちょう》の木のてっぺんで過ごすようになって行きました。

風が涼《すず》しくなり、空高く赤トンボがたくさん舞う九月中旬頃になると、頭を垂れて黄金色《こがねいろ》に輝く稲穂《いなほ》はあっという間に刈り取られ、観音山《かんのんやま》周辺には切り株から上がる芳《こおば》しい香《かお》りが漂《ただよ》い始めます。母鳥のさっちゃんは、羽をバタバタと何度も繰《く》り返《かえ》すと、幼鳥《ようちょう》のいっちゃんとかいちゃんもまねをしてバタバタと羽ばたきして羽の具合《ぐあい》を確認《かくにん》しました。いっちゃんとかいちゃんは、母鳥に言葉で教えられなくとも、これから空の大冒険《だいぼうけん》が始まることを本能《ほんのう》的に理解できていたのでした。ある朝早く、さっちゃんは観音堂《かんのんどう》の上の一番高い杉《すぎ》の木のてっぺんに、首を伸ばしてちょこんと立っていました。雲一つない空の上はトンボがサッと流れ出し、風が吹いているのが分かりました。自分たちではなく、上をじっと見ていたさっちゃんをかいちゃんといっちゃんが、ドキドキしながら見つめていました。すると突然《とつぜん》さっちゃんが木を離れると、いっちゃんもかいちゃんもあわてて飛び上がり、さっちゃんと同じように上に上に向かって上がりました。伊許山《いこやま》という古い大きなお墓《はか》が頂上《ちょうじょう》にある小高《こだか》い山の上にさしかかると、さっちゃん親子ばかりではなく、五羽、三羽とどんどんサシバが集まり出し、まるで小さい竜巻《たつまき》のようにくるくる、くるくる回りながら、だんだん高く高く上っていくのが分かりました。遠出《とうで》

サシバのエサが豊富にある里山　撮影・江川晴

をして母鳥にしかられた時に見た花王株式会社《かおうかぶしきかいしゃ》の栃木工場《とちぎこうじょう》の白亜《はくあ》に輝《かがや》く棟《むね》がどんどん小さくなって行きました。サシバたちは黒い柱となってどこまでもどこまでも上がって行きました。

「お母さん、太陽に近づいて来て、このまま行くとぶつかってしまうよ」と母鳥に尋《たず》ねましたが、さっちゃんはまだみんなと一緒に上に上に登って行くのでした。もう太平洋がまあるく全部見えるくらい高く登《のぼ》ったころでした。先頭《せんとう》にオスの大きなサシバがさっと着いたかと思うと、一斉に南を向いて水平《すいへい》に飛び始まりました。高い空には風が吹いていました。飛ぶのは簡単《かんたん》でした。バタバタしなくとも、羽の先を上手に動かすだけでスゥーッとまるで空のスケートのように進むことができました。

サシバは群《む》れを成《な》して上昇気流《じょうしょうきりゅう》に乗って百メートル、千メートルと上がって行きますが、その上がって行く姿は地上から柱のように見えるのでタカ柱《ばしら》と呼ぶことがあります。サシバの飛行速度は時速四十キロメートルで一日当たり十二時間、これを距離《きょり》に換算《かんさん》して一日四百五十キロメートルも飛ぶと言われています。

いっちゃんとかいちゃんはさっちゃんの後を風に乗ってすいすい飛ぶうちに、関東平野《かんとうへいや》にぽつんとそびえる二つのコブのある山、筑波山目指《つくばさんめざ》して飛んでいることが分かりました。筑波山を過ぎて大きく右に旋回するころには、仲間の数が数百羽に膨《ふく》れ上がっていることに気づきま

里山の遠景　撮影・江川靖

した。日本一高《にほんいちたか》いといわれる富士山《ふじさん》がどんどん大きく迫《せま》って来て、その大きな懐《ふところ》からいくら飛んでも出られないのには驚《おどろ》きました。美しい姿《すがた》の富士山を後ろに見るころには、いっちゃんやかいちゃんなどの幼鳥《ようちょう》が群《む》れの中心にあり、成鳥《せいちょう》たちに守られていることに初めて気がつくのでした。いっちゃんもかいちゃんも美しい富士山《ふじさん》を生まれて初めて見ることができ興奮《こうふん》で一杯でしたが、紺碧《こんぺき》の海《うみ》と西の空に傾《かたむ》くだいだい色にくすんだ大きな太陽の玉が目の前に浮かぶようになると、緊張《きんちょう》が解《と》けてどっと疲《つか》れが出てきました。母鳥のさっちゃんは困った目をしながら、子鳥の先頭に出て羽を振って頑張《がんば》れ！頑張《がんば》れ！と合図《あいず》して見せました。いっちゃんとかいちゃんがだんだん眠《ねむ》くなってきた頃、数百羽のサシバが羽の先を微妙《びみょう》に動かし一斉《いっせい》に高度《こうど》を下《さ》げ始《はじ》めたのです。いっちゃんとかいちゃんも慌《あわ》てて落《お》ちるように下《さ》がって行くと、夕日に映《は》える白亜《はくあ》の灯台《とうだい》が目に入ってきました。

サシバの旅を追うために、送信器《そうしんき》を首などに付《つ》け、そこから発信《はっしん》される電波《でんぱ》を人工衛星《じんこうえいせい》でとらえる方法が使われています。筆者も市貝町の芝ザクラ公園へ向かう町道で背中にアンテナのような突起が出ているサシバを見かけたことがあります。渡り鳥の衛星追跡《えいせいついせき》を行っている先生方のお話しでは、愛知県《あいちけん》の渥美半島《あつみはんとう》の突端《とったん》にある伊良湖岬《いらこみさき》、鹿児島の大隅半島《おおすみはんとう》の南端《なんたん》にある佐多岬《さたみさき》、それから沖縄県の伊良部島《いらぶじま》が代表的な休憩地《きゅうけいち》だそうです。追跡調査《ついせきちょうさ》で明らかになったことは、サシバが何丁目何番地《なんちょうめなんばんち》までぴたっと同じ所を往復《おうふく》しているということです。しかも、渡《わた》り開始日《かいしび》と繁殖地《はんしょくち》への到着日《とうちゃくび》も一日、二日しか違《ちが》わないということです。飛行機《ひこうき》ではあるまいし、どうしてこんなに正確《せいかく》に飛べるのか不思議《ふしぎ》に思いますが、長く渡り鳥たちの追跡《ついせき》をしておられる樋口《ひぐち》先生のお話しでは、一つには、昼間渡る場合には、太陽の位置を体内時計《たいないどけい》で補正《ほせい》しながら飛んでいるようです。サシバは夜も飛んでいることが次第《しだい》に分かってきているのですが、夜には星座《せいざ》を利用しているらしいのです。生まれて数《すう》か月後《げつご》には、どの星がどの位置に定《さだ》まってあるのか、学習《がくしゅう》してしまっているのでしょうか。この他、地球上のどこにでも存在する磁場《じば》によって方角《ほうがく》を定めているらしいとか、どの方向にどれくらいの時間飛んで、また、別の方向に同様《どうよう》に決まった時間飛べば目的地《もくてきち》に到達できるという時間と距離《きょり》の地図を本能《ほんのう》的《てき》に持っているのではないかとも言われています。とにかくサシバの能力は素晴らしいとしか表現の仕様《しよう》がありません。

サシバのさっちゃんと子鳥《ことり》たちは、いよいよ日本列島《にほんれっとう》の最南端《さいなんたん》の佐多岬《さたみさき》に到達《とうたつ》しました。岬の断《だん》がいから潮騒《しおさい》の中に臨《のぞ》む小島《こじま》には、日本で最も古い灯台《とうだい》の明かりが夜になるとくるくる回っています。夜が明けるといぶし銀《ぎん》に輝く黒潮《くろしお》の大海原《おおうなばら》が眼下《がんか》に広がり、そのはるか南には屋久島《やくしま》などの島々が連なり、かつて遣唐使《けんとうし》や、フランシスコ＝ザビエル、そして現代では対馬《つしま》丸《まる》、戦艦大和《せんかんやまと》などが往来《おうらい》した海上《かいじょう》の道《みち》が幻《まぼろし》のように浮《う》かび上《あ》がってきました。雲海《うんかい》の向こうには、富士山のような美しい開聞岳《かいもんだけ》がぽっかりと宙《ちゅう》に浮《う》いてるのが見えました。さっちゃん達親鳥は、眩《まばゆ》い朝日を受けてキラキラと光る紺碧《こんぺき》の海《うみ》ではなく、青く高い秋の空をじっと眺《なが》めています。何やら風の動きを探《さぐ》っているようです。誰かが羽をバタバタ始めました。いよいよ日本列島とさよならして、いっちゃんとかいちゃんにとっては異国の地に飛び立つ時がやって来ました。そーら、みんな次々に飛び上がり始めました。さっちゃん親子もエイッと飛び上がりました。

山口典之《やまぐちのりゆき》先生と樋口広芳《ひぐちひろよし》先生はサシバがどのように渡りの道を選んで行くのかについて詳細《しょうさい》な調査《ちょうさ》をしており、九州沖《きゅうしゅうおき》から始《はじ》まる東シナ海の上空《じょうくう》では、秋になると上昇気流《じょうしょうきりゅう》が発生《はっせい》し、サシバはその風に乗って旋回《せんかい》しつつ高く舞い上がるということが分かりました。これをタカ柱《ばしら》というのですが、時には千メートルまで上がることがあるということです。さらに、その頃時を合わせて北東風が吹き出し、追い風になって、今度は高度を下げながらハバタキせず飛行機のように滑走飛行《かっそうひこう》し次《つぎ》の目的地《もくてきち》に向かうということです。これならエネルギーを消耗《しょうもう》しません。

（2）サンゴ礁の大海原を飛ぶ

いっちゃんもかいちゃんも母鳥《ははどり》のさっちゃんに遅《おく》れまいと、懸命《けんめい》に羽ばたきしながら上へ上へと登《のぼ》って行きました。少ししか羽ばたいていないはずなのに、どんどん下から湧《わ》いてきてどんどん上がって行きます。煙《けむり》を上げる桜島《さくらじま》もみるみる小さくなって行きます。九百メートルほど昇ったでしょうか、すると、突然数百羽に及ぶサシバの大群は、一斉に南東に向いて滑り出したではありませんか。いっちゃんとかいちゃんは何だか分かりません。さっちゃんに付いて行くのが精一杯《せいいっぱい》です。しかし、楽《らく》ちんでした。スベリ台のように高い所からゆっくりゆっくりと降りて行くだけでした。前方に見える大きな山は屋久島《やくしま》です。

　屋久島は海中のアルプスと言われ、周囲百キロメートル余りの小さな島に似合わず、九州県内一の高さを誇る、標高《ひょうこう》一、九三五メートルの宮之浦岳《みやのうらだけ》など一千メートル級の山々が三十以上も集まってできた島です。サシバの大群《たいぐん》は、ここで山を駆《か》け上がるようにさらに上昇気流《じょうしょうきりゅう》を羽《はね》の下に得《え》て、ぐーんと高度を上げ沖縄本島めがけて弾《はず》みをつけるのでした。眼下《がんか》に点在《てんざい》する島々の白い砂浜の周辺《しゅうへん》は、太陽が上がってくるにつれてエメラルドグリーンに輝き出し、まるで宝石のように見えます。優しく明るく水色に海が染《そ》まるのは、サンゴ礁《しょう》が遠浅《あさせ》の海に広がるからです。

　サンゴ礁は、石灰質《せっかいしつ》の骨格《こっかく》を造るサンゴという動物の遺骸《いがい》が浅い海の底に堆積《たいせき》してできます。サンゴが生きてゆくためには太陽の光が必要なので、海水は光を底《そこ》まで通すほど透明《とうめい》でなければなりません。しかもサンゴが生育《せいいく》できる海水温度《かいすいおんど》は十六度から三十五度くらいの高温《こうおん》であることや、海水の塩分濃度《えんぶんのうど》や波《なみ》による海水の入れ替わりなど、いくつかの環境条件《かんきょうじょうけん》を同時《どうじ》にみたす必要があることから、奄美諸島《あまみしょとう》以南でしか日本では大規模《だいきぼ》なサンゴ礁《しょう》を見ることができません。

サシバのさっちゃん親子は、佐多岬《さたみさき》を飛び立って以来ギザギザのしま模様《もよう》の黒潮ばかりを眼下に見ながら落ちないように精一杯飛んできましたが、今度は明るく優《やさ》しいエメラルドグリーンの海に包《つつ》まれるようになるとすっかり心が安らぎ、再びぐっと眠気を感じて来ました。いっちゃんとかいちゃんは母鳥のさっちゃんの前に躍《おど》り出て、羽をバタバタしながら「休もう休もう」と合図《あいず》を送りました。しかし、さっちゃんは、群《む》れに遅《おく》れたら冬《ふゆ》を越《こ》す南の国まで行くことができなくなってしまうので、振《ふ》り返《かえ》りもせずひたすら羽を広げて飛び続けました。ところが、いっちゃんとかいちゃんの高度が次第に下がって行くのです。さっちゃんは焦《あせ》りながら空気の上を滑《すべ》っていましたが、ついに断念《だんねん》し、子鳥《ことり》たちと奄美大島《あまみおおしま》の北東二十キロあたりにある喜界島《きかいじま》という周囲《しゅうい》五十キロほどのサンゴ礁の美しい小さな島に降り立ちました。島一面にサトウキビ畑が広がり、一本の高いソテツの木を見つけて休みました。おやつはサトウキビ畑に群《むら》がるバッタです。

喜界島《きかいじま》には、平安時代《へんあんじだい》に時の権力者《けんりゃくしゃ》である平家打倒《へいけだとう》を企《くわだ》て失敗《しっぱい》し、島流《しまなが》しの刑《けい》に服《ふく》した俊《しゅん》寛《かん》という後白河法皇《ごしらかわほうおう》の側近《そっきん》にまつわる悲《かな》しい伝説《でんせつ》が残っています。俊寛《しゅんかん》は最期《さいご》まで罪《つみ》を許《ゆる》されず、この地で終わるのですが、毎年サシバが秋になると大群《たいぐん》で京都《きょうと》のある方角から渡ってくるのを見て、家族や友人のことを想い出したに違いありません。サシバを見て「わが思う人は在りやなしや」と、問われたかも知れません。

さあ、さっちゃん親子は、関東平野《かんとうへいや》の筑波山《つくばやま》から一緒に飛んで来た仲間たちから大きく遅《おく》れてしまいました。確かに、喜界島《きかいじま》や奄美大島《あまみおおしま》には若鳥を中心にたくさんのサシバが羽を休めていましたが、福島《ふくしま》から合流した福ちゃんなど親しい友人はもういませんでした。さっちゃんたちは、ただ飛び立つサシバの群《む》れの中に入って付いて行くしかありませんでした。若鳥たちは体力が余りなかったので四、五十キロ置きに休憩《きゅうけい》をとりました。徳之島《とくのしま》、沖永良部島《おきのえらぶじま》、与論《よろん》島、沖縄本島、慶良間《けらま》、久米島《くめじま》を島づたいに渡《わた》って、やっとたどり着いたのが宮古《みやこ》島の伊良部《いらぶ》島でした。チョウチョが羽を広げて休んでいる形をした宮古島には、次々と数万羽のサシバが集まってきます。渡りのピークは甘露《かんろ》にあたる十月十日前後二週間で、多いときには八万羽を超《こ》えることがあると言われています。さっちゃん親子はここなら仲間たちと会えると思い、リュウキュウマツの上でじっと待ちました。一本の木にはすでに先客《せんきゃく》がおり、数家族が止まって休んでいました。興味深《きょうみ》いことに、幼鳥は木の上の方で休み、親鳥の成鳥は木の下の方に止まり、まるで地をはう猛獣《もうじゅう》から子鳥を守るかのような形で休んでいます。他のモクマオウや桑、フクギに休んでいる何百羽というサシバも同じように成鳥は幼鳥を上に上げて止まっているのが分かりました。サシバはこうやって数千年の間、自分たちの子孫《しそん》を守ってきたのだなと思うと、いっちゃんとかいちゃんも心強くなり何だかうれしくなってくるのでした。

沖縄は、九州以北の者には沖縄県の略《りゃく》として使われていますが、もう一つの呼称《こしょう》として琉《りゅう》球《きゅう》ということばもよく耳にします。地質学者の木崎甲子郎《きざきこうしろう》先生のお話しでは、沖縄とはもともと島の名前であったということです。その証拠《しょうこ》に宮古島の住民には、ここはオキナワではないという意識が強く、オキナワに行くという言いまわしをするというのです。これに対し、リュウキュウについては、琉球の文字のほかに、流虬《りゅうきゅう》、流求《りゅうきゅう》、あるいは瑠求《りゅうきゅう》など様々な文字が中国の文献《ぶんけん》に出ていますが、このうち琉球という表記は十四世紀ごろから多く使われるようになります。一時沖縄を大琉球《だいりゅうきゅう》、台湾《たいわん》を小琉球《しょうりゅうきゅう》と中国側から呼《よ》ばれますが、この大、小の形容は、国土の広さではなく、中国との関係の深さに関係しているのではないかと、建築学者である福《ふく》島駿介《しましゅんすけ》先生は述《の》べています。したがって、琉球とは、中国とも違い、日本とも異《こと》なる独自《どくじ》の文化圏《ぶんかけん》をつくっていたのではないか、これを「琉球文化圏《りゅうきゅうぶんかけん》」ととらえる学者は多いのです。この文化圏はまさに中山王尚氏《ちゅうざんおうしょうし》が統一した、現在の鹿児島県の奄美大島から八重山諸島《しょとう》まで連《つら》なる広い地域ということができます。

さらに、琉球弧《りゅうきゅうこ》ということばがありますが、これは九州から台湾にかけて琉球諸島の西側を走る沖縄トラフと、同様に琉球諸島の東側に弧状《こじょう》に形づくられた琉球海溝《かいこう》の一体を指《さ》す地理《ちり》的《てき》な呼称《こしょう》です。生物学者の池原貞雄《いけはらさだお》先生のお話しでは琉球弧は一五〇万年ほど前、その名の通り一続きの細長い陸地でしたが、五十万年前になると多くの部分が水没《すいぼつ》し、その浅海《せんかい》にサンゴ礁《しょう》が発達《はったつ》しました。これがのちに琉球石灰石を形成することとなるのですが、沖縄本島南部に多く見られることから、二百メートルも隆起《りゅうき》したことが分かりました。反対に慶良間《けらま》では海面《かいめん》下で八十メートルのところにあることから沈降《ちんこう》したことが分かります。このように琉球弧は浮《ふ》沈《ちん》を繰《く》り返《かえ》しながら、現在の形に至《いた》っています。

2 ルーツの島、宮古島で遊ぶ

（1）先祖を祭る

沖縄県を沖縄とした場合、宮古群島は八つの島からなり、宮古島から北東に三百キロに位置する沖縄本島を中心とした群島《ぐんとう》と八重山を中心とした群島の二つの群島とは区別された第三の地域を形づくっており、地形的に見ると、宮古の島々は、人工的に敷《し》きならされたような平坦《へいたん》な形をしています。サシバは、大隅半島《おおすみはんとう》の佐多岬《さたみさき》を出発して奄美《あまみ》、沖縄と「道の島」を渡って越冬地《えっとうち》であるフィリピン群島へ至るコースの通過点《つうかてん》として、沖縄本島から三百キロの絶海《ぜっかい》の孤島《ことう》というべき宮古島で翼をゆっくり休めます。

親鳥のさっちゃんは、いっちゃんとかいちゃんに自分たちの先祖《せんぞ》がみんな休んだ安全安心な島だと言いました。いっちゃんは「なぜこんなにたくさんぼくたちの仲間がこの島で休憩《きゅうけい》するの」と聞きました。さっちゃんは、自分たちの先祖が島渡りをしているときに宮古島《みやこじま》の上空で羽を痛めてしまい、マユモヌーランパナタ（宮古島市平良荷川取《みやこじまひららにかどり》）という入江に降り立ち、そのまま死んでしまったのですが、サシバの仲間は毎年秋の甘露《かんろ》（十月十日前後）頃ここに来て霊《れい》を慰《なぐさ》めるのだと教えました。社会学者の河村只雄《かわむらただお》先生のお話しでは、水納島《みんなじま》には実際に百合《ゆり》若伝説《わかでんせつ》にちなんだ鷹《たか》の墓石《ぼせき》が野辺《のべ》のアダンの森の中に立っているということです。かいちゃんは「どのようにして慰《なぐさ》めるの」と尋ねました。さっちゃんは自分たちは火や道具を使うことができないから、人間たちに人間の祖先と一緒に祭ってもらうのだと答えました。

民俗学者の谷川健一《たにかわけんいち》先生のお話しによると、旧暦《きゅうれき》十月から十二月の間、島尻集落《しまじりしゅうらく》の神女《つかさ》たちが山ごもりをして祖神祭《うやがんさい》を行うということです。彼女たちは、狩俣《かりまた》の原生林《げんせんりん》に茅葺《かやぶき》の小屋アシャギを建ててススキを敷いて、その上で寝泊まりしながら「白い所の美しい所の神よ　浜の岩々にいられる神々」などと神歌《かみうた》を盛んに歌い過ごします。彼女たちの姿は、頭にカムシュバギという藁草《わらくさ》をまとい、着物はまるで古墳《こふん》から出土する人形の埴輪《はにわ》が着用している物と瓜《うり》二つです。この格好《かっこう》で裸足《はだし》で白いサンゴの死骸《しがい》を敷き詰《つ》めた御嶽《うたき》の中を歌いながら歩き回るということです。山籠《やまご》もりを終えると、御嶽《うたき》の断崖《だんがん》の石垣《いしがき》の上に立ち神への祈りを唱《とな》えます。同じく民俗学者である柳田国男《やなぎだくにお》先生も伊良部島東南端《いらぶじまとうなんたん》にある乗瀬御嶽《ヌーシウタキ》で、同じような祭りを目撃しています。不思議なことに、祭神《さいじん》が下りると雨が降り、上がると西風が吹き始め晴天が続くということです。柳田先生は、一年に一度の祭日を境《さかい》に決まった方位の風が吹くという体験は、日本中この島限りの経験だと驚いておられます。日本の大昔の神様に感謝する祭りは、みなこのようだったのかも知れません。この意味で絶海《ぜっかい》に閉ざされた沖縄は、谷川先生が言うように、日本中で最も日本的な原型《げんけい》を保っているのかも知れません。ところが、この仏教《ぶっきょう》とも儒教《じゅきょう》ともつながらない清らかな祖霊神信仰文化《それいしんしんこう》が、現代の私たちの世になって危機にひんしているのです。

さっちゃんは子どもたちに、一昔前までは私たちの仲間が空が真っ黒になるほど、サシバ飛来の伝説通りたくさんやってきて、食べ物のほとんどを巻き上げる人頭税《にんとうぜい》という過酷《かこく》な税金《ぜいきん》の取り立てにより苦しい生活を強いられていた宮古の民に、一年のほんのわずかな間、自らの体を捧《ささ》げて鷹《たか》の墓守《はかも》りの感謝《かんしゃ》を表していた時があったと言いました。しかし、いっちゃんとかいちゃんは、少なくなったサシバの仲間を見ると、そんな時があったなどということは信じられませんでした。さっちゃんは、伊良部島の「いらぶの自然」という本を取り出して、サシバの飛来がピークに達する頃には、サシバが多過ぎて休む木がなくイモ畑に舞い降りたり、人間がイモヅルや葉っぱを頭に乗せるとみんな疲れていたため、そこに止まって簡単につかまったと教えてくれました。かいちゃんが「どうしてこんなに減ったの」と聞くと、さっちゃんは、残念そうに言いました。宮古島《みやこじま》では目ぼしい海岸線のほとんどが土地開発業者に買い占められてしまったこと、宮古群島《ぐんとう》の森林面積《しんりんめんせき》が本土復帰《ほんどふっき》後半分以上に減ってしまったことなどが理由だと答えました。いっちゃんは悲しくなって涙が流れましたが、それを見られたくないのでぱっと飛び立ちました。いつになっても帰って来ないので、さっちゃんとかいちゃんが探しに行くと、昔の役所跡に立つ石の塔《とう》の上にいるところを見つけました。さっちゃんは、その光景を見ると驚いて、すぐ降りるように注意しました。その石こそサシバと深いつながりのある人頭税石《にんとうぜいいし》だったのです。さっちゃんは、伊良部島に帰ると、人頭税《にんとうぜい》の話しを子どもたちに語り始めました。

(2) 人頭税でともに苦しむ

人頭税《にんとうぜい》がどれほど宮古の人々を苦しめたかは谷川健一《たにかわけんいち》先生の『沖縄』が詳《くわ》しいです。谷川先生は、一九〇三（明治《めいじ》三十六）年に廃止《はいし》される以前に、実際にこの税のために貧困《ひんこん》のどん底を体験《たいけん》した住民をわざわざ出かけて行って探しだし、証言《しょうげん》を記録しています。

人頭税《にんとうぜい》がいつごろからどのような事情で課税《かぜい》されたのか、歴史学者の金城正篤《きんじょうせいとく》先生は正確には明らかではないと言っておられますが、薩摩侵攻《さつましんこう》と深くかかわっていることは確かです。

一六〇九（慶長《けいちょう》十四）年三月二十五日に薩摩藩が樺山久高《かばやまひさたか》を主将に三千の将兵《しょうへい》を乗せた八十余りの艦船《かんせん》で沖縄北部の運天港《うんてんこう》に進入し、今帰仁城《なきじんじょう》を攻略《こうりゃく》、早くも四月五日には琉球王府《りゅうきゅうおうふ》の本拠《ほんきょ》である首里城《しゅりじょう》が陥《お》ちてしまいます。琉球を征服《せいふく》した島津《しまづ》氏は、国王尚寧《こくおうしょうねい》をはじめ首里王《おう》府《ふ》の役人を捕虜《ほりょ》として薩摩に連行《れんこう》するとともに、琉球諸島全域《しょとうぜんいき》にわたってどのくらいの生産高があるのかを調《しら》べる検地《けんち》を行いました。それによると、琉球王国の石高《こくだか》は九万四二三〇石余りとなり、籾殻《もみがら》を外《はず》して米額に換算《かんさん》すると半分《はんぶん》の四万九四七〇石余りとなりました。一石当たり百升《しょう》、千合《ごう》、キロに直すと百五十キログラムに相当《そうとう》することから、琉球王国の生産高《せいさんだか》は、一石《こく》升《しょう》ますで五百万個分あったということになります。このうち、三割にあたる一万四千石《こく》余りが薩摩藩に対する年貢米《ねんぐまい》として納めることとなりました。しかもこの残りから首里王府も年貢米を取りますから、農民の生活は大変になったわけです。一八三一（天保二）年より薩摩藩は納める年貢を米二八〇〇石に代えて砂糖としたことから、琉球王府は農民の年貢《ねんぐ》の一部を砂糖や反物《たんもの》で代納《だいのう》させることとしました。特に、宮古、八重山の先島《さきしま》と呼ばれる群島に対しては、十五歳から五十歳までの農民男女を年齢によって四つの区分に分けるとともに、村も生産の条件により四区分し、これらの区分ごとに一人当たりに税をかける人頭税を納めさせることとしました。この税がどれほど厳しかったのかについて、谷川先生が分かりやすく説明しているので、このうち宮古島の例を引かせていただくと、二十一歳から四十五歳までの働き盛りの男女には一町《ちょう》三反、すなわち一・三ヘクタールの土地が配分され、このうち粟地《あわじ》五反《たん》（五アール）、木綿花地《もめんはなじ》一反（一アール）、胡麻地《ごまじ》五畝《せ》（〇・五アール）が強制的に植え付けを命じられました。つまり人頭税で年貢を納めた残りの半分の耕地で農民は芋《いも》や麦《むぎ》、豆《まめ》を育てて生活したということになります。ところが、二十一歳から四十歳までの成人男子には、この他に一人当たり六俵《ぴょう》ないし八俵《ぴょう》の粟《あわ》の年貢の割り当てがかかり、家族をもって大変な大黒柱《だいこくばしら》の主人はわずかに残った四、五反（五アール）の土地に芋を植え付けして暮らさねばならなかったことになります。また、物を納《おさ》める貢納《こうのう》のほかに首里王府で一月に三度労務《ろうむ》に服する夫役《ぶやく》が課されました。先島《さきしま》は遠いとの理由で夫役《ぶやく》の代わりに、一度の夫役《ぶやく》につき粟一升《しょう》二合《ごう》を物納《ぶつのう》させる夫役賃というものを人頭税《にんとうぜい》の他に課しました。さらに御物税《おものぜい》というものも別にあったということです。農民は、人頭税《にんとうぜい》を少しでも減らそうと家族数を減らすために堕胎《だたい》や嬰児《えいじ》殺しが横行し、人頭税の収入が減る事態となりました。このため、首里王府《しゅりおうふ》は一六五九（万治《まんじ》二）年に、人口の増減《ぞうげん》に左右されない一定の納税額《のうぜいがく》を農民にかけました。農民たちの生活はますます貧困《ひんこん》の度を加えるばかりでしたが、人頭税を確実に徴収《ちょうしゅう》するために村々に五人組制《ごにんぐみせい》をつくり、病気などで農作業ができない者には他の農民が責任をもって手伝う義務《ぎむ》が課されました。もし滞納《たいのう》が長く続こうものなら、牢屋《ろうや》に入れられ、両足を丸太で挟《はさ》んで締《し》めつける罰《ばつ》が容赦《ようしゃ》なく加えられるのでした。特に女性には貢布税《こうふぜい》といって布《ぬの》を織って納めさせる税もあり、織物《おりもの》の上手《じょうず》な女性は村人から頼られ、一年の大半を機織《はたお》り機《き》の前で過ごす者もいたと伝えられています。最高級の宮古《みやこ》上布《じょうふ》は農作物全体の課税額《かぜいがく》に匹敵《ひってき》するといわれたからです。これらの過酷《かこく》な税《ぜい》の取り立てから逃れるために、名子《なご》という役人の家に身を寄せる奴隷的《どれいてき》農民になったり、女性の場合には役人の妾《めかけ》になる者も多かったといわれます。どちらにもなれない者の中には体を傷付けて障害者《しょうがいしゃ》となったほか、自殺する者、あるいは腕に覚えのある者は村はずれに身を隠し賊《ぞく》となって盗《ぬす》みを働いた者もいたと古記録にはあります。いずれにせよ人頭税は人を人として扱わない人権侵害《じんけんしんがい》の税制ということが言えます。このように苛酷《かこく》な生活を強《し》いられた宮古島は、那覇地方裁判所《なはちほうさいばん》所判事国野氏《しょはんじくにの》が平等所《ひらじょ》の裁判《さいばん》記録を改めてまとめた「沖縄《おきなわ》の犯科帳《はんかちょう》」に記《しる》されているように、罪人《ざいにん》の流刑地《るけいち》として選定《せんてい》されたようです。

サシバの成鳥《せいちょう》の目の色は赤みの強い黄色をしていますが、幼鳥《ようちょう》の目の色は青褐色《あおかっしょく》をしています。いっちゃんとかいちゃんは大きな青褐色の目をまん丸にしてさっちゃんの語りを聞いていました。「そうか、だから宮古の島民は私たちが飛来《ひらい》するのを、頭につる草の冠《かんむり》をかぶって歓《かん》迎《げい》してくれているんだ」と納得《なっとく》しました。池原先生の話しでは、人頭税を納めるために、自分の食べ物もなくなり、しまいにはサツマイモの葉や茎、野草などを海水と一緒にしてゆでて空腹を満たさねばならないほどに貧困《ひんこん》は極度《きょくど》に達していたということです。人頭税が続いた二六六年間、島民は肉類などを口にすることもなく栄養失調《しっちょう》に苦しんだはずだと述べています。そのような中で、秋の甘露《かんろ》の前後二週間にやって来るサシバの大群は唯一《ゆいいつ》の動物性タンパク質の供給源《きょうきゅうげん》だったのかも知れません。畑に出ている女性たちもイモづるを頭に乗せてじっと座っていると、サシバが頭のイモづるに舞い降りて来るので、さっと手を伸ばし足をとらえることができたということです。多いときは四、五羽も捕獲《ほかく》できたようです。池原先生は、宮古諸島では、いつごろからサシバをとらえて食料にしていたか分かりませんが、人頭税のころと関係があるのかも知れないと教えています。

いっちゃんとかいちゃんは、さっちゃんをにらみつけて、人間にも私たちサシバ一族にもひどい人頭税など一刻も早くなくして欲しいと訴《うった》えました。大丈夫《だいじょうぶ》、ある時若者が救世主《きゅうせいしゅ》のようにさっそうと現われて廃止《はいし》運動を展開《てんかい》し、二度とかけられないようにしたからと言いました。さっちゃんは再び語り始めました。

春雪がとけはじめる頃、サシバの仲間が子育てに渡って行く新潟県《にいがたけん》の農村地帯《ちたい》にある板倉町《いたくらまち》（二〇〇五年より上越市《じょうえつし》）に、中村十作《なかむらじゅうさく》という人が住んでいました。十作《じゅうさく》は一八六七（慶応《けいおう》三）年に生まれ、早稲田《わせだ》大学の前身である東京専門学校に学んでいます。学校を卒業《そつぎょう》すると真珠《しんじゅ》の採取《さいしゅ》に目をつけ、二十五歳の時に先島《さきしま》の開拓《かいたく》を目指《めざ》し一八九二（明治二十五）年十一月に那覇から宮古島に船で渡りました。はじめ真珠養殖《しんじゅようしょく》の場所探しに明け暮れていましたが、宮古島で知り合いになった那覇久茂地《なはくもじ》村出身で沖縄県八重山農業試験場の技師を務める、十作より七つ年上の城間正安《ぐすくませいあん》と親交を重ねるうちに、宮古《みやこ》の農民の生活に次第《しだい》に目が奪《うば》われるようになって行きました。二人は、村で出される芋《いも》と豆腐汁《とうふじる》ばかりの毎日の三度の食事を、真っ黒に寄ってたかってくる蝿《はえ》を追いながら食べるうちに、宮古農民の窮状《きゅうじょう》を打開《だかい》しなければならないと決意するようになっていったのです。城間《ぐすくま》は学業中退で文章が書けなかったので内情調査に、一方、中村は東京専門学校卒ということで文が立ちそれを訴状《そじょう》にしたためるという役割をそれぞれ担《にな》いながら廃止《はいし》運動に乗り出します。

中村は、自ら那覇《なは》に出かけ県令《けんれい》奈良原繁《ならはらしげる》に制度改革《せいどかいかく》を訴《うった》えました。これに対し、奈良原県令（後の知事）はすぐに宮古役所長吉村貞寛《よしむらていかん》に命じて実態調査を行わせました。吉村所長は宮古には人頭税という風変《ふうが》わりな慣習《かんしゅう》があり、これが農民の窮状《きゅうじょう》の原因になっていることを指摘《してき》し、即刻《そっこく》役人の横暴《おうぼう》を取り除《のぞ》くよう上申《じょうしん》しました。これを受けて奈良原知事は明治二十六年三月十八日に、役人の数を減らし、合わせて役人に隷属《れいぞく》していた名子《なぐ》や妾《めかけ》同然の宿引女《やどびきおんな》を廃止させるとともに、平民《へいみん》と士族《しぞく》が同席する予算協議会《よさんきょうぎかい》を設置することを決めました。

これに対し、役人は猛《もう》反発し、県庁に出向《でむ》き、旧制《きゅうせい》に戻《もど》すよう迫《せま》りました。このため、知事は名子《なぐ》と宿引女《やどびきおんな》の廃止《はいし》に伴い、二か年間に限り手当《てあ》てを士族に対し支給することとしました。ところが、農民は二年間も役人のために手当を納めることとなり、しかも農民全体の負担《ふたん》とされたことから、農民の反発は高まり、農民に同情的な吉村所長が辞職《じしょく》したのをきっかけに、各所に数百人規模の農民が集まるなど不穏《ふおん》な空気が漂《ただよ》いはじめました。新しく赴任《ふにん》した所長をはじめ役所側は、農民運動の背後《はいご》に扇動者《せんどうしゃ》がいると騒《さわ》ぎはじめました。大田昌秀元知事《おおたまさひでもとちじ》も、野村《のむら》内務大臣《ないむだいじん》は宮古島民に税の滞納《たいのう》が出ているのは、宮古に渡った他県人のしわざだと断言していたと書いています。平民《へいみん》と士族《しぞく》との対立に発展し、役所も士族側につきいよいよ先鋭化《せんえいか》してくるにつれ、中村は身の危険を感じながらも、直接政府《せいふ》に対し直訴《じきそ》する決意を固めます。中村は、農民の代表として選ばれた宮古郡砂川間切保良村《すながわまぎりぼうら》の平良真牛《たいらまうし》と福里村《ふくざと》の西里蒲《にしさとかま》の二人を伴《ともな》い、さらにその通詞《つうじ》ということで城間正安も同行させ、十二月開会《かいかい》の帝国議会《ていこくぎかい》への陳情《ちんじょう》に向けて上京することとなりました。中村は、旅費《りょひ》の捻出《ねんしゅつ》のために真珠養殖《しんじゅようしょく》のためにとってあった資金をかき集め、また農民代表の平良と西里も田畑を売り払《はら》い、城間も牛を売《う》り、不退転《ふたいてん》の決意で直訴《じきそ》に臨《のぞ》みました。ところが、それでも旅費《りょひ》は宮古から那覇までの渡航費《とこうひ》にしかなりませんでした。このため、砂川《すながわ》村役所の穀物《こくもつ》を保管してある倉庫《そうこ》の番人《ばんにん》であった砂川金《すながわかね》と同じく与那《よな》覇《は》村穀倉番人《こくそうばんにん》の池村山《いけむらやま》が倉を開けて、農民たちに粟俵《あわたわら》数十俵《ぴょう》を渡し、中村らの旅費《りょひ》としたということです。倉を守るべき倉番《くらばん》が無断で倉を開けた上に、農民たちが粟俵《あわたわら》を盗《ぬす》み出すのを援助したということで投獄《とうごく》され、厳《きび》しい拷問《ごうもん》を受けたそうです。中村ら一行は、このように農民たちに助けられて、明治二十六年十一月三日に東京に着くことができました。

中村らは、早速陳情《さっそくちんじょう》の準備にとりかかりましたが、東京での中村の活動を支援《しえん》したのは、中村の出身地である新潟《にいがた》県豊原《とよはら》村に隣接《りんせつ》する板倉《いたくら》村生まれの増田義一《ますだぎいち》でした。増田は中村と同じ早稲田《わせだ》大学の前身である東京専門学校《せんもんがっこう》を卒業し、創立者大隈重信《おおくましげのぶ》の計《はか》らいもあって読売《よみうり》新聞の記者となっており、政界《せかい》に通《つう》じていたのです。中村らは、増田に案内されて十二月二十一日に新聞社をまわり宮古の実情《じつじょう》を訴《うった》えると、翌朝から一斉《いっせい》に宮古の人頭税の記事が掲載《けいさい》されるようになりました。中村と増田の世論工作《せろんこうさく》が功《こう》を奏《そう》したわけですが、予定通り十二月に開催《かいさい》された帝《てい》国議会《こくぎかい》はにわかに高まってきた中国との外交《がいこう》問題がこじれて閉会《へいかい》となり「沖縄県宮古《みやこ》島島費軽《とうひけい》減及島政改革《げんおよびとうせいかいかく》」の陳情《ちんじょう》は上呈《じょうてい》されずに終わってしまいました。このため、中村ら一行は明けて明治二十七年六月開会の帝国議会まで東京において待たなければならなくなりました。この間、中村ら四人は精力《せいりょく》的に政界工作《せいかいこうさく》を行い、増田の仲介《ちゅうかい》で立憲改進党総裁《りっけんかいしんとうそうさい》の大隈重信《おおくましげのぶ》、陳情《ちんじょう》書《しょ》の賛成者《さんせいしゃ》として名を連《つら》ねてくれることになる公爵近衛篤麿《こうしゃくこのえあつまろ》などと面会し、窮状《きゅうじょう》を訴《うった》え、谷《たに》干城《たてき》に至っては内務大臣を質《ただ》して沖縄の民政《みんせい》の実態調査《じったいちょうさ》を実施《じっし》させるまで成果《せいか》を上げることができました。しかし、滞在費《たいざいひ》が底をつき、中村一人だけが残って陳情書《ちんじょうしょ》を提出《ていしゅつ》しなければならなくなりました。

六月一日開会の第六回帝国議会《ていこくぎかい》に上呈《じょうてい》された陳情書《ちんじょうしょ》について、質問に立ったのは曽我祐準《そがすけのり》で「税額は窮島僻地《きゅうとうへきち》の小民《しょうみん》にして平均一人二円（当時の人足の一日の手当が十五銭ですから、現在六千円として、約八万円となります。五人家族で四十万円にもなります。）以上の多さに及び、一島の人民困難窮迫実《じんみんこんなんきゅうはくじつ》に名状《めいじょう》すべからざるものあり。之《これ》が為《た》め或《ある》いは八重山島に遁走《とんそう》し、或《ある》いは深林《しんりん》に潜伏《せんぷく》し、以《もっ》て徴税《ちょうぜい》を避《さ》けるものあるに至《いた》る「事情《じじょう》」……政府は如何《いか》に之《これ》を処《しょ》分《ぶん》せんと欲《ほっ》するや」と質しました。賛成者は公爵近衛篤麿公《こうしゃくこのえあつまろこう》です。

これに対する答弁者は内務大臣臨時代理《ないむだいじんりんじだいり》、司法大臣《しほうだいじん》の芳川顕正《よしかわあきまさ》ならびに大蔵大臣渡辺国武《おおくらだいじんわたなべくにたけ》です。政府の答弁書の内容は、人頭税は数百年来行われてきた宮古島の慣行《かんこう》であって、島民の生活が近年特に悲惨《ひさん》な状態に陥《おちい》っているとは認められないとし、人頭税はもともと沖縄県の特別な事情によってかけられているものであり、まずは実情調査《じつじょうちょうさ》しようというあいまいなものでした。

翌年、明治二十八年一月開会の第八回帝国議会には曾我祐準《そがすけのり》の発議《はつぎ》で「沖縄県県政改革建議《けんせいかいかくけんぎ》」が上呈《じょうてい》され、三十四名が賛成しました。また、同じ帝国議会において、西里蒲《にしざとかま》はじめ一六六名が名をつらねた「沖縄県宮古《みやこ》島島費軽減及島政改革《とうひけいげんおよびとうせいかいかく》」の陳情書《ちんじょうしょ》が提出され、可決《かけつ》されました。この結果、納税の苦しみから逃れようと人間であることの誇《ほこ》りと、今生きる意欲すらも失わせた悪法《あくほう》・人頭税《にんとうぜい》は、明治三十六年に廃止《はいし》されました。雪国から真珠《しんじゅ》の養殖《ようしょく》を夢みてサンゴ礁の海の孤島《ことう》に単身渡ってきた青年が、名も知らぬ島民の窮状《きゅうじょう》を救うために財産《ざいさん》を投げうって立ち上がってから十年の歳月が流れました。谷川健一先生は、人頭税は廃止されたが、宮古の人々には今もって心に深い傷を負っていると話しています。

さっちゃんの話しを青褐色の瞳《ひとみ》をくるくる回しながら真剣《しんけん》に聞いていたいっちゃんとかいちゃんは、ほっと小さなため息をしてやっと我《われ》に返ることができました。息も吸わないで足に汗を握って夢中に聞いていたのでした。いっちゃんは言いました。「人頭税がなくなってからは島民の生活も良くなり、サシバと島民は仲直《なかなお》りしたんだよね」と。さっちゃんは大人の目である黄色い目を優しくして答えました。宮古の伊良部島では毎年、十月いっぱいをサシバ保護月間にし、パトロールするなど島民上げてサシバの保護をしてくれていると言いました。三羽の澄《す》んだ瞳には「見守ろうサシバが休む我が郷土」という横断幕《おうだんまく》が映《うつ》っていました。

第二章　沖縄本島での語《かた》り継《つ》ぎ

1　亜熱帯《あねったい》の森《もり》・ヤンバルを探検《たんけん》する

(1) 不思議な動物達と出会う

さっちゃん家族はだいぶ宮古に長居したようです。伊良部島の南東の端《はし》の渡口《とぐち》の浜近くにあるヌーシ山、乗瀬御嶽《ヌーシウタキ》では、十六世紀から続く村の首長《しゅちょう》であった大金主《ウフガニシュ》の娘玉《むすめたま》メガを祭《まつ》る儀式《ぎしき》が厳《おごそ》かにとり行われているところでした。四日四晩神と語らい、五日目に祝女《のろ》の司《つかさ》は人前に現れると、どうでしょう。晴天《せいてん》となり西風が吹き始めたではありませんか。さっちゃんたちは慌《あわ》てました。これから福島《ふくしま》から一緒に飛んで来た福《ふく》ちゃんや、途中《とちゅう》新潟《にいがた》から合流した新子《にっこ》親子を追って暖かい南の国に行くことになっていたからです。さっちゃんはこのままここに残ると冬の間エサがなくなると思い、いっちゃんとかいちゃんに合図《あいず》をして飛び上がりました。バタバタ、バタバタと懸命《けんめい》に羽を動かすのですが、気流《きりゅう》にうまく乗ることができません。遅《おく》れるいっちゃんとかいちゃんを下から突《つ》っつきながら汗だらけになって高い空に上がって行くと、今度は西からの強い風に押し戻され思うように前に進むことができませんでした。さっちゃんだけだったら無理にでも飛び進むことができるのですが、初めて遠飛行《とうひこう》する若鳥《わかどり》には期待できることではありませんでした。さっちゃんは何度も宮古を渡って南の国に飛んで行きましたが、冬の間先島で過ごす経験はありませんでした。まだ八重山の高い山に吹《ふ》き上げる上昇気《じょうしょうき》流《りゅう》に乗る前でしたが、向かい風のためにいっちゃんとかいちゃんがもうすでに体力の限界に達していることを目で確認すると、子どもたちに戻《もど》るように合図《あいず》を送りました。いっちゃんとかいちゃんは何かの間違《まちが》いではないかと、母親の黄色い瞳をのぞき込んで確かめましたが、間違いありません、旋回《せんかい》し帰るようにとの合図でした。三羽はくるっと回って北東の方角《ほうがく》に進路《しんろ》をとりました。強い風がすっと吹《ふ》くと、三羽は羽ばたきせずに数キロも飛んで行くことができました。やはりサシバはタカの仲間です。飛翔《ひしょう》する姿《すがた》は雄々《おお》しく立派《りっぱ》でした。三羽はまるで戦闘《せんとう》機《き》のように、サンゴ礁で明るくきらきらと輝《かがや》く宮古群島の海を越えて二百キロ先の沖縄本島に向けて飛んで行きました。眼下《がんか》に亜熱帯樹林《あねったいじゅりん》のあざやかな緑と燃えるような深紅《しんく》の花に包《つつ》まれた慶良間列島《けらまれっとう》の一つ一つの島を確認しながら、さらに飛んで行くと大きな島に入り、品格《ひんかく》のある極彩色《ごくさいしき》の守礼《しゅれい》の門を見て初めて沖縄本島にたどり着いたことを知りました。でもさっちゃんはまだ飛び続けるのでした。冬の間越冬《えっとう》のため南の国に渡れなかった落《お》ちタカである自分たちが、十分エサをとれるように、豊かな緑が残っている沖縄本島北部を目指しているのでした。白い波頭《なみがしら》が岩をかむ残波岬《ざんぱみさき》、エメラルドグリーンやコバルトブルーに変化する美しい海に囲まれた万座毛《まんざもう》、ぜいたくなまでにサンゴを敷きつめた名護城跡《なごじょうあと》を通ってどんどん北へ向かいます。このまま行くと沖縄本島が終わってしまうと、一番後《うし》ろについて飛んでいるいっちゃんは心配《しんぱい》になりました。かいちゃんもさっちゃんの瞳をじっと見つめながら飛んでいました。さっちゃんがじっと一点で見つめていたのは、前方に大きくなってくる与那覇岳《よなはだけ》でした。標高《ひょうこう》五〇三メートルで沖縄本島で最も高い山です。御嶽《うたき》の植物群落《しょくぶつぐんらく》の上空あたりから高度を次第に下げて行き、すっと滑《すべ》りながら舞い降りたところは国頭村《くにがみそん》の比地《ひじ》というところでした。神のふるさと沖縄では、ニライカナイは東方にあると言われ、島の北《きた》を頭《かしら》、上《かみ》といい、南《みなみ》を尻《しり》、下《しも》と呼びます。国頭は宮古と比べ、海沿いに点々と成り立つ集落から刻むように谷が山に向かって入《はい》り込《こ》み、森林もぐっと厚みが増していました。このような地形から国頭地方は古くから山原（やんばる）と呼ばれ「原《ばる》」は人間の手によって開墾《かいこん》された所の意味があるので山の中に点在する集落《しゅうらく》を表しているのではないかと思います。山原を被うのは沖縄本島の南部ではあまり見かけないスダジイで、どんぐりの実をつける木のことで沖縄方言で「しぃーじゃーぎー《シィージャーギー》」と呼び、石垣島などを造る古い時代の地層《ちそう》である名護層《なごそう》または嘉陽層《かようそう》の風土土壌《ふうどどじょう》の上に育ちます。この土壌は赤土《あかつち》なので見た目で分かり、沖縄の南部にはサンゴ礁が隆起《りゅうき》してできた比較《ひかく》的新しい地層であるアルカリ性の琉球石灰岩《せっかいがん》や、島尻層群《しまじりそうぐん》といわれる泥岩《でいがん》しかありませんから、スダジイは南部では全く見ることができません。逆に言うとスダジイが見られれば、土を見なくとも赤い土である古い地層の風化《ふうか》した酸性《さんせい》の土壌《どじょう》、いわゆる国頭《くにがみ》マージだということが分かるのです。スダジイが特に自生《じせい》する所は、比地《ひじ》の奥山《おくやま》である与那覇岳《よなはだけ》および安波《あは》のタナガーグムイの植物群落《しょくぶつぐんらく》で、天然記念物《てんねんきねんぶつ》にも指定されています。どんぐりの成《な》るシイ林の景観《けいかん》は、亜熱帯《あねったいう》雨林《りん》の葉の表面がワックスを塗《ぬ》ったように光っている照葉林《しょうようりん》に一面被《いちめんおお》われ、中国南部やボルネオの山地帯《さんちたい》から琉球列島、日本列島の低湿部《ていしつぶ》まで連《つら》なる常緑《じょうりょく》の照葉樹林《しょうようじゅりん》の風景と重なり、太古の昔の日本列島の原風景《げんふうけい》を見るようでとても神秘《しんぴ》的です。この森の中には、アメリカ軍の実弾演《じつだんえん》習場《しゅうじょう》があり稼働《かどう》するのを阻止《そし》するのに一役《ひとやく》かった、ノグチゲラという珍《めずら》しい鳥が生活をしています。

いっちゃんとかいちゃんは、さっちゃんの周《まわ》りをパタパタと回りながら「ここは静かで快適《かいてき》だね」と言いました。でも、何か遠くで木を盛《さか》んに叩《たた》く音がします。小刻みに「タラララー」という具合《ぐあい》です。すると近くからも「タラララララー」と追っかけて盛んに叩《たた》く音が聞こえました。一時静寂《いっときせいじゃく》が戻《もど》りますが、今度は「プィ、プィ、プィ」と甲高《かんだか》い鳥の鳴き声がしました。いっちゃんはさっちゃんに「ドラムを叩《たた》く変な鳥の仲間《なかま》がいるよ」と、気味悪《きみわる》そうに言いました。さきほどから首をすぼめて耳を澄《す》ましていたかいちゃんは、怖《こわ》そうにうなづいて見せました。お母さんのさっちゃんは、微笑《ほほえ》みながら「紅《あか》くて小さくてかわいい鳥よ」と教えてくれました。初めて口を開くことができたかいちゃんは、安心したのか首を伸ばして「何という名前の鳥なの」とたずねました。

「ノグチゲラというキツツキさんの仲間で、世界中で沖縄のここにしか住んでいないのよ」と話しました。

これを聞いて、いっちゃんもかいちゃんも青褐色の目をまん丸くして「へぇー」と一緒《いっしょ》に驚《おどろ》きました。

「ノグチゲラさんはね、羽を広げても私たちサシバの半分ぐらいしかなくて、枯《か》れた木に穴《あな》を開《あ》けて獲物《えもの》を採《と》るのよ」と、さっちゃんは言いました。

かいちゃんが「木に穴を開けてしまうんだから強いんだね」と、うれしそうに目を細めて言うと、さっちゃんの目が急に厳《けわ》しくなって、自分にも言い聞かせるように、語気《ごき》を強めて言いました。

「ノグチゲラさんは大変なの……人間が山に放《はな》ったネコやマングースに狙《ねら》われて、どんどん減《へ》っている……それに大きなカラスもノグチゲラさんの雛《ひな》を捕《つか》まえて食《た》べてしまっているの……」

かいちゃんはまた怖《こわ》くなって、いっちゃんと肩《かた》を寄《よ》せ合いブルブルと震《ふる》えました。お母さんのさっちゃんは二羽を安心させようと話しを続けました。

「でも人間が私たちと同じように守ってくれているのよ」と話すと、小鳥の二羽は頼《たの》もしくなって自分たちの目の位置よりも高いところにある母鳥の口ばしを仰《あお》ぐように見つめるのでした。

「人間が世界中で沖縄のこの地にしかいないノグチゲラさんを特別天然記念物《とくべつてんねんきねんぶつ》に指定《してい》するとともに、東村《ひがしそん》ではきまりをつくって、ノグチゲラさんの住んでいる所を保護地区《ほごちく》にして全面的《ぜんめんてき》に守《まも》ってくれているのよ」と、さっちゃんは教《おし》えてくれました。

いっちゃんとかいちゃんはにっこりとしてすっかり安心しました。そして「ヤンバルの人々はみんな優しいんだね」と言いました。

　サシバの親子は、冬を越《こ》すために暖《あたた》かい南の国に渡ることができなかった鷹《たか》ということで、沖縄の地元の人々には「落《お》ちダカ」と言われています。通常《つうじょう》一羽でバラバラに飛んでいることが多く、ピィクイー、ピィクイーと弱々しい声で鳴いています。まるで誰かを探しているようです。宮古から本島に戻ってきたさっちゃん親子は、今日から落ち鷹《ダカ》の仲間入りです。さっちゃんは、いっちゃんとかいちゃんを抱き寄せ、ノグチゲラを守ったヤンバルに住む勇敢な人々の物語を話し始めました。

　ノグチゲラなどの貴重な野生の鳥たちの存在が、アメリカ軍の演習場《えんしゅうじょう》の建設を中止に追い込《こ》んだ事件については、ジャーナリストの比嘉康文《ひがこうぶん》さんが詳《くわ》しいです。ヤンバルのイタジイとオキナワウラジコガシが自生する山々は、十七世紀ごろの首里城に用いられる建築材と渡航《とこう》のための造船用材として切り出され、枯渇《こかつ》寸前となっていました。このヤンバルの森を守るために、宰相職《さいしょうしょく》の三司官《さんしかん》であった羽地朝秀《はねじちょうしゅう》が森林保護令《しんりんほごれい》を制定すると同時に中頭山奉行《なかがみやまぶぎょう》を設置し、堅木《かたぎ》（槙《まき》）の伐採を監視させました。これを引き継いだのが同じく三司官《さんしかん》であった蔡温《さいおん》です。蔡温は一六八二年九月二十五日生まれの久米村出身で、若くして尚敬王《しょうけいおう》の師匠《ししょう》を務めるなど才覚を表わし、四十七歳で三司官《さんしかん》に任命され、以後二十五年間三司官《さんしかん》として国政を動かすことになりました。蔡温は、植林してから造船や築城《ちくじょう》に使えるまでには百年近くかかるため、住民たちに植林《しょくりん》を進めるとともに、山林の管理に関する七つの法令を制定しました。この時植《しょく》栽《さい》したのが今日国頭村《くにがみそん》や今帰仁村《なきじんそん》に残っている蔡温松《さいおんまつ》と呼ばれるリュウキュウマツです。

以来、大切に管理されてきた山を琉球政府《りゅうきゅうせいふ》や国頭村《くにがみそん》ばかりでなく住民にも知らせずに切り倒し、演習場《えんしゅうじょう》を造る事件が起きたのでした。一九七〇（昭和四十五）年三月中旬ごろ、国頭《くにがみ》山地北東《さんちほくとう》にある標高《ひょうこう》三五三メートルの美しい姿の伊部岳《いぶだけ》の頂上が、アメリカ軍のヘリコプターから降下されたブルトーザーにより八メートルほど削り取られているらしいという情報を、同地を管理する北部営林署《ほくぶえいりんしょ》がつかみました。伊部岳《いぶだけ》は、地元の小中学校の校歌に歌われる安田《あだ》に住む人々が誇りにしている山でした。林業で生計《せいけい》を立ててきた住民は、一本一本の木を大切にし、先の太平洋戦争《たいへいようせんそう》で焦土《しょうど》と化した沖縄の復興のための建築用資材や薪炭材《しんたんざい》として利用されたときも、金になるからと言って全部切り倒《たお》すようなことはせず、大木だけを選び伐採することとし、その跡には植林《しょくりん》を欠かすことはなかったと言います。

しかも、この山には沖縄のここにしか生息しない固有種《こゆうしゅ》の動植物がたくさん集まって生活していました。ノグチゲラ、ヤンバルテナガコガネ、リュウキュウヤマガメ、オキナワウラジロガシ、オキナワトゲネズミ、などの小動物や、リュウキュウテイカカズラ、リュウキュウチク（やんばるだき）などの貴重な動植物が観察できます。このうちノグチゲラは、枯れた木の幹や、腐食《ふしょく》した倒木についた昆虫を捕えて食べますが、大木にできた空洞《くうどう》に巣をつくります。日本最大の昆虫と言われるヤンバルテナガコガネも同じく、枯れかかった木の空洞に卵を産んで子孫を残します。また、リュキュウヤマガメは、うっそうとした森の湿った所を住み家として生活しますから、木を伐採して乾燥化すると生きて行けなくなるのです。

国頭山地《くにがみさんち》は戦後アメリカ軍海兵隊《かいへいたい》の北部訓練場《ほくぶくんれんじょう》として利用され、一九五五年二月二日付けの「アメリカ合衆国軍隊《がっしゅうこくぐんたい》の演習《えいしゅう》について」という行政法務部《ぎょうせいほうむぶ》三五三号において、国頭山地《くにがみさんち》での演習《えんしゅう》では火器《かき》を用いた実弾《じつだん》訓練はしないという申《もう》し合わせが琉球政府《りゅうきゅうせいふ》との間で取り交わされていました。これが遵守《じゅんしゅ》されている間は、山地で演習するアメリカ兵と安田集落《あだしゅうらく》の住民との親密な交流があり、村の行事にアメリカ兵が招待されたこともあったと語られています。比嘉《ひが》記者の話しでは、ベトナムなど戦争継続中の国の兵士を連れてきて訓練させていたのではないかとのことでした。いずれにせよ実弾《じつだん》を使用した演習《えんしゅう》は、約束違反《いはん》であることは言うまでもありません。

農林局林務課《のうりんきょくりんむか》の調査《ちょうさ》によると、工事《こうじ》が二十三日に琉球政府や国頭村に通知せずに着工《ちゃっこう》され、立木《たちぎ》の伐採《ばっさい》が行なわれていました。二月二十七日に、問題となった伊部岳の頂上《ちょうじょう》が爆破《ばくは》されています。この後ヘリコプターで中型《ちゅうがた》ブルトーザーが運び出されましたが、地元《じもと》住民はヘリポート建設《けんせつ》と推測《すいそく》していたようです。三月二日に工事が終了しています。この時点では、国頭村《くにがみそん》も琉球政府もアメリカ軍がどのようなものを造り、何をするのか不明でしたが、九か月後の十二月二十一日に、米民政府財産管理議長《べいみんせいふざいさんかんりぎちょう》から琉球政府に対して行われた通告《つうこく》により、（一）二千メートルの射程距離《しゃていきょり》をもつ砲撃《ほうげき》の実射演習《じっしゃえんしゅう》、（二）射撃《しゃげき》方法は砲三門《ほうさんもん》によって、第一発射目《はっしゃもく》は空中《くうちゅう》で爆発《ばくはつ》、第二発射目は射的とする、（三）三回で百五十発試射《ししゃ》した結果、良好であれば将来的に継続《けいぞく》する、というような利用計画が明らかになりました。

このことが新聞で発表されると、沖縄県民の対応《たいおう》は早いものでした。まず、アメリカ合衆国《がっしゅうこく》占領下《せんりょうか》の日本の国会にあたる立法院《りっぽういん》を構成《こうせい》する各政党《せいとう》は、代表名で次々と談話《だんわ》を発表し、反対ののろしを上げました。同日二十三日、国頭村の村長と議長《ぎちょう》は、すぐさま高等弁務官指令第《こうとうべんむかんしれいだい》二号《にごう》「日本固有森林地《にっぽんこゆうしんりんち》の管理《かんり》について」に基《もと》づき国頭村の山々を事実上管理《かんり》する高等弁務官府《こうとうべんむかんふ》琉球財産管理課《りゅうきゅうざいさんかんりか》に出向《でむ》き、絶対反対の申し入れをするとともに、琉球政府《りゅうきゅうせいふ》に対しても演習《えんしゅう》反対の陳情書《ちんじょうしょ》を提出《ていしゅつ》しました。これを受けて年が押《お》し詰《つ》まった十二月二十四日には臨時立法《りんじりっぽう》院議会《いんぎかい》が召集《しょうしゅう》され、全会一致《ぜんかいいっち》で「国頭村実弾射撃砲撃演習場設置《じつだんしゃげきほうげきえんしゅうじょうせっち》に反対《はんたい》する反対決議《はんたいけつぎ》」を議《ぎ》決《けつ》しました。決議《けつぎ》の内容は、アメリカ合衆国第三海兵師団《かいへいしだん》による実弾《じつだん》射撃（砲撃）場の建設予《けんせつよ》定地《ていち》は、楚洲《そす》、我地《がじ》、伊部《いぶ》、安田部落《あだぶらく》に近く極《きわ》めて危険なので、演習場設置に反対し、撤回《てっかい》を強く求めるものでした。立法院議長《りっぽういんぎちょう》をはじめ七人の各党《かくとう》の代表《だいひょう》は、決議文《けつぎぶん》を携《たずさ》え上京《じょうきょう》し、内閣《ないかく》総理大臣《そうりだいじん》ならびに衆参両院議長《しゅうさんりょういんぎちょう》に決議文《けつぎぶん》を手渡《てわた》すとともに、さらには駐日《ちゅうにち》アメリカ大使館《たいしかん》を訪問《ほうもん》し、大統領《だいとうりょう》はじめ国務長官《こくむちょうかん》などの政府《せいふ》の要人《ようじん》に決議文《けつぎぶん》を届《とど》けてもらえるよう要請《ようせい》しました。

一方、地元国頭村では、二十六日に臨時議会《りんじぎかい》が開かれ、山川村長の提案《ていあん》理由の説明の後、ただちに実弾演習場設置撤去要求決議《てっきょようきゅうけつぎ》が議決《ぎけつ》され、琉球政府および立法院議長、高等弁務官、駐日アメリカ大使、さらに内閣総理大臣、衆参両院議長宛てにこれを送付しました。

地元の安田集落では国頭村実弾砲撃阻止安田協議会《じつだんほうげきそしあだきょうぎかい》が立ち上がり、楚洲集落《そすしゅうらく》でも戸主会《こしゅかい》が開かれ、続いて実弾砲撃演習阻止楚洲《そす》決起《けっき》大会《たいかい》が開催《かいさい》される運びとなりました。この流れは、村全体に広がり、二十九日に山川武夫《やまかわたけお》村長を本部長とする国頭村実弾砲撃演習阻止対策本部の結成《けっせい》となって村上げての反対運動へと結実《けつじつ》して行きました。これに伴《ともな》い村内には「米軍実弾砲《べいぐんじつだんほう》撃演習場撤去《げきじっしゅうじょうてっきょ》」などと書かれた立て看板《かんばん》が各所に立てられることとなりました。

ところが、このように地元国頭《じもとくにがみ》村では集落《しゅうらく》から演習場建設《えんしゅうじょうけんせつ》反対の運動が盛《も》り上がり、着実《ちゃくじつ》に組織体制《そしきたいせい》が整《ととの》ってくる一方で、第三海兵師団広報部《だいさんかいへいしだんこうほうぶ》は三十日、国頭《くにがみ》村役場に対し、空砲《くうほう》による演習《えんしゅう》を三十一日に行う旨《むね》を文書で通告《つうこく》してきたのです。村内では一気《いっき》に緊張《きんちょう》が高まり、役場《やくば》では対策本部《たいさくほんぶ》の会議が開催され、同時に地元《じもと》の安田集落《しゅうらく》でも緊急常会《きんきゅうじょうかい》が開かれ、地域の住民による実力阻止行動《じつりょくそしこうどう》を行うことを決めました。演習《えんしゅう》を通告《つうこく》された三十一日には、朝から雨が降っていましたが、午前五時に安田《あだ》集落には、全住民に対する集合《しゅうごう》の合図《あいず》であるサイレンが鳴り響《ひび》きました。住民は雨《あま》ガッパを着て集まってきましたが、到着《とうちゃく》した者から監視所《かんしじょ》のある伊《い》部岳《ぶだけ》や楚洲《そす》小中学校近くの着弾地《ちゃくだんち》などへ向けて出発《しゅっぱつ》して行きました。また、安波集落においても早朝から住民が集まり実力阻止《じつりょくそし》行動に加わって行きました。実力阻止《じつりょくそし》行動の内容は、演《えん》習場周辺《しゅうじょうしゅうへん》で煙《けむり》を上げ人がいることをアメリカ軍に知らせることによって、演習の実施《じっし》が一《いっ》般人《ぱんじん》を巻《ま》き込《こ》む恐《おそ》れがあり危険であることを認識させ、中止に追い込むことでした。住民が伊部岳《いぶだけ》とその西側の着弾地周辺《ちゃくだんちしゅうへん》にぞくぞくと集まって行くと、ヤンバルの深い緑の森の中から、白い煙の柱が一本、また一本とみるみる数条《すうじょう》の帯《おび》となって天に立ち昇って行きました。風が止み、雨に押されながら、黒い冬山を背景に高く登って行くのでした。ノグチゲラをはじめヤンバルの森の住人《じゅうにん》である野鳥たちは驚いて一斉《いっせい》に鳴きだしました。真っ黒い森の中に何本も伸びる白い煙の帯《おび》を発見したアメリカ軍も、驚いたに違いありません。そのうちヘリコプターがやってきましたが、煙が視界をさえぎり着陸《ちゃくりく》することができず戻って行きました。ヤンバルの森の中はまるでゲリラ戦の戦場のようになる中で、国頭村実弾砲撃演習場撤去対策本部《くにがみそんじつだんほうげきえんしゅうじょうてっきょたいさくほんぶ》の主催《しゅさい》する村民大会《そんみんたいかい》が現地《げんち》で開かれることとなり、いよいよクライマックスを迎《むか》えます。山川《やまかわ》村長《そんちょう》が「演習《えんしゅう》を強行《きょうこう》した場合には、突入《とつにゅう》して阻止《そし》する」と決意《けつい》のほどを表明《ひょうめい》すると、一堂《いちどう》割《わ》れるような拍手喝采《はくしゅかっさい》が沸《わ》き起こりました。村民が外の力ではなく、自らの意思でまとまり、自分たちの土地や財産《ざいさん》だけではなく、子や孫《まご》の幸せを守るために百姓一揆《ひゃくしょういっき》のごとく蜂起《ほうき》したのです。アメリカ軍が演習を展開しようと作戦《さくせん》行動するヤンバルの森に上がった数条《すうじょう》の青白い煙は、今度はさながら蜂起《ほうき》を知らせるのろしのように見えました。住民たちは農作業用《のうさぎょうよう》の雨《あま》がっぱを着込《きこ》んで集まっていましたが、この中から地元《じもと》の村会議員《そんかいぎいん》である上原《うえはら》さんが、小隊《しょうたい》をまとめ無謀《むぼう》にも実弾《じつだん》の発射台《はっしゃだい》に向けて行進《こうしん》することに決しました。何度も転びそうになり泥《どろ》まみれになりながらもやっとのことで発射台《はっしゃだい》に接近《せっきん》し、有刺鉄線《ゆうしてっせん》を破って乱入《らんにゅう》することに成功しました。その直後、守っていたアメリカ兵ともみ合いになり、双方《そうほう》から罵声《ばせい》が飛び交い、逮捕《たいほ》者《しゃ》も出て一時はあたりが騒然《そうぜん》とした空気に包《つつ》まれたようです。いつの間にか発射台周辺は数百人規模の住民で膨《ふく》れ上がっていました。同じころキャンプコートニーでは琉球立法院の代表とアメリカ軍司令官《しれいかん》が演習《えんしゅう》中止《ちゅうし》についての交渉《こうしょう》を行っており、琉球側は一九五五年に発令《はつれい》された実弾射撃はしないという行政法務部《ぎょうせいほうむぶ》三五三号を盾《たて》に中止を迫《せま》りました。これに対しアメリカ側は、このような協定《きょうてい》があったことを知らなかったようで、演習《えんしゅう》は中止ということでまとまりました。交渉妥結《こうしょうだけつ》の知らせは現地にも伝えられ、アメリカ軍のヘリコプターが飛来《ひらい》し、実弾《じつだん》発射《はっしゃ》に必要な機材《きざい》の撤収《てっしゅう》が速《すみ》やかに行われました。この勝利は住民の強い結束《けっそく》がもたらしたものですが、国頭村《くにがみ》の住民の必死《ひっし》の訴《うった》えや琉球立法院の指摘《してき》に真摯《しんし》に耳を傾《かたむ》けた第三海兵師団《だいさんかいへいしだん》のウィルソン司令官《しれいかん》の態度《たいど》も立派《りっぱ》だったと思います。

比嘉《ひが》康文さんは後日、この交渉妥結《こうしょうだけつ》の背景《はいけい》について、自然保護団体《しぜんほごだんたい》が大きな役割《やくわり》を担《にな》ったと記しています。まず日本国内の動きをみてみると、日本野鳥《やちょう》の会が、十二月三十日の段階《だんかい》で、琉球政府《りゅうきゅうせいふ》や高等弁務官《こうとうべんむかん》をはじめ、世界の自然保護団体《しぜんほごだんたい》に演習場放棄《えんしゅうじょうほうき》とノグチゲラ保護《ほご》を訴《うった》える要請文《ようせいぶん》を送っていました。これを受けて世界中の自然保護団体《しぜんほごだんたい》からノグチゲラの保護《ほご》を訴《うった》える要請文が日本野鳥《やちょう》の会に届《とど》けられます。このうち特に、ニューヨーク自然科学博物館《しぜんかがくはくぶつかん》長《ちょう》であり、キツツキ研究《けんきゅう》の世界的な権威《けんい》であるショート博士《はかせ》が、実弾演習《じつだんえんしゅう》の通告日《つうこくび》である三十一日に阻止《そし》に向けて精力的に動かれたようです。実際に博士《はかせ》は、わざわざ沖縄県のヤンバルまで足を運び司令官《しれいかん》本人と会い、ノグチゲラの希少性《きしょうせい》について説明するとともに、アメリカ軍が提供した運転手つきのジープに乗《の》り込《こ》み奥深いヤンバルの森の観察《かんさつ》を行い、帰り際《ぎわ》には演《えん》習場《しゅうじょう》には反対であることを司令官《しれいかん》に申し入れたのでした。ヤンバルの森にしか見られないノグチゲラは、こうして世界中の人々によって守られたのでした。

お母さんの温《あたた》かい懐《ふところ》に抱《いだ》かれて長い長い物語を聞かされているうちに、いっちゃんとかいちゃんはすやすやと眠ってしまいました。さっちゃんがふと南の空に目をやると、水がめから流れ出る水をガブガブと飲《の》んでいるような星座《せいざ》を見つけました。水がめ座のすぐ下に現《あら》われたみなみのうお座《ざ》です。その中で一際《ひときわ》大きく輝《かがや》いているのが一等星《いっとうせい》のフォーマルハウトです。この一等星《いっとうせい》を見上げながら、さっちゃんは、生まれて初めて落ち鷹《だか》として冬を過ごすことになる沖縄のヤンバルの森で、これから始まる親子の生活がどうか安全《あんぜん》で幸《さち》多かれと、子鳥たちをぎゅっと抱きしめ祈《いの》るのでした。今晩《こんばん》は比地《ひじ》のリュウキュウマツのてっぺんで、三羽仲良く眠ることにしました。

（2）国頭の奥深く遠飛行する

ヤンバルの比地《ひじ》の夜明けは遅いのでした。朝日が上っても国頭山地《くにがみさんち》にさえぎられどんよりとしており、陽を照り返して宝石のようにキラキラ輝き出すまでにはまだ時間がかかりました。いっちゃんとかいちゃんは寝坊《ねぼう》してしまいました。さっちゃんは、子鳥たちが目を覚ますのを

ヤンバルの森とそこにすむ生物達

ケガナネズミ

ヤンバルクイナ

ノグチゲラ

ヤンバルテナガコガネ

ヤンバルの森　　撮影・村山望

見届けると、リュウキュウマツのてっぺんの枝から重い体をコロンと落とし、あっという間の速さでエサを探しに飛んで行きました。サシバはトンビのように円を描《えが》いて旋回《せんかい》するようなことは滅多《めった》にありません。電信柱《でんしんばしら》の頭上《ずじょう》に上手《じょうず》に止まって数分ごとに直線移動《いどう》します。さっちゃんは畑の中の見晴らしの良い電信柱を見つけると、スゥーっと飛んで止まり大きな瞳をくるくるっと動かしながら動く獲物《えもの》を探しました。サシバの視力《しりょく》は相当《そうとう》良いようで、生物学者の池原《いけはら》貞雄《さだお》先生のお話しによると、伊良部島《いらぶじま》での観察では、高度《こうど》約千メートルの上空からオトリのサシバを目がけて、翼《つばさ》を三角形にすぼめてまるで弾丸《だんがん》のように急降下《きゅうこうか》してくるとのことです。比《ひ》地《じ》の畑には、リュウキュウジャコウネズミがたくさん生息《せいそく》しており、畑作物《はたさくぶつ》を荒らされ住民は手を焼いていました。そういう中で、サシバは赤腹《あかはら》タカと呼ばれて村人たちから歓迎《かんげい》されていました。サシバは、数千キロを飛ぶ渡り鳥のためか、筋肉《きんにく》を削《そ》ぎ落してあり、タカのように空《くう》中戦《ちゅうせん》で獲物《えもの》をとることはできません。農家が刈《か》り込《こ》んだ水田の畦《あぜ》とか、土手《どて》、畑など表土《ひょうど》が露出《ろしゅつ》した所をはうヘビ、カエルなどに被《おお》いかぶさってエサをとらえます。さっちゃんは、芋《いも》畑《ばたけ》をサッと走るネズミを見つけると、両翼《りょうよく》を大きく伸ばし、音もなく滑《すべ》るように急降下《きゅうこうか》してあっという間にリュウキュウジャコウネズミを捕《と》らえました。さっちゃんは、かいちゃんに渡すと今度は、いっちゃんを連《つ》れて狩《か》りに出かけました。朝食《ちょうしょく》が終《お》わると、これから冬の間暮らすことになるヤンバルの森のエサ場を予《あらかじ》め探《さが》しておこうと、みんなで探検《たんけん》に行くことになりました。畑のそばを流れる比地川《ひじがわ》をたどりながら行こうと、深い森の空に飛び上りました。地元《じもと》の

撮影・村山望

住民が奥山《おくやま》と呼んで大切にした森です。この森は木材、薪《たきぎ》などを伐採《ばっさい》するほかに、木炭窯《もくたんがま》をこしらえて木炭《もくたん》を作り、村の収入源《しゅうにゅうげん》としていました。しばらくすると、ゴオゴオと水の流れる大きな音が聞こえてきました。そこは落差《らくさ》が約二十六メートルもある比地《ひじ》の大滝でした。その大滝を眼下《がんか》に見下ろすと、さっちゃん親子は上昇気流《じょうしょうきりゅう》にあおられてぐ～んと高度を上げました。目の前に大きな山がそびえ立っています。その山はヤンバルへ向かう時に目指した沖縄本島最高峰《さいこうほう》の与那覇岳《よなはだけ》でした。北に照首山《てるくびやま》、伊部岳《いぶだけ》、西銘岳《にしめだけ》が連《つら》なり、南に伊湯岳《いゆだけ》、玉辻山《たまつじやま》がゆるやかな稜線《りょうせん》を描いているのが分かりました。国頭山地《くにがみさんち》は河谷《かこく》が少ないため、全体的に山ヒダ少なく、平《たい》らで滑《なめ》らかな斜面《しゃめん》からなっており、上から見ると、ブロッコリーの山のように丸く茂った森が広がっています。さっちゃんは、森にブロックされ、これじゃエサはとれないと思いました。サシバの猟《りょう》の仕方《しかた》は、人間が耕《たがや》した水田や畑にできる米や粟《あわ》、芋《いも》などの穀物《こくもつ》を食べに来る小動物《しょうどうぶつ》や昆虫《こんちゅう》を狙い上からさらって行くというものです。さっちゃんは国頭山地《くにがみさんち》の東側斜面《しゃめん》にある太平洋《たいへいよう》の波に洗われる集落《しゅうらく》を見つけ出そうと、東に進路《しんろ》をとりました。与那覇岳《よなはだけ》から流れ出る床川《とこかわ》に沿《そ》って降《お》りて行くと大きな安波川《あはがわ》に合流《ごうりゅう》し、さらにずっと行くと河口右岸《かこううがん》の山に樹齢《じゅれい》二百年を超《こ》える県指定天然記念物《けんしていてんねんきねんぶつ》のサキシマスオウの木数十本に及《およ》ぶ大群落《だいぐんらく》が見えてきました。さっちゃんたちは、ここで一休みすることにしました。耳をすますと、ここは不思議《ふしぎ》なところで、集落《しゅうらく》が川の合流点《ごうりゅうてん》にあることから、山の沢を伝《つた》って流れてくる小川のほとんどがこの村を目指して流れ込んでいるため、村のどこにいても小川のせせらぎが聞こえてくるため、心がいやされ安らぎます。さっちゃんは、安波川《あはがわ》の北側から南側の集落《しゅうらく》をながめると、北側に門構《もんがま》えをなした家が段々《だんだん》と山に切り込んで造成《ぞうせい》され、絵のように美しいと教えてくれました。ちょっと前までは、石灰岩《せっかいがん》の石段《いしだん》と竹葺《たけぶ》きの草屋根《くさやね》の家がまるで琉球髷《りゅうきゅうまげ》を結《ゆ》った女性の顔のように見え、何人もの女性たちが山すそに腰《こし》をおろし、漁《りょう》に出ている夫の帰りを待って沖《おき》をみつめるようだったと子どもたちに語《かた》りました。現在は、沖縄独特《どくとく》の相互扶助《そうごふじょ》「ユイ」という共同《きょうどう》の助け合いがなくなるにつれて、共同作業による藁《わら》ぶき屋根《やね》も消えてしまったようです。この村で作られている農作物《のうさくぶつ》はパイナップルとサトウキビが多いようです。いっちゃんとかいちゃんは早速《さっそく》おやつにバッタをつかまえました。

さっちゃんは、バッタと遊んでいる子どもたちを促《うなが》して、次のエサ場を目指して飛び立つことにしました。頂上《ちょうじょう》が削《けず》られて痛々《いたいた》しい姿の伊部岳《いぶだけ》を超《こ》えると、西銘岳《にしめだけ》に向かいました。ここを源《みなもと》に流れる奥川《おくがわ》に沿《そ》って北へ下って行くと河口左岸《かこうさがん》に集落《しゅうらく》が見えてきました。湾《わん》のはるかかなたには与論島《よろんとう》を望《のぞ》むことができました。ニライカナイに向けて希望と安全を願う祈りの場所です。奥川の右側の小高い山が男神《おとこがみ》、左岸《さがん》の森《もり》が女神《おんながみ》です。さっちゃんたちは西側の背後《はいご》の山の拝所《はいしょ》の上で休むことにしました。

住民からはアカバナと呼ばれる赤い花を付けるハイビスカスと、防風林《ぼうふうりん》の役目《やくめ》を担《にな》うフクギの屋敷林《やしきりん》に囲《かこ》まれた赤瓦《あかがわら》の家が散見《さんけん》でき、そのくすんだ朱色《しゅいろ》がいかにも山並みと調和《ちょうわ》したしっとりとした風景《ふうけい》を形づくっています。村の中央にひときわ大きな赤瓦《あかがわら》の屋根《やね》の建物《たてもの》が共同売店《きょうどうばいてん》で、上から見るとセメント屋根の中に母犬《ははいぬ》が子犬《こいぬ》をつれているかのようにも見えます。ここは国頭村では最も畑地《はたち》が多く、このころの季節になると、サトウキビの純銀《じゅんぎん》の花穂《かすい》が、気まぐれな風になびいて光琳《こうりん》の模様《もよう》を描き出しています。いっちゃんとかいちゃんは、一面に揺れる純《じゅん》銀《ぎん》の花穂《かすい》の畑の美しさにみとれていました。

瓦葺《かわらぶ》きは台風《たいふう》の多い沖縄では大変な技術《ぎじゅつ》が必要《ひつよう》ですが、十六世紀ごろ中国から来た技術者が堅固《けんこ》な取り付け様式《ようしき》をもたらしたと伝えられています。しかし、建築費用《けんちくひよう》が多額《たがく》となり費用《ひよう》の調達《ちょうたつ》のために領民《りょうみん》が苦しむということから、王族《おうぞく》や士族《しぞく》以外の者には許《ゆる》されなかったということです。このため、赤瓦《あかがわら》の屋根《やね》は社会的地位《しゃかいてきちい》のシンボルとなり、明治政府《めいじせいふ》がこの禁令《きんれい》を解《と》くと庶民《しょうみん》の憧《あこが》れとなって広まりました。ちなみに集落《しゅうらく》の中を微妙《びみょう》な曲線《きょくせん》を描《えが》きながら走る格子《こうし》状《じょう》の道の交差点《こうさてん》の突《つ》き当《あた》りには、必ずと言って良いほど「石敢當《いしがんとう》」という標識《ひょうしき》のような物を目にします。これは中国の故事《こじ》に由来《ゆらい》し、秦山石敢当《たいざんいしがんとう》のことで中国の秦山《たいざん》のように微動《びどう》だにしないという意味《いみ》だそうです。沖縄のまちづくりには、中国の風水《ふうすい》が大きく影響《えいきょう》しているようです。

サシバは時速《じそく》四十キロで、一日十二時間、走行距離《そうこうきょり》にして四~五百キロ飛ぶと言われていますが、いっちゃんとかいちゃんは、お母さんのさっちゃんに連れられて太平洋と東シナ海がしのぎを削《けず》る沖縄最北端《さいほくたん》の辺戸岬《へどみさき》の手前まで来てしまいました。この辺《あた》りの森は黄金森《こがねもり》と呼ばれ、琉球開闢《りゅうきゅうかいびゃく》の神が降臨《こうりん》された場所として崇《あが》められる安須森《あすもり》という拝所《はいしょ》があります。この安須森《あすもり》に行くには険《けわ》しい山道を登らないといけないので、人々は滅多《めった》に立ち入ることができません。

辺戸岬《へどみさき》の海岸沿《かいがんぞ》いの崖《がけ》からは、一面青い海が見渡せ、海から這《は》い上がってくるような強い風が吹《ふ》きつけ、すべての音が風の音となって聞こえます。さっちゃん親子が飛ぶ空からは、与論《よろん》島《とう》が浮かんで見えます。この神がかった風景《ふうけい》を目の前にしながら、いっちゃんとかいちゃんは、人が農地《のうち》を耕《たがや》し、そのおこぼれを食べて生きる小動物《しょうどうぶつ》が一杯いる河口付近《かこうふきん》の平場周辺《ひらばしゅうへん》で冬を越《こ》したいと、さっちゃんに言いました。さっちゃんは、自分の子どもたちが、ちゃんとエサ場の条件《じょうけん》をこの小旅行《しょうりょこう》で学習してくれたかと思うと、うれしさて一杯《いっぱい》になりました。この冬を越《こ》えて栃木《とちぎ》県《けん》の市貝町《いちかいまち》に帰るころには、みんな独《ひと》り立ちしなければならなくなります。このためには、幼鳥《ようちょう》が自分の力で最《もっと》も適《てき》するエサ場を探《さが》し、巣《す》づくりをしなければ生きて行けないのです。これが厳《きび》しい自然のおきてなのです。サシバは春の渡りのころ、日本列島に入《はい》ると間《ま》もなく親鳥と子鳥が別れるのだと言われています。この辺戸岬《へどみさき》から見える与論島《よろんとう》のずっと先です。さっちゃんは、岬《みさき》の先に横たわる離《はな》れ島をじっと見つめていましたが、まだ黙《だま》って話しませんでした。

さっちゃんは羽をバタバタさせながら、比地《ひじ》に帰る支度《したく》をしました。今度は国頭山地《くにがみさんち》の西岸の斜面《しゃめん》を下《くだ》って行きます。さっちゃん親子は、キラキラ輝く海の上に浮かぶ大きなオレンジ色の夕陽《ゆうひ》を右手に見ながら、今日見たいろいろなことについて話し合いながら飛んで行きました。いっちゃんが「朱色《しゅういろ》の赤瓦《あかがわら》に、ライオンの子どもがいて怖《こわ》かった」と言いました。

「あれはね、シーサーという漆喰《しっくい》でできた物で、屋根の傾斜面《けいしゃめん》の中央に置き魔物《まもの》が来るのを防《ふせ》いだのよ、屋根《やね》の職人《しょくにん》さんが瓦《かわら》をとめるのに使った漆喰《しっくい》の余りで作った飾《かざ》りだから大丈夫《だいじょうぶ》」

さっちゃんは目を細めて笑いながら教えてくれました。いっちゃんとかいちゃんは、さっちゃんのまねをして海風を上手《じょうず》に操《あやつ》って滑《すべ》るように飛んでいきましたが、謝敷板干潮《じゃしきいたひしお》あたりの上で、いっちゃんがふざけて羽先をくるっと動かすと、しゅーと上に上がってしまいました。かいちゃんがあわてて上昇《じょうしょう》し、いっちゃんの横に並び下まで誘導《ゆうどう》すると、三羽とも横一線に並び夕陽にべっとり染《そ》まった西海岸《にしかいがん》に沿《そ》って飛び続けました。かいちゃんがさっちゃんに言いました。

「サシバは人間が開拓《かいたく》した農地があるところとか、その周辺の伐採《ばっさい》して低い木を植え直したところでしか生活できないから、国頭山地《くにがみさんち》の周辺ももっと人間が開発して農業を営んでくれるといいね」

さっちゃんは驚《おどろ》いて言いました。

「前にも話した通り、沖縄の北部のヤンバルには、世界中のここにしか住んでいない動植物《どうしょくぶつ》がたくさんいるの、まだまだどんな仲間が住んでいるのかすら分からないのよ」

かいちゃんはすぐに「どんな鳥がいるの」と聞き返しました。

さっちゃんは「例えばヤンバルクイナさん」と言いました。

「それってどんな鳥」とかいちゃんは真顔《まがお》でたずねました。

「一九八一年に見つかったんだもの、まだまだどんな仲間が住んでいるか分からないから……」

さっちゃんは、難《むずか》しそうに数本しかない眉毛《まゆげ》をぎゅっと寄《よ》せて言いました。

撮影・村山望

「それじゃ開発《かいはつ》なんてしちゃダメだよね、アメリカ軍の演習《えんしゅう》も止めなくちゃね……」と真剣《しんけん》にかいちゃんは言いました。

ところが、さっちゃんは、目じりをゆるませながら「やっかいなことだけど、アメリカ軍の演習地《えんしゅうち》が広くとってあるために、日本人が開発の手を伸ばせず、ヤンバルの原生林《げんせいりん》が守られてきたという事実《じじつ》もあるのよ……」独《ひと》り言のように言いました。

いっちゃんが初めて話に加わって「そうか演習林《えんしゅうりん》として保全《ほぜん》しながら弾《たま》を撃《う》たせなければいいのか」というと、さっちゃんはさらに複雑《ふくざつ》そうな瞳《ひとみ》をして言いました。

「この問題《もんだい》は、日本人の住民や保護団体《ほごだんたい》だけでなく、アメリカ軍の中にも貴重な鳥を守ることについて理解のある軍人、軍属《ぐんぞく》がいたから円滑《えんかつ》に解決できたんだと思うの。人間全体が自分の勝手ではなく、地球《ちきゅう》の環境を守ることの大切さを分かり合えるようになれば、私たち鳥たちも他の動植物もみんな安心して暮らせるようになり、美しい青い地球《ちきゅう》はいつまでも光り輝《かがや》いて宇宙《うちゅう》に宝石《ほうせき》のように浮かび続けることができると思う……。私たちがいなくなったときには、人間もいられなくなると分かってもらうことが大切だと思う……」

いっちゃんは暗い話をしているとお母さんを苦しめると思い話題《わだい》を変えました。

「お母さん、なんで沖縄にはこんなに軍隊《ぐんたい》に関連《かんれん》した施設《しせつ》があるの」

さっちゃんは小さな声で絞《しぼ》り出すように答えました。

「それはね、今から七十年前に大きな大きな戦争があったから……」

子鳥たちは、こんな平和《へいわ》な美しい島に戦争があったなんて、にわかに信じられませんでした。

(3) ヤンバルから辺野古《へのこ》を憂える

三羽は寝床《ねどこ》のある比地《ひじ》に向けて進路《しんろ》をとりましたが、子鳥たちは母鳥から少し離れて「お母さんはぼくたち（わたしたち）に冗談《じょうだん》を言っている」と疑いの目で上目使《うわめづか》いに見上げて飛ぶのでした。さっちゃんもその妙《みょう》な子どもたちの視線《しせん》を感じていました。そこで、さっちゃんは思い出したように、子どもたちに話しかけるのでした。

「日本は、アメリカに戦って負けたから、七十年経《た》った今も、アメリカの要求を断ることができないのよ。戦争中あんなに飢《う》えで苦しんだのに、日本の農業を犠牲《ぎせい》にしてまでもアメリカから農産物を輸入するのに同意したり、アジアで展開するアメリカ軍が使う弾薬《だんやく》の保管庫《ほかんこ》や、作戦《さくせん》に参加する兵隊の訓練場《くんれんじょう》をアメリカ政府の言うなりに造らせているのよ」

いっちゃんは驚きませんでした。ずっと戦後そのままに基地を使わせてきたんだろうし、これからもそうするんだろうぐらいに聞いていました。ところが、そうではなかったようです。

さっちゃんは語気《ごき》を強めて言いました。

「普天間神宮《ふてんまじんぐう》の南側に広がるアメリカ軍普天間《ふてんま》基地は、街《まち》の真《ま》ん中にあり、近くには小・中学校もあるため、飛行機事故が起きたら大惨事《だいさんじ》となるということで、辺野古《へのこ》に引っ越しが検討されているのよ」

普天間《ふてんま》飛行場は、沖縄戦でアメリカ軍が上陸すると同時に着工《ちゃっこう》され、本土決戦《ほんどけっせん》のための補給《ほきゅう》に資《し》するために、二、四〇〇メートルの本格的な滑走路《かっそうろ》が造られました。面積は四、八〇六平方キロに及び、市面積の実に四分の一を占めるだけでなく、市の中央に位置し、市単独の都市《とし》計画《けいかく》を策定《さくてい》する上でまことにやっかいな施設《しせつ》となっています。十六の学校をはじめ役所などの公共施設《こうきょうしせつ》は基地《きち》を避《さ》けるように配置《はいち》され、市民生活に不便をきたしています。市民に対する影響《えいきょう》は単に生活上のものにとどまるものではなく、生命の安全にも及んでいます。知事公室基地対策課《ちじこうしつきちたいさくか》の資料によると、平成十六年八月十三日に発生したヘリコプターの沖縄国際大学《おきなわこくさいだいがく》への墜落《ついらく》ほか四十一の事故が掲載《けいさい》されていますが、昭和三十四年六月三十日に石川市《いしかわし》においてアメリカ軍の戦闘機《せんとうき》が宮森《みやもり》小学校に墜落し、児童十一人を含む十七人が亡くなるとともに、児童一五六人をはじめ二一〇人が重軽傷を負うという、悲惨《ひさん》な航空機事故が起きています。

いっちゃんは、犠牲者《ぎせいしゃ》の数が余りにも大きいのに驚いて叫《さけ》びました。

「そんな危険な基地《きち》なら、移転じゃなくて、なくしちゃえばいい」

さっちゃんは、即座《そくざ》に答えました。

「世界の警察として自認しているアメリカは、ペルシャ湾岸諸国を含む紛争《ふんそう》の火種《ひだね》の多い東西アジアにおける発進基地《きち》として、沖縄の価値を高くみているのよ」

かいちゃんは、素朴《そぼく》な疑問を持ちました。

「ええ、アメリカの軍事基地《きち》は、日本を守るためにあるんじゃないの」

いっちゃんは、知ったか振りをして言いました。

「敵国に発進する基地《きち》は、相手国から狙《ねら》われるから、アメリカ本国よりも日本のような他国にあった方が、アメリカ国民も安心してられるってわけさ」

かいちゃんはすぐに言い返しました。

「飛行機事故より攻撃される方が怖《こわ》いわ」

さっちゃんは、二人の会話を黙って聞いていましたが、困ったように眉《まゆ》を寄せて言いました。

「移設先になっている辺野古崎《へのこさき》の海は、サンゴ礁《しょう》のとても美しいところ……人魚《にんぎょ》のモデルといわれるジュゴンもいるわ」

かいちゃんは、エメラルドグリーンの海で泳ぐ人魚姫《にんぎょひめ》を思い浮かべ、うっとりとしました。

「ジュゴンってどんな生き物なの」

さっちゃんは、目を細めながら言いました。

「白い肌《はだ》をしていて、体長は三メートルほどもあり、子を抱《だ》いて手の付け根にあるオッパイで乳を与えるのよ。暖かい熱帯《ねったい》の海に住んでいて、日本では奄美大島《あまみおおしま》あたりまでが北限《ほくげん》といわれているわ。でも、最近はすっかり見られなくなったといわれているのよ」

いっちゃんとかいちゃんは深くうなづくのでした。二羽を見据《みす》えて、さっちゃんは続けます。

「このため、ジュゴンは日本だけでなく、国際的に保護されおり、たくさんの環境《かんきょう》保護《ほご》団体《だんたい》がジュゴンを守ろうと活動しているのよ」

ジュゴンは、日本では一九七二（昭和四十七）年に天然《てんねん》記念物《きねんぶつ》に指定《してい》され、絶滅《ぜつめつ》危惧種《きぐしゅ》のワシントン協定《きょうてい》（CITES）付則《ふそく》一条にうたわれている「最も厳格《げんかく》な規制下で取り扱われるべき種《しゅ》」に位置づけられており、日本の自然の象徴《しょうちょう》であると宣言《せんげん》されています。国際《こくさい》自然《しぜん》保護《ほご》連《れん》合《ごう》（IUCN）は、沖縄を中心とした南西諸島を生物多様性《せいぶつたようせい》が保護《ほご》されるべき「地球上の二百の環境地帯」の中に含めています。さらに、沖縄県では、辺野古《へのこ》周辺の海域を沖縄の自然環《しぜんかん》境《きょう》維持《いじ》に関する指針《ししん》の中で「最も厳格《げんかく》な環境《かんきょう》保護《ほご》が求められる海域《かいいき》」のランク一に指定《してい》しています。

かいちゃんは、首をかしげて質問しました。

「そんなに大事な生き物がいるなら、ノグチゲラさんのようにちゃんと保護《ほご》しないといけないわ。どうなっているの」

さっちゃんは、考え込むようにして答えました。

「国際的に保護されているジュゴンを守るために、ジュゴンの生活する場所を調べることが義務づけられているのよ。そして、それを造ることによってジュゴンの生活にどんな影響があるのかを予測《よそく》して、保護するためには何をしたらよいのかを示さなければならないことになっていたんだけど、この辺がスムーズに行かなかったようでいろいろと問題を残したようね」

自然環境《しぜんかんきょう》を大きく変える開発《かいはつ》が行われる場合には、環境影響評価法《かんきょうえいきょうひょうかほう》（環境《かんきょう》アセス法）に従って調査し、仮《かり》に開発行為《かいはつこうい》が実行された場合にどんな影響《えいきょう》が環境《かんきょう》に対して及ぶのかを予測《よそく》しなければならず、さらに、この予測《よそく》結果に基づいてどんな対策が必要とされるのかを検討することとなります。一度壊《こわ》された自然《しぜん》は元に戻すのに数百年、あるいは二度と回復《かいふく》できないかも知れません。大規模開発《だいきぼかいはつ》などの場合には、時には実施《じっし》しないことも選択肢《せんたくし》の中に入れて慎重な評価が必要とされます。辺野古崎《へのこさき》に普天間《ふてんま》飛行場の代替施設《だいたいしせつ》を造るという計画についても、環《かん》境影響評価法《きょうえいきょうひょうかほう》に則《のっと》って環境影響評価《かんきょうえいきょうひょうか》が適用《てきよう》されましたが、影響評価《えいきょうひょうか》の対象《たいしょう》となる事業の内容はあいまいに記載《きさい》されており、「飛行機の種類はたった一行《いちぎょう》だけ」「飛行経路《けいろ》も書いてない」というものでした。環境学《かんきょうがく》を専門とする桜井国俊《さくらいくにとし》先生は、まず予測《よそく》するためには、どんな機種《きしゅ》の飛行体がどの経路《けいろ》でどの時間帯にどういう頻度《ひんど》で飛ぶのかを知らないとできないと言っていますが、さすがに環境影響評価審査会《かんきょうえいきょうひょうかしんさかい》の委員からもクレームがついて、追加《ついか》および修正《しゅうせい》の資料《しりょう》が出されるというような状態で始められました。新しい飛行場は日本が造ってアメリカ軍に提供するという形をとったので、日本はすでにアメリカ政府から注文書《ちゅうもんしょ》を受け取っていたはずですが、なぜか法に基づいて設置された審査会《しんさかい》に提示されなかったのです。
もう一つの問題点は、影響調査《えいきょうちょうさ》に入る前にボーリング調査を行うとともに、ジュゴンの通り道に水中ビデオカメラや音を録音するための装置《そうち》であるソナーを備えつけるなど大がかりな調査を実施したということです。素人《しろうと》の目には、生き物の生息調査《せいそくちょうさ》をする前に、生息地《せいそくち》と思われる場所を予《あらかじ》め荒らしておいて、それから調査をするようなものと受けとられています。

このようなことから、国は二〇〇九年八月十九日に、安次富浩《あしとみひろし》氏ら六二一人により環境影《かんきょうえい》響《きょう》評価《ひょうか》の手続きに不備《ふび》があるとして、那覇地方裁判所《なはちほうさいばんしょ》に対し、やり直しと損害賠償《そんがいばいしょう》を求めて提訴《ていそ》されます。しかし、酒井《さかい》良介裁判長《さいばんちょう》は二〇一三年二月二十日、原告《げんこく》らに訴える利益はないとして原告側の請求を却下《きゃっか》するとともに、損害賠償請求についても棄却《ききゃく》（裁判としてとり上げないこと）し門前払《もんぜんばら》いとしました。これに対し、原告側は福岡高等裁判所《ふくおかこうとうさいばんしょ》に控訴《こうそ》しますが、今《いま》泉秀和《いずみひでかず》裁判長は二〇一三年三月七日、一審《いっしん》同様に棄却の判決《はんけつ》を下しました。さらに上告《じょうこく》しますが、最高裁判所《さいこうさいばんしょ》は二〇一三年十二月九日付けで棄却の決定書を送付しました。これをもって辺野古《へのこ》違法アセス訴訟《そしょう》は結審《けっしん》することとなります。

一方、海外においても、ジュゴンの保護をめぐって訴訟が行われています。アメリカ合衆国の生物多様性《せいぶつたようせい》センターや日本のジュゴン保護基金《ほごききん》など日米の複数の自然保護団体は二〇〇三年九月、飛行場建設計画が自然保護動物であるジュゴンの生息《せいそく》を脅《おびや》かしアメリカ文化財保護法《ぶんかざいほごほう》に違反しているなどとして、アメリカ国防省《こくぼうしょう》を相手どりカリフォルニア州連邦地裁《れんぽうちさい》に訴えを起こしました。同裁判所は二〇〇七年一月二十四日、訴えを認め、アメリカ国防省《こくぼうしょう》に対し九十日以内に基地《きち》建設が与える影響を調査し、環境影響評価の結果をまとめた文書《ぶんしょ》を提出するよう求めたということです。

ところが、サンフランシスコの連邦裁判所は、国防総省が二〇一四年四月にジュゴンには影響がないと結論づけたのを受けて、二〇一五年二月十三日に辺野古《へのこ》移設工事の中断を求めた訴訟を棄却、門前払い《もんぜんばら》としてしまいました。理由は、「移設工事は日米政府間の協定《きょうてい》に基づいたもので、同裁判所には工事の中止を命じる法的権限《けいげん》がない」からというものでした（「琉球新報」記事）。これを受けて、日米の環境保護団体《かんきょうほごだんたい》は上訴《じょうそ》しています。

さらに、圧倒的多数の県民の支持を得て知事に当選した翁長雄志《おながたけし》知事は、二〇一三年十二月二十七日に仲井眞弘多《なかいまひろかず》前知事が出した辺野古《へのこ》の埋め立て承認《しょうにん》について、法的な瑕疵《かし》（不備）があるとの理由から承認を取り消しました。これに対し、国は、この場合「国」ではなく事業者として「私人《しじん》」であると主張し、私人に適用される行政不服審査法《ぎょうせいふふくしんさほう》を使い、翁長知事の取り消しの効力《こうりょく》を停止《ていし》させ、沿岸部を埋め立てる本体工事に着手しました。これについて、私人である国民の権利を救済《きゅうさい》する目的で制定された制度を、国が国を救済《きゅうさい》する道具《どうぐ》として使うものだとの批判が出されています。沖縄県は県が決めた埋め立て承認《しょうにん》取り消しの効力を国が停止するのは不当だとして、この国の勧告・指示には従わないことを明言するとともに、国の第三者機関である国地方係争処理委員会《くにちほうけいそうしょりいいんかい》に対し、十一月二日付で不服申し立てを行いました。

これが認められない場合には、県はさらに高等裁判所に提訴することができます。一方、国は十一月十七日、埋め立てを認めない県に代わって国が代わって認め埋め立てを強行できる代執行《だいしっこう》の承認を求めて高等裁判所に訴えを起こしました（「琉球新報」記事）。沖縄県としては、埋め立てを強行する国に対し、工事の差し止めを求める裁判に訴えることができます。対立の場面は法廷に移って行きます。

このように県や住民が国と法的に争っている間に、新基地建設事業に対し、環境保全の立場から監視する第三者機関内において、委員と業者との間で不適切なお金のやりとりが行われていたことが次々に明るみになってきています。

環境監視《かんきょうかんし》等委員会は、沖縄防衛局が設置した組織ですが、移設工事を進める国に対し環境面から指導、助言することを目的としています。ところが、まず公正な立場から委員会をまとめる地位にあった委員長をはじめ委員の中には、辺野古の護岸工事を受注する建設会社や建設コンサルタント会社から寄附を受けとったり、その関連会社の役員を務め報酬をもらっていたことが分かりました。

また、同委員会の委員十三名中七人が二〇一二年のアセスメントの評価書補正に関する防衛省の有識者《ゆうしきしゃ》研究会の委員を務め、うち二名が辺野古移設事業の受注者と共に保全措置《ほぜんそち》に資するために共同でジュゴン研究を行っていたことも明らかにされました（「琉球新報」記事）。委員の公平性、公正性が問われています。

さらに、名護市辺野古区は十一月十八日、行政委員会を開催し、豊原区および久志区を合わせた久辺三区が名護市を通さず国から直接交付金を受けとる方向で協議を始めたようです（「琉球新報」記事）。

今回の基地をめぐる対立の悲しいところは、これまでアメリカ軍対沖縄県民という形で表に出ていましたが、日本政府対沖縄県民という日本人どうしの対立の構図になってしまった点です。沖縄県民は、沖縄戦に続いて、また心の奥深くに傷を負うことになります。

ここまで聞いていたいっちゃんとかいちゃんは、しだいに不安な目つきになってきました。

「お母さん、ぼくたち、私たちも本当に人間の開発《かいはつ》の手から守ってもらえるのかしら」

さっちゃんは、ため息をついて言いました。

「残念なことに、私たち地球上の生物たちの将来は人間の思いや行動にかかっているわ。私たちの越冬地《えっとうち》の熱帯雨林《ねったいうりん》が人間の手で次々と伐採《ばっさい》され、反対に人間の手が加わらなくなることにより耕作放棄地《こうさくほうきち》などが増え、里山が荒廃《こうはい》して、子育ての地である観音山《かんのんやま》周辺の自然が壊《こわ》れて行けば、子や孫は地球上で生きて行けなくなる……」

気丈ないっちゃんには似合《に》わずに、弱々しくポツリと言いました。

「ぼくたちの命は風前《ふうぜん》の灯《ともしび》か……」

さっちゃんは、二人を元気づけようと、羽をあおぎながら答えました。

「ジュゴンは草食獣《そうしょくじゅう》で、海草を食べて生きているの。海岸の浅い海に海草藻場《かいそうもば》が広がるためには、サンゴ礁《しょう》が発達していることが条件なのよ。サンゴは荒波が来ても、東日本の大震災《だいしんさい》のときに松島《まつしま》の二六〇余りの島々が津波《つなみ》の力を抑えたように、しっかりガードし海を静かに保ち、アマモ、スガモ、ウミヒルモなどの藻《も》をしっかり根づかすことができるのよ。このサンゴを守るためには、北部の赤土《あかつち》の大地が、スダジイなどの樹木に厚く覆《おお》われていることが必要となるわ。大切なことは、ノグチゲラとジュゴンがつながっているということを理解してもらい、ヤンバルの森をしっかり守ることによって、赤土の濁《にご》りがジュゴンの住むサンゴの海に流れこまないようにしてもらうことだわ。サンゴさんは沖縄の美しい海にしか生きられないのよ」

かいちゃんは、思わずうなづきました。

「そうか、森と海、そしてノグチゲラさんとジュゴンはつながっているのね」

さっちゃんは、目を細めて笑いました。いっちゃんも安心したようです。

生物学者の池原貞雄《いけはらさだお》先生やヘレン・マーシュ先生が言うように、沖縄の東部海岸は世界における ジュゴン活動の北限《ほくげん》であるとともに、孤立した唯一の生息《せいそく》地帯です。このジュゴンの生存に必要なサンゴ礁をヤンバルの森が支《ささ》えてきました。このヤンバルの森とジュゴンの住む東部海岸を一体として世界遺産《せかいいさん》に指定し、保護していく時期に来ているのかも知れません。

この本を書いている最中に、山梨大学卒の大村智《おおむらさとし》先生がノーベル生物学・医学賞を受賞しました。受賞理由は寄生虫《きせいちゅう》による感染症《かんせんしょう》の治療《ちりょう》を根本的に変えたことです。大村先生は、土《ど》壌《じょう》に生息《せいそく》する細菌《さいきん》が作り出す物質《ぶっしつ》に注目し、日本中の土壌《どじょう》から有望な五十種類を特定し、この中から放線菌《ほうせんきん》が作る物質《ぶっしつ》がアフリカの風土病《ふうどびょう》であるオンコセルカ症《しょう》を治すことをつきとめたのでした。大村先生のノーベル賞の快挙を支えたのは、ほかならぬ地球の生物多様性《せいぶつたようせい》でした。難《なん》病《びょう》の治療《ちりょう》や人類が直面する難問を解決するためには、これ以上生物の種目を絶滅《ぜつめつ》させてはならないと思います。野生絶滅種《やせいぜつめつしゅ》が増えて行くにつれて、同時に人類の生存《せいぞん》環境も悪化しているということを意識の上に乗せて行かなければならないと思います。

さっちゃんは、思い直して安心して飛ぶ子どもたちを優しくみつめながら、諭《さと》すように言いました。

「私たちが絶滅するころには、人類も地球上で生きて行けなくなっているわ。人類は賢《かしこ》い生き物よ。必ず守ってくれるわ」

2　沖縄戦を顧みる

(1)　知事ら集団疎開を進める

民家と比地川《ひじがわ》をはさんだ山にそびえ立つリュウキュウマツの木のてっぺんにある大きな巣《す》にたどりつくと、かいちゃんは、さっちゃんに戦争の話しを聞きたくなりました。

「お母さん、アメリカと日本はとても親しい間柄《あいだがら》なのに、本当に戦争をしたことがあるの」

さっちゃんは、もういっちゃんに話して終わりと思っていたのに、改めてかいちゃんに聞き返されて困《こま》ってしまいました。でも、いつか自分の元を去って独立《どくりつ》して行く子どもたちが安心して渡りができるように、本当のことを話さねばならないと、自分に言い聞かせ、思いきって話すことにしました。

「そうよ、アメリカ合衆国《がっしゅうこく》と日本は、今から七十年前に、西太平洋《にしたいへいよう》において国の威信《いしん》をかけた戦いをして、この沖縄で最《もっと》も激《はげ》しい最後の闘《たたか》いを行ったの……」

かいちゃんは不思議《ふしぎ》そうにまぶたを重々しく閉じて聞いていましたが、また聞き直しました。

「お母さんはなぜ、そんな昔のことをたくさん知っているの」

さっちゃんは目を細めて言いました。

「私たちサシバはね、子孫《しそん》を残すために、おじいちゃん、おばあちゃん、その上の祖父母、そのまた上の曾《そう》祖父母、さらにずっとずっと前のご先祖《せんぞ》様から、渡りの海の道での危険な出来事《ごと》《でき》を代々《だいだい》伝えられてきているの。お母さんは、一人立《ひとりだ》ちする前にお母さんの『しぃ婆《ば》ぁ』によくよく注意されたわ。鹿児島《かごしま》の桜島《さくらじま》の付近《ふきん》を飛ぶときは、火山《かざん》から煙《けむり》がモクモク出ているから接近《せっきん》してはいけません、強い臭《にお》いのする空気を吸《す》い込《こ》んではいけません、台湾《たいわん》の人里《ひとざと》の近くで休むときは木の下の方に止まってはいけません、人間に捕《とら》えられるから。曇《くも》りの日は待ちなさい、沖縄の人たちは、サシバを神の使いと言って崇《あが》めてくれるから心して飛びなさい……とかね、いろいろなことを教えてくれたの。その中でも戦争についてては、たくさんの仲間を亡くしたことから戦争に巻き込まれないようにと詳《くわ》しく話してくれたわ」

かいちゃんは、ふ～んという顔をして興味《きょうみ》しんしんの瞳《ひとみ》になってさっちゃんの次のことばを待ちました。

「お母さん、沖縄の戦争ってどんな戦争だったの」と、いっちゃんが言うと、さっちゃんは、東シナ海に沈《しず》んでゆく卵のキミのようなオレンジ色の大きな太陽を見つめながら……、いいえ、しぃ婆《ば》ぁが何度も何度も繰《く》り返《かえ》し語ってくれたお日様《ひさま》の向《む》こうにある痛《いた》ましい戦争を思いながら、かいちゃんといっちゃんに、しぃ婆《ば》ぁの語りをなぞるように話し始めました。

「だんだん沖縄にアメリカ軍がやってくるかも知れないとのうわさが広がり出すと、県民は動揺し島内が混乱《こんらん》するので、日本政府は一般の県民の集団疎開《そかい》を決めたのよ」

かいちゃんは、それは良いことだと言わんばかりにうなづいて聞きました。

「大変だったでしょうね。島だから逃げるところがないんじゃないの」

さっちゃんは答えました。

「島の外に避難させることになったの」

再びかいちゃんは聞き返しました。

「へぇー、誰が号令をかけたの」

さっちゃんは瞳を輝かせながら「島田知事《しまだちじ》と荒井警察部長《あらいけいさつぶちょう》よ」と言いました。

県民の指導《しどう》にあたっていたのは、島《しま》田 叡《あきら》 知事と荒井退造《あらいたいぞう》県警部長でした。後述《こうじゅつ》するように、県民の中には、沖縄守備隊《しゅびたい》第三十二軍の構成《こうせい》の三分の一を占めながら離脱《りだつ》した第九師団《しだん》の穴埋《う》めのため、十七歳から四十五歳までの男子二万五千名余りが防衛召集《ぼうえいしょうしゅう》され、男子中学生は鉄血勤皇隊《てっけつきんのうたい》、女学生もひめゆり部隊《ぶたい》、あるいは白梅部隊《しらうめぶたい》として任務《にんむ》に就《つ》く者もありましたが、これらの組織《そしき》は島田、荒井両氏の指揮系統《しきけいとう》から離れました。

残った老幼婦子を中心とした県民の島外疎開《そかい》は、一九四四年七月七日夜の緊急閣議《きんきゅうかくぎ》で決まり知事に通達《つうたつ》され、前年の一九四三年に着任《ちゃくにん》した荒井退造部長率《ひき》いる警察部に特別養護室《ようごしつ》を設けて遂行《すいこう》されましたが、一九四四年八月二十二日学童疎開《がくどうそかい》をのせた対馬丸《つしままる》がアメリカ潜水艦に撃沈、かんこう令がしかれ、県民には知らされず、その後も島外への疎開は行われましたが、順調に進みませんでした。同年、十月十日の那覇大空襲《だいくうしゅう》を機に本島内での疎開が促進《そくしん》されることとなり、翌四五年の三月上旬まで続行され、八万人ほどが疎開しました。このうち特に、米軍上陸により激戦が予想された南部に残った県民については、北部の国頭《くにがみ》への疎開が精力的に行われ、北部移動停止が命じられた三月三十一日までに三万人余りが疎開しました。

この間に、荒井部長は沖縄全域の住民保護、治安維持などの戦闘警備《せんとうけいび》を任務とする「警察警備隊《けいさつけいびたい》」を設置し、自ら隊長に就任《しゅうにん》するとともに業務《ぎょうむ》に精励《せいれい》しました。防衛庁防衛研修所戦史室刊、戦史叢書「沖縄方面陸軍作戦」には荒井部長の活躍ぶりが次のように記《しる》されています。

「警察は荒井退造警察部長の高潔《こうけつ》な人格、強い責任感、不動《ふどう》の信念《しんねん》によって、よく衆心《しゅうしん》を集め見事な統制のもとに各方面にわたって活躍した。その業務は一般の治安維持、警備、防諜《ぼうちょう》などのほか民防空《みんぼうくう》、経済の取締《とりしま》り、軍の労務《ろうむ》に関する事項、疎開業務なども主要な業務として含まれているためきわめて多忙であった」。

島田知事が着任したのは一九四五年一月三十一日です。知事は日本政府の特命《とくめい》を受けて潜水《せんすい》艦《かん》で沖縄本島に上陸したとも言われています。知事は三月二十五日午前に慶良間《けらま》列島にアメリカ軍が上陸したのを受けて、県庁を首里《しゅり》に移しました。

四月一日にアメリカ軍は、沖縄本島中部にあたる西海岸の読谷村渡具知《よみたんそんとぐち》の浜を選び上陸し、速やかに飛行場を奪い取り、沖縄本島の空を支配する制空権《せいくうけん》を確保するとともに、地上軍を司令部のある首里に向けて進めました。

島田知事は四月二十七日、南部地区の市町村長と警察署長を首里《しゅり》の県庁壕《ごう》に集め緊急《きんきゅう》対策会議を開催し、五月六日には住民の食料増産や壕生活の指導を行う「沖縄県後方指導挺身隊《こうほうしどうていしんたい》」を組織しました。統帥《とうすい》は知事で、荒井部長は幕僚班長《ばくりょうはんちょう》となり知事を助け、空襲のない夜間は作物の植え付けや収穫を行ったと言われています。

五月二十二日、軍司令部は首里撤退《しゅりてったい》を決めましたが、すでに知事は四月二十九日には県民に対し島尻《しまじり》へ避難《ひなん》するよう指示し、合わせて挺身隊本部も與座方面《よざほうめん》に移動するよう命令していました。このため、島尻地区に集住《しゅうじゅう》していた県民は三十万人に膨《ふく》れ上がっていたと言われます。

ところが、首里から撤退してきた第三十二軍は、同じ島尻南部の八重瀬與座岳《やえせよざだけ》の幾重《いくえ》にも構えを設けた複郭陣地《ふくかくじんち》にやってきたのでした。

このため、沖縄県民は次々とこの悲惨な戦争に巻き込まれ、後で見るように、おびただしい数の犠牲者を生むことになります。

いっちゃんは、そこまで黙《だま》って聞いていましたが、驚いて言いました。

「せっかく苦労して、民間人を逃したのに、日本の軍隊が避難している所にきちゃったの。おかしいよ。軍隊は民間人から離れた場所で闘《たたか》うのが本来の姿でしょう」

さっちゃんは、ゆっくりとうなづきました。

「後で詳《くわ》しく教えるけどね。日本軍の作戦を作る長勇《ちょういさむ》という参謀長《さんぼうちょう》は、戦うときは敵の陣地に入り込んで闘い、守るときは戦闘員ではない一般人の中にもぐって守るというゲリラ戦法の考え方を持っていた戦略家《せんりゃくか》なの。こういう軍人が沖縄戦に派遣《はけん》されたのは、沖縄県民にとって全くの不幸だったわね」

かいちゃんは、目をまん丸にして話しをせかしました。

「その後はどうなっちゃうの」

さっちゃんは、落ち着いてと言うように右と左に翼を広げてなだめました。

「その前に、アメリカ軍がどんな風に沖縄本島に上陸したかを先に話そうね。大平洋戦争で最初で最後の上陸戦だから……」

(2) 米軍、沖縄本島に上陸する

沖縄本島の読谷村《よみたんそん》の地形《ちけい》は、海に突き出た半島状《はんとうじょう》の形で、北の突端《とったん》には残波岬《ざんぱみさき》があり、エメラルドグリーンの色をしたサンゴ礁《しょう》の池（イノー）に囲《かこ》まれています。上空からながめると、天命《てんめい》により人民《じんみん》を平和に治《おさ》める聖天子《せいてんし》が出現《しゅつげん》するときに現われる鳳凰《ほうおう》の姿に似《に》ていると言う人もいるのですが、わたしたちサシバの仲間は、サシバが飛び立つ時の姿をしているということで親しみをもってこの地を上空から見てきました。読谷の歴史は古く、琉球の古謡集《こようしゅう》「おもろさうし」には「よんたむざ」と載《の》っており、昔は「読谷山《よんたんざん》」と記されていました。この地を治めていた中山王察度《ちゅうさんおうさっと》は一三七二年に、長浜港《ながはまこう》を拠点《きょてん》に初めて中国の明《みん》と朝貢貿易《ちょうこうぼうえき》を行い栄えました。その後、尚巴志《しょうはし》が北、中および南の三山《さんざん》を統一《とういつ》するに当たり功績《こうせき》のあった護佐丸《ごさまる》を、サンゴでできた美しい宝石のような座喜味《ざきみ》城主《じょうしゅ》に任《にん》じ、読谷《よみたん》を統治《とうち》させることとしました。琉球《りゅうきゅう》の楽器《がっき》、三線《さんしん》の祖《そ》と言われるオモロ歌唱《かしょう》の名人として讃《たた》えられた赤犬子《アカインコ》も、読谷の生まれです。

アメリカ軍が、一九四五（昭和二十）年四月一日に読谷の西海岸に上陸したときは、早朝から抜けるような青空が広がり、そこにちぎれ雲がぽつんぽつんと浮かんでいました。海岸には、琉球王府の三司官《さんしかん》であった蔡温《さいおん》が植えたと伝《つた》えられる枝ぶりの良いリュウキュウマツの立派な大木《たいぼく》が海岸線のはるかかなたまで連《つら》なって立っていました。しぃ婆《ば》ぁもこのリュウキュウマツの木の上にのり、サンゴ礁のかけらでできた真《ま》っ白い砂浜《すなはま》と青々とした男らしい枝振《えだぶ》りの松が連なる美しい浜辺の光景―白砂青松《はくしゃせいしょう》とはこういう景色を言うのかと改《あらた》めて思い、時間を忘れてながめていました。ずっとこのように明け、いつものように暮れるんだろうと思っていました……。

アメリカ軍が上陸したこの日について、米陸軍省戦史編纂部《べいりくぐんしょうせんしへんさんぶ》の記録によると、次のように記されています。

「一九四五年四月一日、復活祭《ふっかつさい》の日曜の明け方。（中略）天気は晴れていたが、空気は冷たかった。気温は二十四度よりやや低く、さわやかな東北東の微風《びふう》が静かな海面にさざ波を立て、渡具知《とぐち》海岸には、白い波頭《なみがしら》さえも見えなかった。視界は午前六時まで十六キロ。それ以降は、霧《きり》や靄《かすみ》で八キロないし十一キロであった。これ以上の攻撃《こうげき》の好条件は想像もできなかった」

まだ夜の暗さが残る午前四時を回ったころより、北西の残波岬《ざんぱみさき》から慶良間列島《けらまれっとう》の神山島《かみやまじま》に至《いた》る広大な海域《かいいき》に次々に艦艇《かんてい》が集まって来て、あっという間に一千、二千隻《せき》に達したといわれています。その後に続くように三十機ほどのまとまりで編隊《へんたい》を組んだ敵機《てっき》が、続々と飛んで来たということです。白砂青松のリュウキュウマツに羽衣《はごろも》のようにかかっていた朝霧《ぎり》がしだいにとれてくるのに伴い、全景《ぜんけい》がいよいよ明らかになるに及んで、エメラルドグリーンの海は遠景《えんけい》「船七分、海三分」となり、ほとんど海の色が見えない状態《じょうたい》となっていることが監視《かんし》の無線連《むせんれん》絡《らく》で分かりました。

上陸するアメリカ軍の勢力《せいりょく》については、米国陸軍省《べいこくりくぐんしょう》の記録が誤《あやま》りがないので、これによると、水平線《すいへいせん》に太陽が昇る夜明け二十分前の五時三十分、戦艦《せんかん》十隻、巡洋艦《じゅんようかん》九隻、駆逐艦《くちくかん》二十三隻、砲艦《ほうかん》一七七隻が比謝川《ひじゃがわ》の西岸《せいがん》に広がる読谷飛行場から北谷《ちゃたん》までの直線にして約十キロの海岸に向けていっせいに砲門《ほうもん》を開き、第一陣《じん》が上陸する八時三十分までの約三時間にわたって砲《ほう》撃《げき》を続けました。この間発射《かんはっしゃ》された砲弾《ほうだん》は、直径《ちょっけい》十二センチ以上の大型弾丸《だんがん》が五万四八二五発、推進器《すいしんき》で自力で飛行するロケット弾が三万三千発、遠距離《えんきょり》の標的《ひょうてき》に向かって地球の重力《じゅうりょく》を上手《じょうず》に利用しながら山なりに飛んで行く曲射砲弾《きょくしゃほうだん》が二万二五〇〇発に上り、渡具知《とぐち》や嘉手納《かでな》の海岸から陸上一キロの範囲《はんい》内においては、平均して三十メートル四方内に二十五発撃《う》ち込んだ公算《こうさん》となります。まさに太平洋戦争における上陸戦《じょうりくせん》では史上最《しじょうもっと》も激《はげ》しい集中攻撃《しゅうちゅうこうげき》だったといえます。よく晴れた空であったため、噴火のようにもうもうと黒い爆煙で空が覆われたかと思うと、続いて巻《ま》き上がる土煙《つちけむり》がこれに混《ま》じり合いあっという間に空と海の境《さかい》も、陸と海の境も区別《くべつ》がつかなくなってしまいました。さらに七時四十五分からは到着《とうちゃく》したばかりの航空母艦《こうくうぼかん》から無数《むすう》の戦闘機《せんとうき》が舞《ま》い上がり、付近一帯《ふきんいったい》の機関銃《きかんじゅう》を設置《せっち》した銃砲座《じゅうほうざ》（トーチカ）や飛行機などを隠《かく》す掩体壕《えんたいごう》などに対しては、約千度を超《こ》える高温で燃え上がり広範囲《こうはんい》に焼き尽くす油脂製《ゆしせい》の焼夷弾《しょういだん》であるナパーム弾《だん》を使用しました。

短い距離《きょり》を走行して直接岸辺《ちょくせつきしべ》に乗り上げ、兵員《へいいん》や戦車《せんしゃ》を陸揚《りくあ》げする上陸用舟艇《じょうりくようせんてい》が母船《ぼせん》の揚陸《ようりく》艦《かん》の周辺《しゅうへん》を回っていましたが、八時になると海岸から三六〇メートルのところで旗《はた》を立てた水《すい》陸両用戦車《りくりょうようせんしゃ》を先頭に、おびただしい数の上陸部隊《じょうりくぶたい》が隊列《たいれつ》を組んで海岸に向けて突進《とっしん》して来ました。これに合わせて、艦砲射撃《かんぽうしゃげき》の射程《しゃてい》は海岸から内陸部《ないりくぶ》に移《うつ》されると同時に、空母《くうぼ》から発進《はっしん》して来て上空に待機《たいき》していた艦載機《かんさいき》が一隊《いったい》六十四機《き》の二編《へん》隊をつくり、急降下《きゅうこうか》して銃撃《じゅうげき》を始めるのでした。その中を第一波に二、三分も遅れずに第二波、第三波が出撃《しゅつげき》し、第五波から上陸部隊を乗せた水陸両用トラックが第七波まで続きました。戦車隊は上陸に先がけて日本軍の陣《じん》地《ち》と目《もく》される個所《かしょ》に対し、砲身《ほうしん》が短い七十五ミリの榴弾砲《りゅうだんほう》をばんばん打ち込み始めます。後続《こうぞく》の上陸部隊が上陸すると、打ち方止めです。すると、立ち込めていた砲煙《ほうえん》はすっと引き、代わってのどかで美しい読谷《よみたん》の風景が浮かび上がり、アメリカ兵の心をとらえるのでした。愛らしいピンク色のブーゲンビリアが咲き誇《ほこ》る海岸沿いの農地はよく耕され、リュウキュウマツのはるか後方《こうほう》の地平線には砲撃で破れた集落《しゅうらく》からいく条《すじ》もの煙《けむり》が上がるのが確認できました。九時半ごろにはアメリカ兵一万六千が上陸を終了していたと言われています。戦闘部隊の上陸に続いて支援《しえん》部隊、次に兵器《へいき》爆弾、さらに食糧《しょくりょう》などの補給物資《ほきゅうぶっし》が順序良く運び込まれて行きました。この間約三時間、日本軍の抵抗《ていこう》はほとんどなかったということです。アメリカ軍が一方的《いっぽうてき》に進める進攻《しんこう》の姿は壮麗《そうれい》であり、大演習《だいえんしゅう》さながらのような錯覚《さっかく》を見るものに与えたと伝えられています。

いっちゃんとかいちゃんは、さっちゃんが語るのを夢中《むちゅう》になって聞いていました。でも、いっちゃんは、日本軍が全然抵抗しないでアメリカ軍がすんなり上陸できてしまったことに合点《がてん》が行きませんでした。

「お母さん、アメリカ軍は上陸する前から周到《しゅうとう》に準備していたんだね」

と問《と》うと、お母さんはうなづいてみせました。

「そう、アメリカはね、沖縄での戦いに太平洋のすべてをかけて臨《のぞ》んできたのよ」

アメリカ合衆国の太平洋戦争の最終的なねらいは、日本の意思《いし》を通すために使われる軍事《ぐんじ》力《りょく》の根源《こんげん》となっている、東京から下関《しものせき》にかけて広がる重工業《じゅうこうぎょう》地帯《ちたい》を破壊《はかい》することにありました。このため、当初《とうしょ》アメリカ軍《ぐん》は、フィリピンを占領《せんりょう》してから、ここを拠点《きょてん》に台湾《たいわん》に侵攻《しんこう》し、それから日本本土《ほんど》に迫《せま》る案《あん》をもっていました。しかし、小笠原《おがさわら》および沖縄を制圧《せいあつ》した方が、空《くう》軍基地《ぐんきち》を確保《かくほ》することによって日本本土の爆撃を行えるようになるとともに、日本に向かう石油などの資源《しげん》を輸送《ゆそう》する海上ルートを断《た》つことができると考えられるようになりました。このため、アメリカ統合参謀本部《とうごうさんぼうほんぶ》は一九四四年十月三日に、太平洋艦隊司令部長官《かんたいしれいぶちょうかん》ニミッツ大将《たいしょう》に翌年三月一日までに琉球列島の島を一つ以上占領《せんりょう》するよう命令《めいれい》しました。ニミッツ司令官《しれいかん》はこれを受《う》けて同月五日、太平洋にある全軍に対し、台湾侵攻作戦《たいわんしんこうさくせん》を中止とすること、並びに翌年三月一日までに沖縄に拠点《きょてん》を確保《かくほ》することを伝達《でんたつ》しました。

琉球侵攻軍《りゅうきゅうしんこうぐん》には、台湾侵攻作戦《たいわんしんこうさくせん》の司令官《しれいかん》に内定《ないてい》していたバックナー中将《ちゅうしょう》が率《ひき》いる第十軍が遠征《えんせい》第五十六機動部隊《きどうぶたい》としてあたることになりました。この機動部隊を構成《こうせい》する主要《しゅよう》な部隊には、陸軍第二十四軍団や第三海兵隊軍団《かいへいたいぐんだん》などがあり、前者はアッツ島、クエゼリン、レイテ戦で日本を敗北《はいぼく》へ導《みちび》いた第七および第九十六師団《しだん》からなり、また後者は、マーシャル群島《ぐんとう》、サイパン島の攻略《こうりゃく》に加わった第一および第六海兵師団からなっています。

さらに全体の作戦の指揮《しき》については、上陸まではミッドウェー海戦《かいせん》でアメリカの空母《くうぼ》部隊の指揮官《しきかん》として日本の艦隊《かんたい》に潰滅的《かいめつてき》な打撃《だげき》を与《あた》えたスプルーアンス海軍大将《かいぐんたいしょう》と、ワシントンの海軍作戦本部《さくせんほんぶ》の戦争計画部長《せんそうけいかくぶちょう》を務《つと》めた作戦の大家《たいか》であり、サイパン上陸作戦を指揮し日本軍を玉砕《ぎょくさい》に追い込んだターナー海軍中将《ちゅうじょう》があたりました。また、上陸後《ご》の全地上軍《ちじょうぐん》の指揮官には、南北戦争で英雄となった南軍《なんぐん》の将軍の子息《しそく》であるバックナー陸軍中将があたることになりました。

沖縄侵攻作戦に動員《どういん》された兵力《へいりょく》は全軍十八万三千で、このうち十五万四千が七個師団の戦闘部隊として編成《へんせい》され、戦車大隊《だいたい》、水陸両用《すいりくりょうよう》トラック大隊などを備え、完全装備《そうび》で臨《のぞ》んでいました。

いっちゃんはここまでだまって聞いていましたが、ため息《いき》をついて驚《おどろ》きました。

「ああ窒息《ちっそく》しそう。太平洋に展開《てんかい》している軍隊を全部かき集めて沖縄に持ってきて、どさっと降《お》ろしたっていうわけね」

さっちゃんは、すかさずうなづいて、

「その通り……」

と言うと、続けました。

「アメリカ軍は沖縄攻略《こうりゃく》が決まったからといって、突然攻めてきたわけではないのよ。じっくりと周辺《しゅうへん》から順序良く詰《つ》めて来たの」

スプルーアンス海軍大将の率いる大型空母機動部隊である第五十六機動部隊は、沖縄侵攻に備え本土《ほんど》からの航空機の支援を予《あらかじ》め防ぐために、一九四五年三月十四日にウルシー島を出発、九州《きゅうしゅう》、中国《ちゅうごく》および四国《しこく》にある日本本土の飛行場や海軍の基地《きち》を攻撃するようになりました。そして、三月二十三日からはアメリカ機動部隊による沖縄本島に対する空襲《くうしゅう》が始められ、翌日二十四日よりアメリカ艦隊《かんたい》からの艦砲射撃《かんぽうしゃげき》を開始しました。ついに二十六日の早朝、第七十七師団の四個大隊が晴れ間の中を海軍の案内艦に守られながら、慶良間《けらま》列島の阿嘉島《あかじま》から慶留間《げるま》島、そして座間味島《ざまみじま》に上陸し進撃しました。二十七日には渡嘉敷島《とかしきじま》、三十一日には神山島《かみやまじま》に上陸しました。なぜこんな小さな島を最初に攻めたのかというと、慶良間列島には日本海軍三百名の海上寄襲隊《きしゅうたい》が潜《ひそ》んでいたからです。この守備隊《しゅびたい》は、特攻攻撃艇《とっこうこうげきてい》や潜航艇《せんこうてい》などを備え、軍需物資《じゅぶっし》と兵を積んだ輸送船《ゆそうせん》に対して自爆《じばく》による攻撃《こうげき》を行うことを使命《しめい》としていました。アメリカ軍は、本島上陸に先立ちこれらの特攻基地《とっこうきち》を無力化するとともに、反対にアメリカ軍の小型海軍基地《きち》として、本島攻撃のための戦闘機《せんとうき》の発着《はっちゃく》、艦船《かんせん》の燃料《ねんりょう》補給《ほきゅう》に使用されることになりました。占領《せんりょう》され百五十五ミリ砲《ほう》二十四門が据《す》えられた慶伊瀬島《けいせじま》（チービシ）などは、那覇から西方十三キロしか離れていませんでした。これらの諸島が占領された段階で沖縄の南部はアメリカ軍の射程《しゃてい》内に入ったことになります。

さらに、アメリカ中部太平洋機動部隊《きどうぶたい》の指揮下《しきか》にある第五十八機動部隊が本島の北と東に待《たい》機《き》し、北東から来る特別攻撃隊《とくべつこうげきたい》に備《そな》え、第五十二機動部隊も西方からくる日本軍の援軍《えんぐん》にらみをきかせました。

また、本島周辺のエメラルドグリーンの美しいサンゴ礁《しょう》の海から沖の深みには、アメリカ軍の新式の潜水艦《せんすいかん》部隊が獲物《えもの》を狙《ねら》うサメのように動き回っていました。これらの航空機や潜水艦には敵の接近を遠方からでも探知《たんち》できるレーダーを備えていましたが、日本軍はこのレーダーのことをあまりよく知らなかったようです。しかも四月一日の西海岸への上陸作戦敢行中には、第二海兵師団《かいへいしだん》が南東海岸《なんとうかいがん》に出現し、上陸するとみせかけるおとりの陽動作戦まで行い、かなり手の込んだ綿密《めんみつ》な作戦計画を作り上げていたようです。

いっちゃんは、もう参《まい》りましたというように、首をすぼめて黙《だま》り込んでしまいました。かいちゃんが突《つ》っ込みました。

「日本軍は何をしていたの。敵軍が領土《りょうど》を侵攻《しんこう》して来るのに、国土《こくど》も守れないで……どこにいたの」

かいちゃんの厳《きび》しい問いに、いっちゃんもつられて、

「そう、そうだ」

と相《あい》づちを打ちました。さっちゃんは困《こま》った顔をして答えました。

「日本の軍隊は、領海《りょうかい》、領空《りょうくう》、それに最《もっと》も大事な領土《りょうど》を守ることが使命《しめい》だから、海はとられても最低限領土に敵が侵入してきたら撃退《げきたい》するのが本来のあるべき対応でしょうね」

いっちゃんもかいちゃんも声をそろえて言いました。

「そうだよ。敵が領土に上陸するのを黙《だま》って見ていたなんておかしいよ」

さっちゃんはすっかり返答に困ってしまいましたが、しぃ婆《ば》ぁに教えてもらったことを一つひとつ思い出して答えました。

「日本の兵隊さんのうち、海で闘《たたか》う海軍は、アメリカ軍が沖縄に来るまでに、ミッドウェーとその後のガダルカナル島をめぐる熾烈《しれつ》な戦いなど海域《かいいき》での長い戦いの中で、徹底的《てっていてき》に空母《くうぼ》、戦艦《せんかん》などの軍備《ぐんび》を消耗《しょうもう》しつくしてしまっていたの。一方、地上で闘う陸軍の方も、頼りにして

いた精鋭《せいえい》部隊である第九師団も台湾防衛《たいわんぼうえい》に引き抜かれたのに、その穴埋《あなう》めの軍隊が本土から送られて来なかったり、沖縄守備隊《しゅびたい》の上位指揮系統《しきけいとう》が大本営《だいほんえい》から台湾軍《たいわんぐん》へと次々に変更《へんこう》された上に、実際本島に配置《はいち》された部隊も、ここが「死に場所」と決めて自分の甲羅《こうら》に合わせて塹壕《ざんごう》を強固に造ったのにもかかわらず、何度も陣地《じんち》を移動させられたりしたので、闘《たたか》う意欲《いよく》である士《し》気《き》が保てない状態になっていたのよ。また、一九四四（昭和十九）年十月十日の那覇大空襲《なはだいくうしゅう》で港に荷上《にあ》げされた物資《ぶっし》が焼かれた後、輸送船《ゆそうせん》が沖縄に向かう途中で空母《くうぼ》から飛んで来る艦載《かんさい》機《き》や潜水艦《せんすいかん》に撃沈《げきちん》されたため、食糧《しょくりょう》や弾薬《だんやく》が十分になかったの。驚《おどろ》いたことには、沖縄の固い地層《ちそう》を利用して塹壕《ざんごう》などを構築《こうちく》する際《さい》には、アメリカ軍はブルドーザーを使うのに対して、日本軍の設置隊《せっちたい》ではツルハシ、シャベル、それからトロッコなどを使っていたために、ブルドーザーを初めて見たという日本兵もいたくらいよ。日本軍だけではなく沖縄県の住民、沖縄県内全中学校の男女の学生たちも勤労動員《きんろうどういん》として軍官民《ぐんかんみん》一体の名のもとに、炎天下の中をツルハシを持ち、塹壕掘り、小禄飛行場《おろくひこうじょう》の排水溝掘り、天久《あめく》の高射砲陣地《こうしゃほうじんち》の構築などの土木《どぼく》作業を軍の命令で行ったのよ。守る方は文字通り、惨《さん》たんたる状態《じょうたい》ね」

日本は、ここまでは守りきるという守備確保圏《しゅびかくほけん》を持っていましたが、真珠湾《しんじゅわん》を奇襲攻撃した後、波に乗って一九四二（昭和十七）年一月までに、東はミッドウェーから南はポートモレスビーまで攻略圏《こうりゃくけん》を大幅に拡張しました。ところが、六月のミッドウェーにおける大敗北を契《けい》機《き》に、ニューギニア東部のポートモレスビーにおいても補給《ほきゅう》に行き詰って後退を余儀《よぎ》なくされ、ソロモン群島《ぐんとう》の南のガダルカナル島でも完敗することとなり戦況は日毎に不利となって行きました。このため、日本軍の攻略圏《こうりゃくけん》は開戦前に戻ることになりましたが、この間にこれまで勝ち進んできた日本軍の推進力《すいしんりょく》となっていた戦闘機《せんとうき》を積載《せきさい》する航空母艦兵力《こうくうぼかんへいりょく》をはじめ、島国の基地《きち》を拠点《きょてん》とする基地航空兵力《きちこうくうへいりょく》、さらに人員《じんいん》や弾薬《だんやく》、燃料《ねんりょう》を運ぶ輸送力《ゆそうりょく》も回復できる限界を超えて喪失《そうしつ》してしまいました。これに反してアメリカ軍を中心とする連合国軍側は、アメリカ合衆国の工業力にものを言わせて増強し始めます。こうして日本軍と連合軍《れんごうぐん》の軍事的なバランスは大きく崩《くず》れて行くこととなります。連合国側は物量において優位《ゆうい》に立ってからも慎重な行動をとり、日本軍の最前線《さいぜんせん》にある堅い守りを避け、防衛線《ぼうえいせん》内の守備《しゅび》の弱いところを狙《ねら》って突いて行く戦法《せんぽう》をとりました。日本海軍は、連合国軍が日本軍の防衛圏の周辺からじわじわと遠しに迫《せま》ってくるのではないことが分かると、マーシャル→カロリン→マリアナへと直線的に太平洋を横断して来るルートを想定し、不敗の態勢《たいせい》をとる守備確保圏、いわゆる絶対国防衛圏《ぜったいこくぼうえいけん》を一気にマリアナ群島および東西カロリン群島まで縮小し、西方の海上において、昭和十九年六月に連合国軍の主力であるアメリカ海軍に対し最後の決戦《けっせん》を挑《いど》むことを決めました。この作戦を「あ」号作戦《ごうさくせん》と呼びます。動員された日本海軍の兵力は、日本軍のトラの子である最新鋭《さいしんえい》の大鳳《おおとり》の他、パールハーバー以来の歴戦の翔鶴《しょうかく》、飛鷹《ひよう》を含む空母《くうぼ》九隻、大和《やまと》、武蔵《むさし》以下戦艦《せんかん》五隻、巡《じゅん》洋艦《ようかん》十三隻、駆逐艦《くちくかん》二十九隻から成る小沢治三郎《おざわじさぶろう》海軍中将率いる機動部隊と、日本海軍の基地航空部隊の全兵力で構成される航空艦隊などです。このように大量の戦力が動員されたケースは真珠湾も含め前にも後にもないということで、日本海軍史上最大の海戦となりました。

ところが、六月十九日に、火蓋《ひぶた》が切られると、アメリカ海軍の航空母艦は全くの無傷で残り敵艦隊の一方的な勝利に終わりました。その上日本海軍は航空機約四七〇機を失い、生還した日本機は六十機に満たないと伝えられています。大鳳はじめ空母七隻が撃沈《げきちん》されたのに対し、日本海軍は母艦飛行機隊の壊滅《かいめつ》的な損害《そんがい》を受けるとともに熟練《じゅくれん》した多くの飛行教官を同時に失い、二度と立ち直ることができない体となってしまったのでした。アメリカ側が分析《ぶんせき》した日本海軍の大敗北の原因については、日本の基地航空部隊の攻撃はバラバラで相互《そうご》の連携《れんけい》がとれていないのに加え、例えば戦闘機の編隊《へんたい》による戦闘でも実際に攻撃が始まると一機づつちりじりになってしまったことだと分析しています。リーダー機を撃ち墜とされると、後に続いた未熟なパイロットたちは戻ることもできず、その多くが海没《かいぼつ》したと伝えられています。この「あ」号作戦については、中部太平洋艦隊参謀《さんぼう》であった平櫛陸軍中佐《ひらくしりくぐんちゅうさ》の証言《しょうげん》によると、サイパン戦に参加中の自分も師団長《しだんちょう》も全く知らされていなかったということです。おそらく本作戦の全体を承知していたのは、大本営《だいほんえい》との無線連絡を担当《たんとう》していた海軍無線局と、その指令《しれい》を受ける南《な》雲海軍中将《ぐもかいぐんちゅうじょう》ぐらいではなかったかと言っています。しかも大本営陸軍部の佐藤軍部局長《さとうぐんぶきょくちょう》でさえマリアナ海戦を知らされていなかったと語っています。しかしながら、豊田《とよた》連合艦隊司令長官が決戦の開始にあたり「皇国《こうこく》の興廃此《こうはいこ》の一戦《いっせん》に在《あ》り」と全軍に訓示《くんじ》し、日本海軍の航空および水上の全ての部隊を実際に動かしていたのですから、知らないわけはなく、軍の秘匿体質《ひとくたいしつ》を示して余りあるものだと思います。

反対に、仮に生き残った将兵たちの証言に偽《いつわ》りがないのだとすれば、五百機前後の航空機を海の藻《も》くずと化し日本航空戦力を壊滅に至らしめながらも、この事実を知らないような戦争を戦っていたのですから、その責任は重く、国内における法的、道義的《どうぎてき》追求がなされてしかるべきであろうと思います。

この後、日本海軍は七月に、フィリピン、台湾、沖縄、そしていよいよ日本領土に侵攻してきた場合には、残った兵力の全てをかけて戦うという背水《はいすい》の陣《じん》を敷く計画を立てました。これを「捷《しょう》」号作戦と呼びます。しかし、中味を見ると、航空隊は約六百機で構成されましたがその大半は訓練不足であり、アメリカ軍の歴戦のパイロットには遠く及びませんでした。また、水上兵力には大和《やまと》が残っていましたが、日本の戦艦中心の戦法はすでに時代遅れとなっており、アメリカ海軍の空母を中心とした機動力には大きく劣るものとなっていました。

こうして、日本海軍にとって唯一最後に残された戦法が、身を犠牲にして敵艦に攻撃するという捨て身の戦法だったわけです。

一方、陸軍については、当時の沖縄の守備隊が奇襲攻撃に備えるものでしかなかったため貧弱であったことから、昭和十九年三月に沖縄方面の防衛のため大本営直属《ちょくぞく》の第三十二軍を新たに創設《そうせつ》しました。その後、大本営はサイパンの防衛が絶望的になったのを受けて、六月二十六日に、ソ連軍の南下に備えて満州《まんしゅう》北部にあった陸軍精鋭部隊《りくぐんせいえいぶたい》である第九師団《しだん》を、サイパン奪回《だっかい》作戦に参加することになっていたのを転用《てんよう》して沖縄に派遣《はけん》することにしました。また、満州北部にあって砲兵力《ほうへいりょく》に定評のあった第二十四師団、および中国北部で警備にあたっていた第六十二師団を中国大陸から呼び寄《よ》せました。三月の発足時の司令長官は渡辺正夫《わたなべまさお》陸軍中将でしたが、病気療養《りょうよう》のため八月に陸軍士官《しかん》学校長である牛島満《うしじまみつる》中将と交代《こうたい》しています。軍の参謀長には満州の第十師団歩兵《ほへい》団長でサイパン奪回作戦に参戦する予定であった長勇《ちょういさむ》少将《しょうしょう》が、さらに、軍の高級作戦参謀《こうきゅうさくせんさんぼう》にはアメリカ留学《りゅうがく》の経験がある八原博通《やはらひろみち》大佐《たいさ》がそれぞれ就任しましたが、豪快《ごうかい》で積極果敢《かかん》な長参謀長と慎重で合理的に考える八原高級参謀との間にはしばしば意見の対立が見られたということです。それだけではなく、沖縄防衛を担う第三十二軍の帰属《きぞく》先が、創設時の三月までは大元帥《だいげんすい》天皇の統帥機関《とうすいきかん》である大本営直属ということで兵士たちは鼻高々《たかだか》で士気《しき》が上がっていましたが、五月には大本営直轄《ちょっかつ》から外され西部軍の配下《はいか》に入り、その後わずか二か月で台湾《たいわん》軍と称《しょう》される第十方面《ほうめん》軍の傘下《さんか》となりました。このように転属《てんぞく》が繰り返された理由は、補給をする場合に帰属先が明確な方が都合《つごう》が良いというものでしたが、軍中央の大本営に自分たち第三十二軍が軽く扱われているという意識が醸成《じょうせい》されることとなり、沖縄戦が激化するにつれて大本営と現地司令部が対立《たいりつ》する場面を生むことにつながって行きます。

　大本営に対する三十二軍司令長官および参謀長の不信感を決定的にしたのは、大本営はアメリカ軍が台湾侵攻《しんこう》作戦を放棄《ほうき》し沖縄侵攻を決めていたのを察知《さっち》することができず、レイテ決戦を理由に沖縄から兵力を割《さ》いたことでした。まずレイテに向けて台湾から三師団を引き抜いてきました。次に玉突きのように手薄となった台湾防衛の穴埋めに向けて沖縄から一個師団を抜くことになりました。このため、現地の八原作戦参謀は、上陸してきたばかりのアメリカ軍が侵攻の陣地を海辺に構築したところを砲兵が一斉《いっせい》に砲弾をあびせかけ、混乱に乗じて歩兵が全軍突撃してアメリカ軍を海中に追い落とすという作戦を立てていたことから、七・五センチ山《さん》砲《ほう》三十六門のみで装備されタスキに長しの第九師団を派遣することを決めてしまったのです。ところが、第九師団は、沖縄守備隊の中でも最精鋭の部隊であり、しかも第三十二軍発足《はっそく》当初から沖縄に配置されていたことから沖縄県民との交流も深く、したがって県民に最も信頼の厚い師団でした。このような第九師団が抽出《ちゅうしゅつ》されることになったのは、守備隊のみならず県民にとっても大きな痛手《いたで》となりました。大本営陸軍部はこの穴埋めのため一月に姫路《ひめじ》にあった第八十四師団を沖縄に補充《ほじゅう》すると言ってきましたが、ついに実行されることはありませんでした。結局、沖縄守備隊は、当初編成された軍の三分の二で守ることを強いられることになったのです。こういう対応が、現地の中央に対する信頼を大きく損《そこ》ねることにつながったのは当然のことです。

しぃ婆《ば》ぁは知っていました。このことが後に続く沖縄の悲劇につながっていくことを……。

いっちゃんは言いました。

「守る兵隊さんの数が三分の一も減《へ》らされて、どうやって戦うの」

さっちゃんは、青いお空を仰ぎ、大きくため息をつきました。すると、悲しい顔をしたしぃ婆《ばあ》ぁの姿がさっちゃんの瞳に映りました。

「大本営はね、民間人である沖縄の住民から兵隊を募《つの》るように命令したのよ……」

かいちゃんは、驚きました。

「鉄砲も持ったこともないのに……手榴弾《しゅりゅうだん》を持たされて弾《たま》の中に立つの。それから人を殺したこともないのに……竹やりを持って敵を突《つ》くの。人を殺すなんてできないー。殺すなんてできるわけないいじゃないー」

さっちゃんの瞳は涙でいっぱいになりました。

「大人は防衛隊《ぼうえいたい》、義勇隊《ぎゆうたい》として現地召集《げんちしょうしゅう》され、戦場に送り出されたの。それでも足りなくて中学生まで動員された……。とりわけ女子生徒がひどかったわ。命がけで日本の国のために働いたんだよね。そう……。看護婦《かんごふ》の助手《じょしゅ》となって戦争の只中《ただなか》の野戦《やせん》病院に配属され、負傷兵《ふしょうへい》の看護や汚物《おぶつ》処理、死体の処理までやったと聞かされた……。最後には一方的に解散を宣告《せんこく》され、軍隊の幹部《かんぶ》は北部に逃げたのに、彼女たちは逃げるところもなく、摩文仁《まぶに》の丘の南の断崖《だんがい》の穴の中に隠れて何人も自らの命を絶《た》ったということらしい。これから花咲く命なのに……」

元沖縄県知事の大田昌秀《おおたまさひで》さんも戦時中「鉄血勤皇隊《てっけつきんのうたい》」として動員されました。戦後七十年が経《た》ち、現役《げんえき》で奉仕した方々のうち、年々生存者が少なくなって行く中で、大変希少《きしょう》な生き証人《しょうにん》となりました。

沖縄守備隊は三分の一の不足となった兵力を補うために、現地召集という名目で約二万五千人の民間人を動員するとともに、十四歳から十七歳までの男女中等学校生も戦地に送り込まれました。大田元知事の話しでは、男子十五歳以上六十歳まで、女子十七歳以上四十歳までを徴《ちょう》集《しゅう》とは別に戦闘員《せんとういん》として召集《しょうしゅう》できるようになったのは一九四五（昭和二十）年六月二十二日に公布《こうふ》となった「国民義勇兵役法《こくみんぎゆうへいえきほう》」施行《しこう》以降なので、中等学校生はもちろん十八歳以上であっても仮に正規《せいき》の徴兵《ちょうへい》の手続きを経ないで戦闘員《せんとういん》として軍隊の指揮下に所属させたとすれば、問題《もんだい》があるとおっしゃっています。現に捕虜《ほりょ》となった鉄血勤皇隊と名乗る二人の男性兵は、アメリカ軍の軍政要員《ぐんせいよういん》に年齢をたずねられ、それぞれ十八歳と二十歳と答えたようですが、写真からはどうみても十四、五歳にしか見えません。この様子の写真は、月刊沖縄社刊《げっかんおきなわしゃかん》「沖縄戦《おきなわせん》　衝撃《しょうげき》の記録写真集《きろくしゃしんしゅう》」および高文研《こうぶんけん》「決定版《けっていばん》　写真記録沖縄戦《しゃしんきろくおきなわせん》」に掲載されていますので参照下さい。

それによると、男女中等学校の生徒は、男子については、学校ごとに「鉄血勤皇隊」に組織され、現在の中学生にあたる下級生は通信隊員として、現在の高校生にあたる上級生は陣地構築、食糧および弾薬の運搬、部隊間の伝令、そして陸軍司令部が首里から南部に撤退してからは特攻切り込み隊として戦闘に参戦することになりました。一方、女子については、研修も不十分なまま看護婦として各地の野戦病院に配属されました。業務内容は傷病兵《しょうびょうへい》の手当てや戦死者の処理、炊事《すいじ》、水汲みなどに従事《じゅうじ》しましたが、軍と共に行動したために銃弾《じゅうだん》に倒れるものが多かったと言われています。参戦した大田昌秀《おおたまさひで》元知事は、学徒《がくと》への参加は法的根拠《こんきょ》がなかったために、生徒の志願という形がとられたが、実際には強制と変わることはなかったと証言《しょうげん》しています。動員生徒数をまとめてみると、男子は一七八三人で沖縄師範《しはん》学校男子部が三八六人と最も多く、犠牲者も二二六人で五八・五％、次いで沖縄県立第一中学校で二五四人で犠牲者も一七一人で六七・三％が亡くなっています。

一方、女子の動員数は四〇五人で、最も多かったのが沖縄県師範学校女子部で一五七人、犠牲者は五一・六％、次が県立第一高等女子学校で六十五人、犠牲者は四十二人で六四・六％に達しました。

沖縄の鉄血勤皇隊が、陸軍司令部とともに南部に移ってから斬《き》り込みに参加させられたとの話を聞きますが、同じ沖縄の県民が多数移住していたサイパン島においても、子どもたちを巻き込んだ斬り込みが行われていたという証言があります。那覇市の上運天研成《かみうんてんけんせい》さんは、昭和十九年六月、高等科一年（現在の中学一年）でしたが、アメリカ軍の空襲《くうしゅう》と艦砲射撃《かんぽうしゃげき》が激しくなるにつれて、マタンシャ近辺に駐留《ちゅうりゅう》するアメリカ軍の陣地《じんち》に斬り込みを行うことになったということです。兵長《へいちょう》の指示により七人で一グループにまとめられ、三、四班に編成《へんせい》されたうえで夜間敢行《かんこう》と決まりました。ところが、若い少尉《しょうい》がこの動きを察知《さっち》して斬り込み隊の隊長である兵長に中止を命じたのです。これに対し、兵長は本部の命令だと主張して応じませんでした。即座《そくざ》に少尉は本部命令の事実を否定したうえで、戦争は兵隊だけがするもので民間人や子供のするものではないと一喝《いっかつ》して帰宅《きたく》を促《うなが》しました。それでも古参《こさん》の兵長は納得せず、若い新米の少尉に喰《く》ってかかって来ます。このため、少尉が合点が行かないなら力で決めようと答えたということです。兵長が階級《かいきゅう》の上の少尉と組み合うことはできないというと、少尉は階級章の付いた軍服《ぐんぷく》を脱《ぬ》ごうと言ったということです。明日ではなく今夕《こんせき》どうなるか分からないサイパン島の戦場にありながら、律儀《りちぎ》なこの若い少尉は自ら軍服を脱ぎ、対等な立場となったうえで、兵長を力で組み伏《ふ》せたということです。こうして、子どもや民間人は守られたわけですが、その後の少尉の足取《あしど》りは不明です。このような若く立派な兵隊が南方の島に散華《さんげ》してしまったとしたら、戦後の日本の復興《ふっこう》にこの少尉の思いが活《い》かされなかったことが誠《まこと》に残念《ざんねん》に思います。

現場にはりついて文字通り体をはって守ろうと決心している兵隊たちにとって、せっかく自らの甲羅《こうら》に合わせて掘った塹壕《ざんごう》を何度も替えられることほど、戦闘意欲を削《そ》ぐものは他にありません。大本営《だいほんえい》との信頼関係がぎくしゃくしているなどは、司令部《しれいぶ》の上の方の将校《しょうこう》連中のプライドの問題ですが、鉄の暴風のような砲弾《ほうだん》や弾丸《だんがん》から身を守りながら、反撃《はんげき》を加えるための拠《きょ》点《てん》であるべき陣地《じんち》が何度も替えられたりなどされたら、たまったものではありません。アメリカ軍の近代的《きんだいてき》な性能《せいのう》を持つ作業《さぎょう》機械と異なり、日本軍の陣地の設営《せつえい》はツルハシ、シャベル、トロッコなど原始的《げんしてき》な道具に頼っていました。その上、南部の島尻《しまじり》地区は、隆起《りゅうき》してできた白くて緻密《ちみつ》な琉球石灰岩《せっかいがん》からできており、戦艦からの砲弾にも持ちこたえられる半面、ツルハシも通らない岩質《がんしつ》で地下壕《ごう》を掘る作業は困難《こんなん》を極《きわ》めました。陣地の構築には、男たちが義勇部隊《ぎゆうぶたい》として村から動員されていたため、留守《るす》を護《まも》っていた老人や女、子どもたちまでもが駆《か》り出されていました。それが、アメリカ軍の上陸までに各師団《しだん》の兵力《へいりょく》の配備《はいび》が五回も替えられたのでした。例えば、独立混成《こんせい》第四十四旅団《りょだん》の場合、昭和十九年八月上旬まで嘉手納《かでな》を守っていましたが、八月上旬に北部の国頭《くにがみ》地区に移され、また、十一月下旬に第九師団が引き抜かれると、十二月より嘉手納がある中部に戻り、さらに二月になると、急きょ南部の知念《ちねん》半島に移されました。このような頻繁《ひんぱん》な守備陣地《しゅびじんち》の移動は、士気《しき》低下のみならず、第三十二軍の司令部に対する不信感を植え付けることになりました。

燃料《ねんりょう》、食糧《しょくりょう》や弾薬《だんやく》など軍隊の補給物資《ほきゅうぶっし》も不足していきました。燃料がいかに不足していたかについては、戦艦《せんかん》大和《やまと》が沖縄に特攻《とっこう》の使命《しめい》を帯《お》びて向かうにあたって往復《おうふく》の燃料がそろわず、呉《くれ》および徳山《とくやま》燃料タンクに残っていた帳簿外《ちょうぼがい》のものをかき集めて死出《しで》の花むけにするというあり様でした。また、中部太平洋には、昭和十八年七月に十四万人の日本兵が守備《しゅび》につきましたが、飢《う》えと病気で昭和二十年八月の終戦時には一万人余りになっていました。南方で命を絶《た》った日本兵のうち、死因《しいん》の約七割は戦闘《せんとう》によるものではなく、餓死《がし》と病死《びょうし》であったと言われています。日本軍の補給路《ほきゅうろ》を絶《た》つのに大きな役割を演じたのが、アメリカ海軍の潜水艦《せいすいかん》でした。昭和十八年後半から整備が完了したアメリカ潜水艦部隊がいよいよ就航《しゅうこう》となります。アメリカ軍の潜水艦はレーダーや最新式の兵器を備え日本の艦船はつぎつぎに撃沈《げきちん》されて行きました。日本が開戦時に保有《ほゆう》していた艦船の総量はおよそ千万トンでしたが、終戦時には二百万トンしか残っていませんでした。実《じつ》に八割《はちわり》を失った計算になります。そのうち三〇%は航空機によるものですが、六・七%にあたる五六万トンは触雷《しょくらい》によるもので、アメリカ軍の潜水艦の威《い》力《りょく》がいかに多きかったかということが分かります。

このように補給がままならない中で、沖縄の守備隊は、武器、弾薬および食糧などを自らの不注意によって喪失《そうしつ》しています。一回目は、昭和十九年十月十日の那覇大空襲《なはだいくうしゅう》において、那覇港および那覇市内に集めてあった弾薬と食糧のほとんどを失いました。その数は、弾薬については小銃弾《しょうじゅうだん》二十七万発、拳《けん》銃弾一万六千発、重機関銃弾《じゅうきかんじゅうだん》三十万発、山砲榴弾《さんぽうりゅうだん》一四〇〇発、対戦車《たいせんしゃ》砲弾三千発、機関砲弾二万一千発、高射《こうしゃ》砲弾一七〇〇発、戦車地雷《じらい》一二〇〇箇、小型機雷一一〇〇箇、黄色火薬多量《おうしょくかやくたりょう》となっています。合わせて、七十万五四〇〇発であり、この沖縄戦でアメリカ軍が使用した弾薬は二七〇万発といわれていますから、日本軍はきわめて貴《き》重《ちょう》な武器、弾薬を戦わずして自らの過失《かしつ》で灰じんに帰したことになります。このことが、後《のち》の八原作戦参謀の「モグラ作戦」いわゆる洞窟《どうくつ》戦法をあみださせることにつながったことは言うまでもありません。

食糧は、精米《せいまい》三二〇〇トン、精麦《せいばく》二十トン、副食品《ふくしょくひん》一五六トン、調味料《ちょうみりょう》一三八トンに及びました。この食糧の被害については、沖縄守備隊《しゅびたい》の全軍の一か月分に相当《そうとう》するもので、大被害であったということになります。この他に、衛生《えいせい》材料については、第二十八師団第一野戦病院に配送《はいそう》することになっていた器材および薬物の一〇〇％を、また、沖縄陸軍病院に届《とど》けることになっていた器材の四五％、ならびに薬物三九％を失ったほか、各部隊に届けられるべき物資《ぶっし》の大半《たいはん》を焼き尽くしてしまいました。燃料の自動車ガソリンも相当《そうとう》な量が燃えてしまいました。

これらの弾薬、物資および食糧は、那覇港で荷上《にあ》げされ、各地の陣地に運び出すのを待ってうず高く積《つ》み上げられたままになっていたもので、部隊長が処罰《しょばつ》されただけで済《す》まされず、長参謀長自ら重謹慎《じゅうきんしん》十日間の懲罰《ちょうばつ》を受けました。この処分《しょぶん》は戦地では考えられないもので、前代《ぜんだい》未聞《みもん》のことと言われています。

仲宗根政善《なかそねせいぜん》さんの手記《しゅき》の中に、南風原《はえばる》陸軍病院での治療《ちりょう》の状況が書かれています。薬品不足《やくひんぶそく》から、患者のほとんどが破傷風《はしょうふ》やガスエソとなって倒《たお》れていく者が多かったと伝えられています。なんとかウジムシで苦しむ患者《かんじゃ》の手当《てあ》てをしてやりたいと、自分の命と引き換《か》えに安全な壕《ごう》を飛び出し、壕の壕、またその壕の壕と行き交《か》い、薬品と包帯を求め砲弾の中を探し回りましたが、どこも同じ状況でただ働く学友と泣くばかりだったと証言《しょうげん》しています。

二回目は、あまり知られていませんが、十二月十一日に首里の南方で砂糖キビを運ぶ軽便列車《けいびんれっしゃ》で移送《いそう》していた二十四師団《しだん》の弾薬が大量《たいりょう》に爆発《ばくはつ》し、大損害《だいそんがい》を出しています。日本軍の所持《しょじ》していた弾薬は、にわか作《づく》りの物が多く、運搬中《うんぱんちゅう》に暴発《ぼうはつ》したり、切り込みや自決《じけつ》などの際のいざという時には不発《ふはつ》だったりということは、日本兵の間では語りぐさになっていたようです。

ここで、戦場ではどんなに砲弾が不足して苦しい戦闘を強《し》いられていたか、全部が全部、那覇空襲や移送中の事故によるものとは言うつもりはありませんが、野戦重砲《やせんじゅうほう》第一連隊に所属《しょぞく》されていた山梨清一郎《やまなしせいいちろう》さんの証言《しょうげん》はとても参考になります。山梨さんは満州《まんしゅう》から独立混成《どくりつこんせい》第四十四師団《しだん》に配属《はいぞく》されましたが、燃料がなくなると、砲を引く牽引車《けんいんしゃ》を放置し、続いて弾薬も尽《つ》き果てると、砲車《ほうしゃ》に手榴弾《しゅりゅうだん》を入れて爆破し、穴に埋めたと話しています。その後は、自由になった身一つで決死《けっし》の斬《き》り込みに参加し、自分だけ捕虜《ほりょ》となり命を生かされたと証言しています。もう一人軍令部参謀であった吉田俊雄《よしだとしお》中佐《ちゅうさ》の証言《しょうげん》です。上陸後《じょうりくご》猛《もう》スピードで進撃《しんげき》してくるアメリカ軍に対し四月八日、全力をあげて大攻勢《だいこうせい》をしかけましたが、首里の主陣地の第一線陣地に退去《たいきょ》した第六十二師団を守るために使用できる弾薬の量が制限《せいげん》されていたために、前線《ぜんせん》で闘っていた部隊はアメリカ軍の戦車に抜かれて包囲《ほうい》されたと証言しています。

いっちゃんとかいちゃんは、さっちゃんに不安そうな瞳をしてたづねました。

「那覇市が十月十日に大空襲に見舞われたっていうことだけど、十月十日は暦《こよみ》の上では『甘《かん》露《ろ》』と言ってその前後二週間くらいは毎年、ぼくたちサシバが宮古島《みやこじま》にたくさん何万羽と渡って行く頃なのに、その日はサシバの仲間は大丈夫だったの」

さっちゃんは、よいところに気がついたというように、瞳をまん丸に輝かせて言いました。

「そうよね。『甘露』は、私たちサシバが十万羽近く手に手をとり合って南の国に渡る途中、ちょうど沖縄の那覇の上空を飛ぶころで、よく街の様子が見えるのよね。人間の子どもが私たちを見て手を振ってくれたり、赤ちゃんをおんぶした子連れの人間の女性たちが小高い丘に登って、私たちが通り過ぎるのを見守ってくれたものよ」

かいちゃんは「そう、そう」という瞳をしました。いっちゃんも「そうだよ」と、今回の旅で那覇の上を飛んだときのことを思いだしました。確かに信号を待つ車の中からみんなぼくたちの飛ぶ姿を見ていた。さっちゃんは、しぃ婆《ば》ぁが辛《つら》そうに語る顔を思い出しました。

「一九四四（昭和十九）年十月十日の那覇大空襲では、サシバの仲間もたくさん犠牲になりました。アメリカ軍のサシバの格好《かっこう》をまねしたグラマン戦闘機が、大空を我《わ》が物顔《ものがお》に飛びまわったあげく、爆撃機《ばくげきき》が手当り次第《しだい》に爆撃したから、そのもうもうと上がる火柱《ひばしら》や煙《けむり》でたくさんのサシバが犠牲《ぎせい》になったのよ」

これを聞いたいっちゃんもかいちゃんも怖《こわ》くなって首をすぼめてしまいました。

那覇は、沖縄本島の西海岸にあり、深い入江《いりえ》の中に発展《はってん》し、古くは長さ二キロ、幅一キロの浮《う》き島《しま》と呼ばれる小島《こじま》でしたが、入江に注《そそ》ぐ安里川《あさとがわ》などが土砂《どしゃ》を運び陸続きとなったと伝えられています。

首里を王都《おうと》とした尚巴志王《しょうはしおう》が、那覇を王国の海の玄関である貿易港《ぼうえきこう》として整備《せいび》するに及んで急速《きゅうそく》に発展しました。徳川幕府《とくかわばくふ》が外国との交易《こうえき》を禁ずる近世以前の古琉球《こりゅうきゅう》時代には、遠く東南アジアや中国、朝鮮とも交易が盛んに行われ、国際都市として沖縄の歴史的、文化的門戸《もんこ》となっていたようです。沖縄の万葉集《まんようしゅう》といわれた歌集「おもろそうし」には「しより　おわるてだこが　うきしまは　げらへて　たう　なばん　よりやう　なはどまり」とその歴史について記《しる》されています。ここには首里王府の役所があったばかりでなく、冊封使《さくほうし》の宿舎《しゅくしゃ》である天《てん》使館《しかん》が設けられるなど、にぎわいの装置《そうち》がそろえられました。特に、蔡温《さいおん》が商工業を奨励《しょうれい》し、税《ぜい》を免《めん》じられた市《いち》ができるなど、今日の発展の基礎《きそ》をつくったといわれています。古琉球時代の名残《なごり》をとどめる文化遺産《いさん》としては真玉橋《まだんばし》があり、かつては首里城下の南部を結ぶ唯一《ゆいつ》の道路にかかる美しい橋として、城下の者たちに親しまれていました。それが沖縄戦で無残《むざん》にも破壊されてしまいました。真玉橋は、初め尚真王《しょうしんおう》の時代、一五二二（大永《だいえい》二）年に五つの木の橋として建造されました。それから二百年後の尚貞王《しょうていおう》の時代、一七〇七（宝永《ほうえい》四）年に、石工《いしく》九百人、人夫《にんぷ》八万三百人余りをかけて石橋に替え、一時大雨による被害を受けましたが、尚育王《しょういくおう》の時代、一八三六（天保七）年に改修《かいしゅう》を加えて完成しました。体配《たいはい》の良い美しい石造りの五橋で構成《こうせい》されていたと伝えられています。

アメリカ陸軍省《りくぐんしょう》の記録によると、沖縄に対して最初に攻撃の手を伸ばしたのは、のちに戦艦《せんかん》大和《やまと》を沈めたミッチャー中将が率《ひき》いる第三艦隊配属《はいぞく》の攻撃用空母機動隊でした。部隊の構成は大型空母七隻、小型空母八隻、戦艦五隻の他、高速の艦艇《かんてい》である巡洋艦《じゅんようかん》や駆逐艦《くちくかん》など合わせて九十二隻が昭和十九年十月十日の未明《みめい》に沖縄沖に到着しました。第一波の攻撃は爆撃とロケット弾によるもので、読谷《よみたん》、嘉手納《かでな》、伊江島《いえじま》、那覇《なは》の飛行場を先制攻撃《せんせいこうげき》し、続いて船舶《せんぱく》、軍施《ぐんし》設《せつ》、港湾《こうわん》施設などを集中的に攻撃してきました。その後、第三波、第四波と休みなく攻撃を敢《かん》行《こう》し合計一三五六回、爆撃機は六五二個のロケット弾と二十一個の魚雷《ぎょらい》を発射するとともに、五四一トンもの爆弾を投下しました。このような密度《みつど》の高い攻撃は、大型空母による機動隊が一日に行うものとしては、かつてないものであったと言われています。しかも、那覇の市街地に、ガソリンなど発火性《はっかせい》の薬剤《やくざい》を含み四散《しさん》して建造物などを焼き払う、焼夷弾《しょういだん》攻撃を仕掛《しか》け、市面積二、一一二平方キロの四分の三が焼かれたと記録されています。赤瓦《あかがわら》の屋根《やね》、そして、生絵具《なまえのぐ》で塗《ぬ》りあげたような緑と赤や黄色の花を咲かせるハイビスカス、デイゴ、ユウナが美しい紅型《びんがた》のような風景《ふうけい》はもう残っていませんでした。奥武山《おうのやま》に上《のぼ》って市街《しがい》を眺《なが》めると、六百年の歴史が蓄積《ちくせき》されてきた沖縄固有《こゆう》の文化遺産《いさん》はことごとく灰《はい》じんと帰してしまい、再び復興《ふっこう》されるのはいつのことかと思われたことでしょう。

さっちゃんは言いました。

「サシバだけではなく、たくさんの人間もこの空襲で犠牲になったのよ。この日亡くなった人の数は那覇市内だけでも二五五人おり、負傷者《ふしょうしゃ》については三五八人……。全焼全壊家屋《ぜんしょうぜんかいかおく》の数は一一一〇戸に上り、住民にも大きな被害がでたのよ」

いっちゃんは、正義感《せいぎかん》に燃え、男らしく、語気《ごき》を強めて言い放ちました。

「ミッチャー司令官が、空母五隻計九十二隻の大部隊を率《ひき》いて北上してくるわけだからさ、空襲される前に沖縄に向かう動きは分かったはずだよね」

さっちゃんは答えました。

「その通りだよね。ところがミッチャー司令官は沖縄に向かう途中、さまざまな仕掛《しか》けをつくって沖縄接近が分からないようにカモフラージュしてきたの。全然関係のない島を攻撃してはその島に向かうように装《よそお》ったり、硫黄島《いおうとう》を爆撃して偵察《ていさつ》ができないようにしたのよ」

いっちゃんは、再び間髪《かんぱつ》入れずにたずねました。

「せめて沖縄到着の直前でもいいから、空母と空母から飛んでくる艦載機《かんさいき》の接近《せっきん》を察知《さっち》して、市民に知らせ避難《ひなん》させたうえで日本の戦闘機《せんとうき》で迎《むか》え撃《う》つことはできなかったのかしら」

さっちゃんは「そうよね」としか答えようがありませんでした。

この辺のことについて大田昌秀元知事は詳《くわ》しく調《しら》べられており、大変参考になりました。まず、第三十二軍は、那覇空襲の五日前の十月五日に配属先《はいぞくさき》である台湾《たいわん》軍から、アメリカ軍機動《きどう》部隊《ぶたい》が北上し作戦を展開《てんかい》する可能性《かのうせい》が高いので、厳重《げんじゅう》な警戒《けいかい》が必要との至急報《しきゅうほう》を受けるとともに、同日海軍も警戒《けいかい》を厳重《げんじゅう》にするよう警告《けいこく》を発して来ました。これを受けて、第三十二軍は八日午前十時に来襲《らいしゅう》する動きがみられるとして、飛行機を撃《う》ち落とす対空射撃《たいくうしゃげき》部隊に警戒配備《けいかいはいび》を求めました。さらに九日になると、アメリカ軍機動部隊の西進は確実という情報を各部隊に流し、九日夜には、佐世保鎮守府《させぼちんじゅふ》司令官からずばり「夜明け時の対空警戒を厳重にするとともに被害を局限《きょくげん》すべし」との命令を受けていたのです。

ところが、第三十二軍司令部は空襲当日、沖縄諸島に配属された兵団長などを混じえて実施《じっし》する予定になっていた図上演習《ずじょうえんしゅう》を前に、沖縄のホテルで宴会《えんかい》を夜遅《よるおそ》くまで催《もよお》していたということです。さらに驚《おどろ》いたことには、敵機《てきき》が現在、沖縄東南約三十キロを進行中と情報をもらいながら、朝食をとってから参謀部《さんぼうぶ》事務室に上がっていることです。三十キロといえば数分でやってくる距離です。日本を守るべき軍隊がこんなことで危機管理《ききかんり》は大丈夫なのでしょうか。

このような中、沖縄本島の東海岸にある与那城村《よなぐすくそん》の監視哨《かんししょう》が敵機来襲をキャッチし通報を行いましたが、司令部は取り合ってくれなかったという民間人の証言もあります。こんなことで手をこまねいている間に本当に敵機が来襲し、六時五十分に電波警戒警報《でんぱけいかいけいほう》を発令《はつれい》したところには、すでに北および中飛行場は空母から飛来してきた二四〇機の艦載機《かんさいき》で一杯になっていたということでした。十二時四十分から一時間にわたり第四波の一三〇機による攻撃《こうげき》が行われ、那覇市が集中的に爆撃されました。これに対して日本陸軍の戦闘機が十機ほど舞い上がりましたが、敵機の第二波の二二〇機で迫ってきたグラマン戦闘機にあっという間に飲み込まれ、あえなく全滅となりました。

この後もこのような空襲が続くのかと思ったところ、しばらくはありませんでした。

アメリカ軍の今回の空襲の狙《ねら》いは、十日後に予定されていたマッカーサー元帥《げんすい》によるレイテ島侵攻《とうしんこう》にあたり、日本軍による援軍《えんぐん》を阻止《そし》するために、沖縄の飛行場や港湾《こうわん》を破壊《はかい》するとともに、飛行機および艦船《かんせん》を無力化《むりょくか》することでした。もう一つの目的は、沖縄における日本軍の陣地《じんち》の位置などを正確《せいかく》に知るために、本島全体の航空写真を撮ることでした。何千枚も撮影《さつえい》し、沖縄上陸作戦計画《じょうりくさくせんけいかく》を策定《さくてい》していたニミッツ太平洋艦隊司令長官付《つき》の作戦参謀《さんぼう》に送っていたということです。

この日を境に、沖縄県民の県外および県北の国頭《くにがみ》への疎開《そかい》が本格的《ほんかくてき》に行われるようになりました。

アメリカ軍の沖縄本島への上陸が、なぜあのように、まるで大演習を見るかのように整然《せいぜん》と規律正《きりつただ》しく、しかも効果的《こうかてき》に行われたのか、その回答の一つに、十・十那覇大空襲での偵察《ていさつ》飛行による数千枚に及ぶ空中撮影が一役《ひとやく》かっていたことがあげられます。得られた沖縄全土の写真を合わせ、日本軍の飛行場や陣地の精密《せいみつ》な地図を作成し、各部隊に事前《じぜん》に配布《はいふ》していたということです。

さっちゃんは、ていねいに分かりやすく、子どもたちに、沖縄戦の事情を話してくれました。そして、サシバの仲間にとって最も危険な時は、卵をかかえている時と羽を着替えている時だと教えました。サシバは、一年に一回古い羽根を落として新しい羽根に取り替えます。この時が最も危険な状態に置かれます。同じように、地上戦を戦うアメリカ軍の最も弱い時は、上陸して内地に深く進攻していく際に、補給物資《ほきゅうぶっし》としての武器、弾薬、それから食糧《しょくりょう》を船から陸に上げ、一時的に積んで置く段階だと教えました。

賢《かしこ》いいっちゃんは、とって返し聞きました。

「それじゃ、上陸をはじめたアメリカ軍にとって、もっとも弱い時は、荷物《にもつ》を船《ふね》から陸に上げるときだね」

さっちゃんは、さすがと言わんばかりに「そう」と、うれしそうに目を細めてうなずきました。いっちゃんは、畳《たた》み掛《か》けてきます。

「だったら、日本の兵隊さんは、アメリカ軍が上陸したところに築《きず》く最初の陣地を、まずは攻撃《こうげき》しておかないと、後が危なくなるじゃない」

さっちゃんは、今度は痛いところをつかれたと思ったのか、無言で首を縦《たて》に振っただけでした。そして、自分が合点《がてん》がいかないという素振《そぶ》りをしながら言いました。

「そうなのよ、全く反撃しないのよ。アメリカ軍も不思議《ふしぎ》に思ったらしいわ。あっという間に沖縄本島を西の海から東の海に縦断《じゅうだん》しちゃったのだから」

「あっという間って、何日ぐらいなの」と、いっちゃんがたずねると、

「そうね……三日ぐらいかな。沖縄本島のくびれの部分にあたる西海岸の嘉手納湾《かでなわん》から東海岸《ひがしかいがん》の中城湾《なかぐすくわん》でだいたい十キロだから、すごい早さよね」

と、教えてくれました。

いっちゃんは、何か納得《なっとく》できませんでした。頭の中のもやもやとしたものを、すっきりさせたいというようにしつこく尋《たず》ねました。

「日本の軍隊は、本土決戦の時間稼《かせ》ぎのために、沖縄を捨《す》て石にして、ここにアメリカ軍を張り付けておいて、九州、関東に上陸するまでの時間を伸ばそうとしたと言われているんだけど、これじゃ時間稼《かせ》ぎなんてできないよね」

今度はさっちゃんが、いっちゃんに聞き返しました。

「なんで……。力をためておいて、決戦のときに使えば籠城戦《ろうじょうせん》で十分時間《じかん》が稼げるでしょう」

いっちゃんは、さすがにタカの仲間のサシバだけあって、一度主張《しゅちょう》したら納得できるまで喰《くら》い下がります。

「一度、自分の陣地に敵の陣地をつくらせたら、そこを拠点《きょてん》にどんどん補給物資《ほきゅうぶっし》を蓄《たくわ》え、挙《あ》げ句《く》の果《は》てに蛇口《じゃぐち》のように次から次へとそこから兵隊《へいたい》を送り出してくることになるじゃない。こんなことは、日本の兵隊さんが南の小島で経験してきたことでしょ。上陸地点で敵が陣地を築く前に、あるいは築いた途端《とたん》、集中攻撃《しゅうちゅうこうげき》するのは、戦のイロハじゃない」

お母さんのサシバは、息子が一生懸命《いっしょうけんめい》に言うのを黙《だま》って聞いていました。いっちゃんは、止まりません。

「敵が上陸地点に造る進攻《しんこう》のための第一の足掛《あしが》かりとなる敵中陣地《てきちゅうじんち》の橋頭堡《きょうとうほ》をつぶしておく、あるいは何度も攻撃を繰り返すことは、敵の行動を慎重なものにさせ、一進一退の緊張《きんちょう》した戦闘が展開できるというものじゃない。それが、すっと西から東まで何の抵抗もなく通ってしまったら、敵の士気は大いに上がり、味方にはその後負《ま》け癖《ぐせ》がつくというものだわ。張り詰《つ》めた中での応酬《おうしゅう》こそ、本当の時間稼ぎだと思う」

さっちゃんは、首を小刻みに動かして、感心したようにも見えました。さっちゃんは独り言のように言いました。

「戦いは、負けてからこうすればよかった、ああすれば、ちがったかも知れない……などと終わってからよく言うものだけど、戦争なんか一日も早く終わってほしい。長引けば長引くほど民間の人が傷つき、家屋を失い、家族を亡くし、命を落とすから……。私はそう思う」

黙って聞いていた優しいかいちゃんは、思い出したように言いました。

「そうだ。住民の人はどうなったの。あんなにすごい船からの艦砲射撃を受けたんだから、大変なことになっていたんじゃないの」

いっちゃんも「そうだよ」と、相《あい》づちを打ちました。さっちゃんは、初めて目を大きく開いて上を見上げました。

先にも触れましたが、アメリカ軍は、四月一日のエイプリルフールに、西海岸十三キロにわたって、沖縄上陸作戦、いわゆるアイスバーグ作戦を実行しました。上陸部隊の主力は、比謝《ひじゃ》川河口《がわかこう》の北側に展開したグアム戦線を成功に導いたガイガー海軍少将率《ひき》いる第三陸戦隊《りくせんたい》の第六海兵師団および第一海兵師団が、また、河口南側に展開したガタルカナルやレイテ作戦で勝利した歴戦の将軍ホッジ陸軍少将率いる第二十四軍団の第七および九六師団でした。軍事行動において最も脆弱《ぜいじゃく》である上陸時に、当然予想していた日本軍の抵抗がなかったため、アメリカ軍司令部では、何か大きな術策《じゅっさく》にはまりつつあるのではないかと不審《ふしん》に思ったようですが、すんなりくぐり抜けてしまったことから、日本軍の作戦参謀《さんぼう》のことを「まれにみるバカか、あるいは天才戦術家《せんじゅつか》か」と嘲笑《ちょうしょう》したと伝えられています。

アメリカ軍の上陸部隊が最初に目指したのは、島内の基地から発進する日本軍の戦闘機が展開する銃爆撃を阻止《そし》することです。このため、上陸地からわずか一・六キロのところにある読《よみ》谷《たん》および嘉手納飛行場《かでなひこうじょう》の制圧《せいあつ》に乗り出しましたが、なんと日本軍は戦わずして放棄《ほうき》していることが分かり、上陸から三時間後の十一時三十分ごろにはアメリカ軍が沖縄上陸の最大の占領目標としていた両飛行場《りょうひこうじょう》を簡単に占領《せんりょう》してしまいました。これによって空を支配する力である制《せい》空権《くうけん》をアメリカ軍が奪《うば》ってからは、急ピッチで本島侵攻《しんこう》が進められることとなりました。まず、アメリカ上陸部隊は、長さ一・五キロ、幅四・五メートルの広い土地に侵攻作戦の足場となる橋頭堡《きょうとうほ》を築きました。ここを拠点《きょてん》に進撃する上陸部隊は弾薬、食糧を補給しながら嘉手納湾《かでなわん》から、中城湾《なかぐすくわん》までのおよそ十数キロの距離を戦車を先頭にくり出して三日で踏破《とうは》し占領《せんりょう》してしまいます。西海岸を海沿いに走る道路には早速《さっそく》「合衆国第一号線」の標識《ひょうしき》が立てられたということです。こうして、沖縄本島は南北に分断《ぶんだん》され、この時点で海兵隊は北部に進撃し、一方陸軍の歩兵部隊は南へ撤退した日本軍を追って南進することになります。

いっちゃんが瞳を細めながら、

「日本軍は、やっぱり戦わないで逃げたんだね」

と言うと、思いやりのあるかいちゃんは大きな瞳をさらに大きくして、

「住民はどうなったの」

と、心配そうに、さっちゃんにたずねました。

すると、さっちゃんは、

「大丈夫《だいじょうぶ》。住民たちはアメリカ軍の進撃があまりにも早いうえに、しかも日本の兵隊さんが

あっという間にいなくなったので、アメリカ軍の管理《かんり》の下に入ることとなり、身の安全ははかられたわ」

アメリカ軍の記録によると、沖縄の住民は、上陸の際に激しい砲爆撃に合うと同時に、素早く上陸してくるアメリカ軍の行動に茫然《ぼうぜん》となっていたということです。あっという間に一五〇〇名におよぶ住民がアメリカ軍に拘束《こうそく》され、収容所《しゅうようじょ》に入れられ、その範囲以内において行動の自由が認められたと記されています。

かいちゃんが「よかった。よかった」と喜ぶと、さっちゃんは悲しい顔をして「戦争ってそんな単純なものじゃないわ」と独り言《ひとごと》のように言いました。さっちゃんは、しぃ婆ぁから教えてもらった悲しい話を子どもたちにしました。

（3）離島で集団自決が起きていた

「サシバ一族が桜の花咲くころ、子育てのために、北東に向かって一気《いっき》に渡っていくのだけれど、しぃ婆ぁは高齢《こうれい》なので、那覇から西方四十キロのところにある美しいさとうきびのグリーンに色取られた慶良間列島《けらまれっとう》のうち、渡嘉敷島《とかしきじま》で休むことにしたの。とても美しい宝石のような島で、集落を囲む山地の中には聖地《せいち》や御嶽《うたき》がいくつもあったと繰返し言っていたわ。そう……目をつぶると見えるって……。しぃ婆ぁは、栃木県《とちぎけん》の市貝町《いちかいまち》と違って港の見える丘、沖縄の方言《ほうげん》では北をニシと呼ぶんだけど、北（ニシ）山に降り立ったの。恵まれたところで集落は渡嘉敷川が運ぶ土砂《どしゃ》と海浜《かいひん》の砂地《すなち》のところにでき、そこには沖縄ではめずらしい水田があったと言っていたわ」

いっちゃんとかいちゃんは、遠い市貝町の谷津田《やつだ》に沿って広がる水田を思い出しました。くいしんぼうのいっちゃんは、ケロケロ喉《のど》を鳴らすトウキョウダルマガエルを思いだし、思わずよだれが出てしまいそうになり、ペロリとしました。

さっちゃんの一瞬《いっしゅん》幸せそうに細めた目は、くるっと回って厳しい瞳に変わりました。

「沖縄本島に上陸する前から、アメリカ軍は、三月二十五日から、島目掛けて艦砲射撃をしてきたの。その翌日になると、戦車を先頭にアメリカ軍が座間味《ざまみ》、阿嘉《あか》、慶留間《げるま》に上陸してきた。住民はなぜこんな小さな山ばかりの島にと驚いたと言った。そして、一日遅れの二十七日午前九時ごろ、ついに渡嘉敷にアメリカ軍が海から陸へ直接上がれる水陸両用車四十輌《りょう》で上陸してきたの。このために、日本軍と住民はリュウキュウマツがうっそうと生い茂る二百メートルほどの、島で一番高い赤間山《あかまやま》の山頂《さんちょう》に逃げて行ったの。住民は大雨の中、ムシロを背負いずぶむれになりながら、灯《あか》り一つない夜道《よみち》を家族が手に手を取り合って七キロの山道《やまみち》を登ったの。毒蛇《どくじゃ》のハブを避け、手がはなれた者はそのままバラバラになってしまうので、しっかり握《にぎ》り合って……。ところが、着いてみると陣地なんてなかったの。そこで、南から迫ってくる敵《てき》兵《へい》から身を隠《かく》すために、隊長から住民はさらに北に三百メートルほど行ったクボ地に向かうように指示された。ところが、アメリカ軍はその裏をかいて、七百人の住民が集まった盆地《ぼんち》のさらに北側の高地に回《まわ》り込み、住民のいるクボ地を上から銃撃してきたの。悲鳴や鳴き声が……そう、地獄《じごく》のような状態に一変《いっぺん》したんだわ。なんと、そんなところに、住民の中から兵隊に選ばれた防衛隊員《ぼうえいたいいん》がやってきて、住民は自決《じけつ》しなさいという隊長からの命令がもたらされたの……」

いっちゃんは、前に身を乗り出して「それでどうなったの」と聞き返しました。さっちゃんは、目に一杯涙をためて語り続けました。

「隊長から闘う義務がない非戦闘員《ひせんとういん》である住民は自らの命を絶《た》ちなさいと言われて、防衛隊員が預かってきたのは手榴弾《しゅりゅうだん》二個だったの。一発の手榴弾には、二、三十名の者が集まって自爆したの。二つしかなかったので、とても死にきれないので、ナタや包丁、カマ、さらに石や木までも凶器《きょうき》にして互いに殺し合った……。この世のできごととは思えない凄惨《せいさん》な光景がくりひろげられたのでしょうね、きっと……。亡くなった人は、小さな島なのに三四六人に上ったと伝えられているの」

かいちゃんは、大きな瞳から大粒の涙を流しました。

「ひどい」

と一言《ひとこと》言って泣き出してしまいました。そして、正義感の強いいっちゃんは、目じりに力を入れて怒って言いました。

「なんだ、それ……。なんでちゃんと生きているのに、死ななきゃならないんだ。許されないことでしょ。元気なんだから、カマやクワなんかで死にきれるわけがないよ」

さっちゃんは、うなずきました。取り乱していたさっちゃんも、静かな口調で語りました。

「そうね。命は神様からもらったものだもの。そう簡単には無くせないわよね。生き残った住民は、三百メートルほどまた来た道を下って軍隊の壕《ごう》に助けを求めに行くと、ひどいことに、隊長が立ち去れと言って取り合わなかったのよ。陣地の壕に入れてもらえなかった住民たちは、仕方なくこの陣地の東側の盆地に集まって恐怖《きょうふ》に震《ふる》えながらみんな折《お》り重《かさ》なって一夜を過ごしたの」

いっちゃんは、母親が話しているのもかまわず、割り込んで言いました。

「ひどいよ、それは。軍隊ってどこまで偉いんだろう」

さっちゃんは、何も聞いていないかのように続けました。

「ところが、驚いたことに、現地に来たアメリカ兵たちは、医療班《いりょうはん》と一緒になって敵である日本人の負傷者《ふしょうしゃ》に応急手当てを施《ほどこ》していたといわれているの。アメリカ兵につかまると、男は戦車にひき殺され、女は乱暴されて殺されると、ずっと日本の兵隊さんに耳にタコができるぐらいに教えられていたことが、全然違っていたの」

いっちゃんもかいちゃんも「えーっ」と絶叫《ぜっきょう》してしまいました。いっちゃんは大きな声を張り上げました。

「日本の兵隊さんって卑《ひ》きょうだよ。戦争に関係ない住民たちに先に死ねと言っておきながら、自分たちは安全な洞窟《どうくつ》の中に身をひそめて長らえようっていうんだから。何か立場が反対のような気がする。ぼくは……」

この渡嘉敷島《とかしきじま》での集団による自決《じけつ》については、元大本営の軍令部（海軍）情報参謀であった吉田俊雄《よしだとしお》海軍中佐が経過を詳しくまとめられています。なぜこんな島にまで上陸するんだろうと思うような小さな何もない島を、銃撃と砲撃までして占領したかというと、実は、慶良間《けらま》列島《れっとう》には極秘《ごくひ》のうちに陸軍特攻艇《とっこうてい》の秘密基地《きち》が設けられていたからです。これについて、吉田中佐は、ベニア張り、重さ一トン、自動車用エンジンを備えた一人乗りモーターボートで、船《せん》艇《てい》の後ろには一二〇キロの爆雷《ばくらい》を二個備《そな》え付けてあったということです。「マルハチ」「青がえる」と称される最高の秘密保持《ひみつほじ》を課せられた軍の機密《きみつ》兵器だったと言われています。渡嘉敷には、前年の九月九日に武装した陸軍の海上艇進基地大隊約千名が上陸し、三百隻を超える精鋭部隊が配置されました。陸軍では、特攻艇を重大視し、事前に機密が漏れることがないように、この特攻艇の仕用に関する決定権は、現地の軍司令部には与《あた》えず、中央の大本営自ら握ることとしました。住民に対しても機密保持のため、慶留間《げるま》の各港は軍の命令で閉鎖《へいさ》され、渡《と》嘉敷《かしき》に約一、四百人、阿嘉《あか》、慶留間《げるま》を含む座間味《ざまみ》に約二四〇〇人いた住民は、完全に外との往《おう》来《らい》を絶《た》たれたということです。このような中で、住民の集団自決が起きたのではないかと思われます。慶留間《げるま》では十月下旬に防衛召集が行われ、学童まで軍の作業に従事するようになり、婦人会《ふじんかい》なども軍に徴用《ちょうよう》され、大人は全員陣地を築くこととなりました。このため、家には老人と子供しか残っていませんでした。また、年が明けて二月下旬になると、沖縄本島の防衛のため基地部隊が引き揚げ、代わりに軍隊に属して陣地構築などの雑役《ざつえき》を行う朝鮮人軍夫部隊《ちょうせんじんぐんふ》が水上勤務部《すいじょうきんむぶ》となって配置につきました。

このような中、慶留間上陸の一日前に、急きょ海上挺身隊《ていしんたい》の総指揮官である軍船舶隊長《ぐんせんぱく》の大町茂《おおまちしげる》陸軍大佐が慶留間に着任となり、激しい艦砲射撃の中を二十五日夜渡嘉敷に入りました。このときには、海上挺進隊《ていしんたい》第三戦隊長であった赤松大尉《あかまつたいい》が沖縄本島の軍司令部から、状況が有利でないときは、沖縄本島の糸満《いとまん》付近に転進《てんしん》しなさいとの命令を受けていたので、特攻艇を転進のため水に浮かべる作業中でした。島民から防衛隊員七十人、青年団員百人、婦人会員七十人も手伝って、真夜中艦砲射撃が続く中、特攻艇《とっこうてい》を納めてあった壕から百隻を引き出していたのです。これを見た大町指揮官《おおまちしきかん》は激怒《げきど》し、敵は上陸しない、転進の必要はないと主張して艇を水に浮かべる浸水《しんすい》作業を中止する命令を下します。これに対し、二十六歳の赤松隊長は、顔色を蒼白《そうはく》にして軍司令部の命令だとつき返しましたが、指揮官の命令は強行《きょうこう》されました。ところが、大町指揮官は事態を把握するために本島に帰ると言い出したのです。このため、赤松隊長は、指揮官ほか十五名を乗せた九隻だけでは危険なので、目くらましのため戦隊全隻出撃させたほうが安全だと申し出ると、おかしなことに転進を認めたのです。これによって、中止されたはずの浸水作業が再開されることになりました。そうこうしている間に夜が明けて来ました。海上が見えるようになってからでは百隻による転進などできるはずがありません。事ここに至っては赤松隊長は、特攻命令を出すよう大町指揮官に申し出ます。

しかし、大町指揮官はこの申し出を認めず、なんと今から引き揚げを命じ、さらに引き揚げ不能なものについては爆破しろという命令を出したのです。驚いたのは赤松隊長だけではなく、赤松隊長から命令を受けた特攻隊員をはじめ、夜を徹して作業を続けてきた住民たちも怒り出したということです。吉田俊雄《よしだとしお》氏は、二十五日付けの大本営陸軍部作戦隊の戦況手簿《せんきょうしゅぼ》まで丹念《たんねん》に調べ、敵に対し海上挺進隊により打撃を与えその後、那覇に転進するようにと記《しる》されていると書いています。これは、明白に第三十二軍が赤松隊長に出した命令と同じ内容のものであり、大町指揮官は独断ではなく首里の軍司令部と無線連絡をとっていれば、三百隻に及ぶ特攻艇を自沈させることもなく、さらに住民を悲劇に導くこともなかったであろうと回想されています。

そもそも挺進隊は、特攻が目的なので陸上で戦う兵器は持っておらず、拳銃と軍刀、それから手榴弾が通常の装備であったといわれます。守備隊は、十・十那覇大空襲の後から、防衛強化のため沖縄本島に転進していました。機関銃九、小銃二五〇、榴弾筒二などを持っていた特攻勤務部隊が三百名ほどいましたが、陸上戦闘訓練はほとんどしていませんでした。住民から募った防衛隊も雑役《ざつえき》をする朝鮮人軍夫《ぐんふ》も武器がありませんでした。唯一《ゆいいつ》頼りになったといわれる機関銃も続けて撃つと、焼けてしまい水をしみこませて冷やしながら撃ったという証言もあります。

サシバのさっちゃんの生まれ故郷である栃木県市貝町《いちかいまち》に、阿嘉島《あかじま》から生還《せいかん》した元挺身隊に所属していた藤平侑一《とうへいゆきいち》さんがいます。藤平さんは、二人しか生き残らなかったと当時の状況を語っていましたが、島民は兵隊さんと一緒にいれば安全と思われ、自分の子どもを藤平さんの後ろにつけさせたと言います。藤平さんが二〇一四年に亡くなる寸前まで、その子どもたちであった方々とお互いに年を老いても交流を続けていました。阿嘉島は私にとって第二の故郷だと言い、島民は純朴で良い人ばかりだったと言っていました。藤平さんは、生前若者を相手に、

「あんなバカな戦争は二度としてはならない」

と、口を酸《す》っぱくして語られていたのを、今も鮮明に覚えています。

渡嘉敷島には一つの集落に沖縄では珍しいほどたくさんの御嶽《うたき》がありましたが、昭和六年ごろから御嶽拝《うが》みを禁止し、さらに御嶽の松やその他の聖地を守る森林を切り倒してきたと伝えられております。そして、代わりに渡嘉敷神社《とかしきじんじゃ》がつくられ、やがて根神《ねーがみ》として崇《あが》められていた神女も廃され、ノロも廃止《はいし》されました。同時に皇民《こうみん》教育が徹底《てってい》されて行くわけですが、芳村敬子《よしむらけいこ》さんも書いておられますが、村民の御嶽という精神的拠《よ》り所を失い、代わって徹底《てってい》した皇民教育の中で「生きて虜囚《りょしゅう》の辱《はずかしめ》を受《う》けず、死して罪過《ざいか》の汚名《おめい》を残すことなかれ」と教え込ま

れ、二十八日午後三時に、村長の「天皇陛下万歳《てんのうへいかばんざい》」との三唱《さんしょう》の後に日本軍から渡された手榴弾《しゅりゅうだん》を叩《たた》いたということです。ところが、生き残ってしまった人が、どうせ死ぬならアメリカ兵と闘って死のうと覚悟を決め谷を出ると、日本兵がおめおめと捕虜《ほりょ》になりまだ生きている光景に出会い呆然《ぼうぜん》としたという証言があります。そして、日本兵は玉砕《ぎょくさい》していなかったこと、また負傷《ふしょう》した村人たちが「鬼畜《きちく》」と教えこまれていたアメリカ軍によって手当てをされていることを知って、娘に自《みずか》ら手をかけて殺してしまったという老父が、身を伏せて男泣きに泣いていたという証言も伝わっています。歴史学者の林博史《はやしひろふみ》先生が言うように、集団自決という悲劇は、孤島《ことう》や壕《ごう》に日本軍の関係者が一緒にいたかどうかが大きな分岐点《ぶんきてん》になっているように思われます。

沖縄本島でも、アメリカ軍が最初に上陸した読谷村《よみたんそん》の波平集落《なみひらしゅうらく》では四月二日、村人が避難していたチビチリガマ（ガマは洞窟《どうくつ》の意）において、八十三人が自決しました。ここでは、元兵士が自決を主導《しゅどう》したといわれています。一方、近くにあったシムクガマでは、同じ波平集落の村人が千人近く避難《ひなん》していましたが、そこではハワイ帰りで英語を話せた村人がおり、竹槍《やり》を持って突撃《とつげき》しようとした警防団《けいぼうだん》の少年をいさめて、自ら外へ出てアメリカ兵と交渉し、千人の村人の命を助けることができたということです。この他にも喜友名《きゆな》のフトゥキーアブや、宜《ぎ》野湾《のわん》のクブタマイ小ヌ前ガマでも、同様に住民が助かっています。佐真下《さました》のジルーヒジャガワーガマのように、日本軍の少尉が軍力を振りかざして、捕虜《ほりょ》となったらこの刀で斬り殺すなど息まいたところでは、悲劇につながっています。林博史さんは、日本軍の主陣地《じんち》外にあり、日本兵がいなかったガマでは住民が冷静な判断ができ、その結果集団投降《とうこう》によって犠牲者を抑《おさ》えることができたと結んでおられます。戦闘員と非戦闘員は最初から分けられるべきであったと、私は思います。

（4）日本軍、空と海から反撃する

さて、アメリカ軍の侵攻に対し、日本軍は、どのような体制で、どのように対応したのでしょうか。いっちゃんは、このことについても鋭くお母さんのさっちゃんに尋《たず》ねて行きます。

さきほどからさっちゃんの怖《こわ》くて悲しい話をずっと聞いていると、元気ないっちゃんもさすがに気がめいってきました。もう日本軍の情けない話や、住民のかわいそうな話しはもうたくさんというように、羽を広げて二、三回バタバタしながら尋ねました。

「お母さん、日本軍はどんな体制で沖縄を守っていたの。アメリカ軍が上陸するころ、日本軍の中心となる部隊はどこにいたの。それから、日本の兵隊さんは、どうやって沖縄を守ろうと考えていたの」

さっちゃんは、立て続けに大きな質問を投げかけられ、たじたじになってしまいました。残念なことにさっちゃんは沖縄戦を経験していません。しぃ婆ぁが、廃墟《はいきょ》となった渡嘉敷島《とかしきじ》から命からがら沖縄本島に逃げて来て、日本軍が勇敢《ゆうかん》に闘う姿や住民が泣き叫《さけ》ぶ光景を見てきたのを、語りを通じて憶えているだけでした。さっちゃんは、しぃ婆ぁから語り継がれ知っていることがらのすべてを伝えようと思いました。自分が教えなければここで途切《とぎ》れてしまうと考えたのでした。

「沖縄を守っていたのは、第十方面軍である台湾《たいわん》軍の指揮下に入っていた第三十二軍という兵隊さんたち。司令官には陸軍士官学校の校長先生だった牛島満《うしじまみつる》陸軍中将《ちゅうじょう》、参謀長《さんぼうちょう》には満州の関東軍《かんとうぐん》から送られて来た長勇《ちょういさむ》陸軍中将《ちゅうじょう》だったわ。牛島司令官は、人格ともに立派な帝国軍人で、馬に乗って那覇の町を闊歩《かっぽ》し、当時の軍国主義の時代ではあこがれの的であったと人々の語り草《ぐさ》になっていたのよ。また、長参謀長は、大陸の満州で好き放題のことをやっていた関東軍上がりで、経歴をみても政治的な動きをする激情型の軍人という感じがしたと、しぃ婆ぁが言っていたわ。私たちスマートなタカの仲間のサシバには、長参謀長のような軍人は合わないわよね。そしてもう一人、長参謀長とは対照的に緻密《ちみつ》な戦略家《せんりゃくか》で八原博通《やはらひろみち》大佐が、高級参謀《こうきゅうさんぼう》として作戦指導にあたっていたわ。学生時代は優秀でアメリカにも留学した経験のあるインテリ軍官僚《かんりょう》。ただ、持久戦でアメリカ軍の出血を強いるのも良いけれど、最終的には非戦闘員である住民を巻き込んで、泥縄式におびただしい数の住民の犠牲者を出した挙句《あげく》、自らは民間人の格好《かっこう》をして逃げ出すなど、八原式の持久戦については、後世《こうせい》の人が、アメリカ世論《よろん》を操作《そうさ》するのが八原の狙《ねら》いだったと評《ひょう》しているけど、沖縄県民の間には、日毎《ごと》に厭戦気分《えんせんきぶん》が広まり、国内世論の方は配慮《はいりょ》しないのと疑《うたが》うわね。ひいきの引き倒《だお》しっていうのかな。沖縄戦では陸軍が表《おもて》で脚光《きゃっこう》を浴び過ぎて、海軍は陰に隠れ気味《ぎみ》という感じだけど、沖縄には沖縄方面根拠地隊《おきなわほうめんこんきょちたい》があって、司令官には海軍きっての陸戦の権威《けんい》と言われた大田実《おおたみのる》少将が就《つ》いていたわ。自らの最後の自決の際に沖縄県民の献身《けんしん》的な軍に対する協力に讃辞《さんじ》を送り、合わせて後年必ず沖縄県民に報《むく》いて欲しいという、祈りに近い電文を海軍次官宛《あ》てに送ったことで有名だわ」

戦後、沖縄守備隊の作戦参謀であった八原博通をはじめ、たくさんの参謀といわれる軍人が生き残り、それぞれ回想録を書き著《あらわ》しています。しかし、何か言い訳めいた内容になっていると思うのは私だけでしょうか。あの時はこういう意図《いと》で作戦を練《ね》り上げ司令官に採用してもらったと書いてあるようです。特に敗北に帰した作戦について、山本七平《やまもとしちへい》さんも著書《ちょしょ》で同じ帝国軍人の立場から回想《かいそう》しているように、人命をたくさん犠牲にさらす作戦を作りながら戦後も生き延びる参謀たちの姿を潔《いさぎよ》しとしない輩《やから》と、苦々《にがにが》しく見ていたようです。この参謀という職務内容は国内外ともに良く理解されていません。山本さんは、アメリカ軍は参謀という職務を理解できなかったため処罰《しょばつ》をしなかったと言っておられました。市貝町には硫黄島《いおうとう》特攻に参画した海軍大尉の青木泉造《あおぎせんぞう》さんというゼロ戦のパイロットがいましたが、軍が解散するときに上官から「箝口令《かんこうれい》」と言って、軍の作戦行動について他言してはならないという命令が出され、今なお有効であると言っておられました。このため作戦のことは私に詳しくは話せないと頑《かたく》なに拒《こば》んでおられましたが、テレビなどで元上官がベラベラとしゃべっている姿を見て面喰《めんく》らったと語っていた姿が、今でも印象深く記憶に残っています。

それはともあれ、作戦開始まで第六十二師団長であった本郷中将は、八原高級参謀の分厚《ぶあつ》い本の主張とは裏はらに「沖縄軍には、配備計画はあったが、作戦計画はなかった」と断言しています。私も全く同感で、タコ壺《つぼ》を目指し次々と後退し、タコ壺の中に入って反攻する持久戦はありましたが、そこから出て戦闘する作戦はなかったと思います。

アメリカ軍が上陸する以前の日本軍の沖縄本島配備をみてみると、防衛方針は、主力を持って本島南部の島尻《しまじり》地区を死守し、その海岸では敵の上陸を破砕《はさい》するとともに、北方の主陣地正面においては持久作戦を行い、敵が北《きた》（読谷《よみたん》）および中《なか》（嘉手納《かでな》）飛行場に上陸する場合は、主力をもって出撃するというものでした。このため配備は、まず第二十四師団は、師団長雨宮《あまみや》巽《たつみ》中将の隊で防衛の重点を西海岸正面におき、第六十二師団の西および北方正面の先頭に参《さん》画《かく》するとともに、戦闘に際しては海軍部隊も合わせて指揮することとなっていました。第六十二師団は本郷義夫《ほんごうよしお》中将の下で首里の西北および北方正面を防衛することとされました。また、首里《しゅり》周辺《しゅうへん》に軍最後の複郭陣地《ふくかくじんち》を構築《こうちく》する任務を帯《お》びました。第四十四旅団は、旅団長は鈴木《すずき》繁二《しげじ》少将で、一部をもって北、中飛行場の占領を妨害するとともに、主力をもって島袋《しまぶくろ》周辺《しゅうへん》の高地《こうち》を確保し、日本軍部隊の進出をえん護《ご》することになっていました。もし、アメリカ軍が北、中飛行場方面に上陸した場合には津嘉山付近《つかざんふきん》に後退し、陣地を張ることになっていました。一方、北部の国頭《くにがみ》方面には国頭支隊が展開し、隊には第二歩兵隊長である宇土武彦《うどたけひこ》大佐が支隊長となり、一部は極力永く伊江島《いえじま》を保持しながら、主力をもって本部《もとぶ》半島を確保するとともに、迎撃隊《げいげきたい》をもって国頭《くにがみ》郡内においてアメリカ軍を迎《むか》え撃ち、合わせて中頭《なかがみ》郡の飛行場地区の戦闘に協力することになっていました。この他、指揮官として和田孝助《わだこうすけ》中将率いる大砲やミサイルを装備した砲兵隊が海岸正面において敵上陸の際の足場となる橋頭堡《きょうとうほ》を破砕《はさい》する砲撃を準備し、陸上で敵と正面で対する場合には、味方の陣前もしくは陣内において敵の攻撃力を破《は》壊《かい》するよう準備することとなっていました。さらに、航空機を砲撃する第二十一野戦《やせん》高射砲隊の司令官である吉田清《よしだきよし》中佐が指揮する高射砲隊は、上陸する前は対空戦闘に当たり、上陸後は地上戦闘に当たることになっていました。

ところが、アメリカ軍の上陸をうかがわせる情報がどんどん入ってくると、上陸直前の一か月前ほどになってから配置を大きく変えます。一つ目は、読谷《よみたん》、嘉手納《かでな》および島袋《しまぶくろ》を守る任に当たっていた第四十四旅団を一気に南部の知念半島《ちねんはんとう》付近まで下げます。新たな任務は、敵を南部海岸地帯において激減し南部海岸を保持することと、第六十二師団が配置されていた首里方面に敵が来襲したときは主力をもって戦闘に参画するというものでした。二つ目の大きな変化はまず第六十二師団長を三月一日付けで本郷義夫中将から藤岡武雄《ふじおかたけお》中将に異動したことです。それから首里に複数の陣地を迷路で結んだ「軍最後」の複廓陣地を造ることになっていたのを、ただ複廓陣地を造ると変更しました。ここまで書けば分かるように、第三十二軍はいざとなれば主陣地である首里を放棄し、南部に撤退する考えを上陸一月前の二月ごろには決めていたということになります。さらに、第六十二師団は、賀谷《かや》隊長率いる独立歩兵第十二大隊を中頭地《なかがみち》区《く》に配備し、同方面の防衛が厳重であるかのよう装《よそお》えという任務を与えています。

いっちゃんが、さっちゃんの説明が難しくて分からなくなったのか、話の途中で口ばしをはさんできました。

「それじゃ、アメリカ軍が西海岸に上陸したときにはみんな逃げちゃったの」

さっちゃんは「そう」と答えました。しかし、ちょっと思い出すような仕草をして言い直しました。

「あ、そうそう、勇敢《ゆうかん》な二つの部隊があったと、しぃ婆《ば》ぁに聞いたわ。しぃ婆ぁが近くのリュウキュウマツの上から見たと言っていたから間違いないわ。一隊は、読谷《よみたん》飛行場《ひこうじょう》と嘉手納《かでな》飛行場《ひこうじょう》にはりついていた飛行場大隊、もう一隊は、今話したばかりの独立歩兵第十二大隊の賀《か》谷《や》支隊」

いっちゃんとかいちゃんは、興味しんしんという具合に、瞳をまん丸にしてうかがいました。

「飛行場大隊は、軍司令部にしてみれば、捨て子部隊のような扱いをしていたわ。なんてたって特攻機の出発の協力をしたり、飛行場の整備をしていて、戦闘訓練なんか一度もしてないんだから。でもね、アメリカ軍が上陸したときには読谷《よみたん》にあった第一大隊は飛行場周辺の壕に配備し、しっかり戦闘準備についたの。進行のスピードが早いアメリカ軍にさんざんに押しまくられ、全滅に近い損害を出しながらも国頭《くにがみ》方面に後退して行ったわ。続く嘉手納にあった第二大隊は、学生隊がいたの。沖縄県立農林学校生徒一七〇名も協力して飛行場周辺の山中に壕をつくり、これもまた戦闘準備に入ったの。上陸二日目にアメリカ軍の攻撃を受けたんだけど、持ちこたえたわ。ところが本当の兵隊さんが逃げてしまって学徒隊だけになってしまい、残った大隊長らは学生を闘わせるのは忍びないと言って乾パン三日分を与えて解散し、大隊は三日目まで戦い、散り散りになって石川岳《いしかわだけ》に後退したといわれている」

かいちゃんは「優しい兵隊さんっているのね」と言いました。さっちゃんはさらに続けます。

「賀谷支隊は、賀谷与吉《かやよきち》中佐の指揮の下、中国大陸で歴戦の中で鍛《きた》えれたベテランの部隊。支隊は勇敢にも嘉手納飛行場を囲むように部隊を配置し、アメリカ軍上陸と同時に攻勢をしかけ、アメリカ軍の進撃によって各隊全滅に近い損害を出したわ。その後も陣地を後退させながら闘ったんだけど、戦車を先頭に強引《ごういん》に進撃するアメリカ軍にはかなわなかったの。それでも三日間は南に進もうとするアメリカ軍を足止めさせ、頑張り抜いたわ」

いっちゃんは、「日本軍の中にも、まだ勇敢な兵隊さんたちが残っていたんだね」と言って目を細めました。

かいちゃんは、何かに脅《おび》えるように小さい声で恐《おそ》る恐る尋《たず》ねました。

「学生と、日本軍はどうなっちゃうの……。もう軍人らしい兵隊さんはいないの……」

さっちゃんは、真顔になって言いました。

「たくさんの人たちが、尊い命をかけて私たちサシバのように空を飛んだわ。しぃ婆ぁは、この話しをするときには涙をポロポロ、ポロポロ流しながら語っていたの……。かわいそうだった、かわいそうだったって繰り返し独り言を言っていたわ」

かいちゃんは「お婆ぁがそんなに泣きながら語る話ってどんなお話し。教えて教えて」とせがみました。

さっちゃんはもう涙を瞳に一杯ためていました。いっちゃんもだだをこねました。

「ねえ、お母さんたら、教えてよ」

片方の羽を広げてワサワサと風を送りました。さっちゃんは語り出しました。

「あざやかな緑と燃えるような深紅の花に包まれた琉球列島を伝う海の道を、四月六日ごろから私たちと反対方面に飛んでゆく大きな鳥の群れがあったそうな。その大群は、サシバの数万羽という数に比べれば毎回数百ほどで少なかったけど、高度は高い時で七千メートルくらいの上空をきれいに並んで飛んでいたわ。私たちは早朝飛び立つんだけど、彼らも同じようにオレンジ色のきれいな日の出を背に九州方面から飛んでやって来るの。高度を次第に下げてきて、私たちと同じ千メートルくらいまで降りてくると、今度は急角度になって海に浮かぶ艦船向けまっしぐらに突っ込んでいくの。最初、ウミネコの一族かなと思って、よくよく見ると人間が乗っていた。それもやっと二十歳《はたち》過ぎたばかりの若い男の子ばかりだったと言っていたわ。昔の子どもたちだったから、とても幼く見えたってしぃ婆ぁは言っていた……」

いっちゃんが「どうしてそんな子どものような若い子が飛行機でやってくるの」と言うと、さっちゃんは、困ったように目を細めながら、

「みんな学生さんばかりだったのよ。大学を早めに卒業して、短い期間で飛行機の操縦《そうじゅう》法を勉強して……頭が良いからすぐに理解できたから……」と説明しました。

いっちゃんは、不思議そうに聞き返しました。

「おかしいな。敵の航空母艦に突然行ったって載せてくれないんじゃない」

さっちゃんは、いっちゃんの突拍子《とっぴょうし》もない質問に面喰らって、どぎまぎしました。少し考えてどう説明してよいか悩んだ末に心を決めて言いました。

「実はね。飛行機と一緒に敵の艦船に体当たりしたのよ」

そういうと、いっちゃんもかいちゃんもびっくりして、口ばしをぽかんと開いたまま、目をまん丸くして、しばらくの間固まってしまいました。さっちゃんは、ガジュマルの複雑にから み合う枝を目で追いかけながら話し続けました。

「人間って変わった動物で自分の命を自分で絶つことをするの。特に、日本人は、人間の中でも、とりわけ精神的な人類で、日本人は自分の命と引きかえに敵の命を奪う、しかも一人の人間の命で十人とか百人とかの命を奪おうとするのね。つまり数量的な計算をするのよね。私

たちサシバは命は量じゃない質と考えるから、一羽は世界でただ一羽だと思うんだけど」
かいちゃんは頭をかしげて「欧米人は日本人と違うの」と聞きました。さっちゃんは「アメリカ軍の多くはキリスト教を信仰している人が多く、大事な命を犠牲にして体当たりをして来る日本人のパイロットの気持ちがよく理解できなかったようね。キリスト教では、神様が与えてくれた大切な命を人間が自ら絶つことを許さないらしいわよ」

アメリカ軍のスプールアンス提督は、迫り来る特攻機の中に座《すわ》っている搭乗員の顔がはっきり確認できたと言っています。まるで、ホウキにまたがってふわふわ飛び交う「魔女《まじょ》」のように見えたと回想しています。

二五〇キロの爆弾を装着されて、搭乗員と飛行機が敵の艦船に体当たりするという戦法は沖縄戦が始まる前からあったようです。戦史上からみれば、特別攻撃隊を発案したのは大西瀧次郎《おおにしたきじろう》中将だ、あるいは大西中将の前任者である第一航空艦隊司令長官の寺岡謹平《てらおかきんぺい》中将だとか、さらには連合艦隊司令長官であった豊田副武《とよだそえむ》大将こそ発案者だなどと言う人もいます。犯人捜しはいずれにせよ、司令官栗田健男《くりたたけお》中将が戦艦大和《やまと》を含む第一遊撃隊を率いて、日本軍の連戦連敗を挽回するために他の艦船と呼応《こおう》してレイテ湾に集結し、ここで海上決戦を交えるという「捷《しょう》一号作戦」が実行されることになりました。この際、アメリカ軍の航空母艦から舞い上がる艦載機の応援を阻止するために、敵空母の飛行甲板《かんぱん》を使用不能にするというのが、大西が考えた体当たり攻撃の当初の作戦目的であったようです。昭和十九年十月二十五日、第一航空艦隊の大西司令官訓示の直後、敷島《しきしま》隊四名、大和《やまと》隊、朝日《あさひ》隊、山桜《やまざくら》隊それぞれ三名づつ、計十三名が出撃しました。

こうした中、アメリカに理解のある米内光政《よないみつまさ》海軍大臣は、はじめ鈴木貫太郎《すずきかんたろう》首相の意を汲《く》んで終戦妥結を目指し、和平工作に乗り出すに当たり、少しでも戦果を上げた上で交渉を有利に展開したいと考えるようなっていました。このため、関東方面の空を守る第三航空隊の司令官に、大西中将の前任者の寺岡謹平中将が登用されることとなり、特別攻撃が作戦として初めて採用されることとなりました。早くも二月十九日、サシバが子育てをする栃木県市貝町《いちかいまち》出身の故青木泉蔵《あおきせいぞう》さんが直掩《ちょくえん》隊長となった第二御盾《みたて》隊が硫黄島《いおうとう》に向けて特攻出撃しました。続いて連合艦隊司令長官の豊田大将も、沖縄にアメリカ軍が上陸したのを受け、四月六日、いよいよ沖縄に向けて特別攻撃を仕掛ける菊水《きくすい》一号作戦を発令することになります。菊水作戦は十号まで続きますが、その背景にはもっと大きな天一《てんいち》号作戦というものがあり、アメリカ軍が沖縄に上陸してもすぐには日本軍から奪い取った飛行場を使うことができないだろうから、当面空母機動部隊を周辺海上に浮かばせて、沖縄での地上戦を支援しなければならないはずで、このときこそ、日本軍がアメリカ軍の海上の主力である空母群をたたく絶好のチャンスだというのです。西太平洋において、ずっと日本軍が負けてきたのは、このアメリカ軍空母機動部隊のせいだというのです。そこで、日本軍の全力をこの沖縄の一戦にかけて、アメリカ軍に大打撃を与え、サイパン、レイテ、硫黄島という北上する進攻作戦を頓挫《とんざ》させ、本土防衛の時間かせぎとともに終戦へ向けての端緒《たんちょ》を開くことを目的に特別攻撃をするという作戦です。海軍の菊水作戦による攻撃は四月六日から発動され、組織的な沖縄戦が終わる前日の六月二十二日まで第十次にわたって実行されました。陸軍を含めた天一号作戦の全体を見た場合、使用された航空機の延べ機数は、七〇七五機（「沖縄方面海軍作戦《ほうめんかいぐんさくせん》」二〇・三・一八〜二〇・六・一五）に達し、うち特攻は一九三〇機以上となっています。

特別攻撃の仕方には二つの方法があり、うち一つは、「高々度接敵法《こうこうどせってきほう》」といわれる型で、アメリカ軍機の迎撃《げいげき》を避けるために高度六〜七千メートル上空を飛行し、降下して高度一〜二千メートルに達したところで、四十五度ないし五十五度の急角度で突入するというものです。もう一つは「超低高度接敵法《ちょうていこうどせってきほう》」で、海面をはいながら接近し、直前に上昇して高度四〜五百メートルに達してから突入するという型です。

これらの特別攻撃は最初のころは成果が大きかったと言われていますが、次第に対策も講じられるようになり、特攻機が飛び立てないように九州などの本土の基地飛行場に対し、常時徹底的に攻撃の網をかぶせておくようになりました。撃ち漏《うも》らしても帰還するところをアメリカ軍の攻撃機二機で待ち伏せして杖でたたくように撃墜する、反対に帰艦するアメリカ軍機に紛れ込んでやってくる特攻機に対しては、アメリカ軍の艦載機が必ず空母の上を旋回《せんかい》することを義務づけるようにし、直接進入してくる航空機はすべて敵機と見なし落としたということです。また、日本機の進入方向にはレーダー警戒駆逐艦《くちくかん》を数隻《せき》配備するとともに、ＶＴ信管《しんかん》という信管自体が電源を発して接近して来る特攻機を関知し爆発するなど万全な防衛体制がしかれ、後半はほとんど効果が出なかったと言われています。しかも迎え撃つグラマンＦ６Ｆ戦闘機は一機あたり十二・七ミリ機銃が六丁《ちょう》もついており、死角がなく自由自在に特攻機の回りを巡って撃って来たと言われています。さらに、特攻機のパイロットは、学生出身の海軍飛行予備学生で飛行練習生と同じ八か月の訓練期間しか与えられず、やっと離着陸ができるようになったばかりであり、空中戦などはほとんど不可能であったと言われています。

この決戦には、当時世界で最新最強の巨大戦艦《せんかん》といわれた戦艦大和《せんかんやまと》も参画しています。連日、九州の基地から嘉手納沖《かでなおき》に展開するアメリカ艦艇をめがけて特攻機が繰り出される中、連合艦隊司令部からの菊水一号作戦の下命《かめい》により、大和を含めた八隻は沖縄本島の海岸に乗り上げ陸の要塞《ようさい》と化すという使命を与えられます。生存者の坪井平次《つぼいへいじ》さんがその最期の姿を詳細に書き残されています。四月六日に特別攻撃艦隊は、三田尻《みたじり》から高速戦艦である巡洋艦矢矧《じゅんようかんやはぎ》を先頭に、大和を最後尾に配して一列縦隊となって出発しますが、その段階ですでにアメリカ軍の爆撃機Ｂ29に発見されてしまいます。さらに、四国と九州の間にある豊後水道《ぶんごすいどう》のところで午後一時、アメリカ軍の潜水艦二隻に発見されています。豊後水道を出ると、日本の近海においても制海制空権はすでにアメリカ軍にわたっていたため潜水艦は要注意であったことから、魚雷《ぎょらい》をかわすために、艦隊は時折《ときおり》方向を変えながら進む「之字運動《のの じ》」を繰り返しながら前進したといわれています。しかし、サシバの集まる九州の南端にある佐多岬《さたみさき》を出るころには、アメリカ軍の偵察機《ていさつき》がぴたりと追跡してきていました。坪井さんの話しでは、この時には、特攻艦隊の針路や速力、兵力などがすでに分析されてアメリカ軍の司令部に報告されていたのではないかということです。攻撃は時間の問題でした。ついに四月七日十二時三十五分攻撃第一波がやってきて、左艦に魚雷一発が命中、続いて後部に爆弾が二発当たりました。続く十三時十八分に攻撃第二波がやってきて、今度は大和一艦のみを標的に攻撃を仕掛けてきました。左艦に魚雷三発が命中し、甲板《かんぱん》で撃っていた機銃員など四分の一が吹き飛んで戦死します。その時の光景は、まるで両手両足を大きく開いた人形が空中にたくさん舞ったように見えたということです。その後二時二十五分までの間に攻撃は第八波にも及び、徳之島《とくのしま》の北方二百カイリでついに沈没してしまいました。総員三三三二名のうち生存者は二六九名にすぎませんでした。戦闘の常識ではありえないことですが、この大和を中心とする特攻艦艇には、護衛の飛行機が一機もついていませんでした。それどころか、四月七日六時半ごろ搭載していた貴重な飛行機一機を飛ばしたという証言があります。翼を振って最後の別れを告げ、北の彼方に消えていったということです。飛行機一機といえども今となっては希少な飛行機なので、艦長のはからいで、大和と運命を共にするのは、もったいないということで逃がしたということでした。目的地である沖縄に到達することすら難しいと、艦長の有賀幸作《あるがこうさく》大佐は踏んでいたのでしょう。乗り組員全員が悲愴《ひそう》な覚悟で配置についていたのに相違ありません。

いっちゃんが、両羽をきゅっとすぼめて鼻をすすりながら言いました。

「かっこいい戦艦大和は、徳之島《とくのしま》の北の方で沈んだの。ぼくたちが、沖縄にくるときに通った美しい島だったよね。もう戦艦と戦艦ががっぷり四つになって戦う時代は終わっていたんだね」

さっちゃんは、いっちゃんの意見に目を輝かせてうなづきました。

「そう、太平洋戦争が始まる前から、もう飛行機の時代だったわ、日本軍は海戦で勝ってきた過去の甘い栄光に長い間酔《よ》ってきちゃったのね……。その間にアメリカは移動する飛行場である空母をしっかりそろえて、西太平洋を島づたいに一つひとつつぶして北上してきたわ。日本は飛行機一機すら事欠く状態に追い込まれる一方で、アメリカは、ますます軍需物資の大増産に拍車をかけ、これでもかこれでもかと鉄の嵐を吹かせて降伏を迫ってきたのね。でもアメリカ軍の大将であったスプールアンス提督《ていとく》は、日本民族の名を冠し、日本海軍の象徴であった戦艦大和が日本の内海《ないかい》を離れて外に出たという情報をつかんだときは、目の色を変えて、この一隻の動向に心を奪われ、日本海軍が望んだ太平洋最後の大海戦の夢をかなえてあげようと思ったということよ。だけど、最期はミッチャー将軍の空母を中心とする機動部隊に撃沈を命じたということなの」

かいちゃんは、すっかり気を落としていましたが、一つひとつ確かめるように言いました。

「特攻隊って、格好良いイメージだけど、実際は、離着陸がやっとで水平飛行もままならない二十歳ぐらいの大学で文学や法学を学んできたばかりの若いパイロットが、操縦していたなんていうのは本当に本当なの」

さっちゃんは、深刻な瞳になり答えました。

「そうよ。硫黄島に特攻隊を連れて行った時の指揮官だった青木泉蔵さんは、敬礼のとき右手の手の平の下から、よーく一人ひとりの顔をのぞき込むとまだかわいい顔をしていた……本当に幼い顔をしていてねぇ……と涙ぐんで生前語っていたわ。かわいそうな最期で、家族には申し訳なくて話せない……と」

かいちゃんはもう一度心にバネをつけて確かめるように聞きました。

「みんな若い命は無駄死にだったの」

さっちゃんは、まじめな顔になっていました。子どもではなく大人を相手に答えるように、いいえ、自分の中で確認するように言いました。

「兵隊さんは、国を守るためにあるのだから、時には命がかかる場面も出てくるでしょう。でもね、これからという若い命が途中で消えてしまうのは、この上なく残念……。私たちが外から思う以上に、本人たちにとっては、こんなに口惜《くや》しいことはないでしょうね」

私はかねてより、花々しく散華《さんげ》したともてはやされた特攻隊員たちの本当のところの気持ちを知りたいと思い、何人もの元特攻隊員の方に話しをうかがってまいりました。そのような中、日本の最高学府の東京帝国大学法学部を卒業して学徒出陣し、神風《かみかぜ》特別攻撃隊員となり出撃直前で終戦を迎えた人に会うことができました。浅学非才《せんがくひさい》の私は無礼にも、その方に対し「特攻隊の方は急降下するときに『天皇陛下万歳《ばんざい》』と叫んで突っ込んだといわれていますが本当ですか」と聞いてしまいました。一瞬で顔が変わったので怒鳴《どな》り飛ばされるかと思いきや、何と意外なことに「天皇陛下……バカヤロウ」と空中に向かって絶叫《ぜっきょう》されたのです。インテリのお顔はクシャクシャになり、正座するズボンのもの辺《あた》りを両手で鷲《わし》づかみにして、一声を天空に放たれたのでした。私には閻魔《えんま》様の一声に聞こえました。その後はお互い無言でした。この人は、戦後小さな看板《かんばん》屋を営み奥さんと二人で生計を立てていました。小さな庭にはリヤカーが一台ポツンとあり、このリヤカーに書き上がった看板を載せて奥さんと引いて行かれたんだなと思うと、やり切れない気持ちで一杯になりました。この人は生まれる時代が異なれば、青木泉蔵さんのように大蔵省に入省され、日本を動かす人になれたはずと思いました。評論家の草柳大蔵《くさやなぎだいぞう》さんも同じようなことを書いています。

「戦場が沖縄に移り、毎日のように鹿屋《かのや》から特攻機が出撃してたころ、突入寸前の特攻機からの無電に変化がおきたと、ある練達の海軍士官が言っている。『祖国の悠久《ゆうきゅう》を信ず』『われ、敵艦に突入す』に交じって、『日本軍のバカヤロウ』『お母さん、サヨウナラ』という電文が送られてきた、というのだ」

この一文に接したとき、私がお会いした帝大法学部飛行生は、異常な特攻隊員ではなく多数派の特攻隊員だったのだと、否、正常な一人の人間であったのだと初めて確信を強めることができました。

私の母校である栃木県立真岡《もおか》高等学校を首席で卒業し、大蔵省《おおくら》大臣官房秘書課に就職し、思うところがあって半年後には海軍兵学校に入校、二十二歳で少尉、二十三歳で神風《かみかぜ》特別攻撃隊第二御盾隊《みたてたい》直掩隊長《ちょくえんたいちょう》として零戦十二機を率い硫黄島沖の米艦隊攻撃に参加、同年大尉となり本土防空戦に参画した青木泉造さんの自伝に経緯が記《しる》されてあります。

「書き終わって振り返ってみると、四季折々の花鳥風月《かちょうふうげつ》のことが全く無い。記憶にないのである。（略）我が青春に悔い無しと雖《いえど》も、数多くの上官、同僚、部下達が水清く屍《しかばね》、雲染む屍となり、散華《さんげ》してゆくさまを見て来た故《ゆえ》、戦争は断じて避けるべきであると痛感する。終《おわり》」

子どものいっちゃんにも、だんだん特攻隊の意味が分かってきたようです。最後にもう一度聞きました。

「特攻隊は、アメリカ軍にはどのように映《うつ》ってたの」

さっちゃんは、暗かった瞳に灯《あか》りをともしたように、少し明るくなって言いました。

「命のある人が飛行機に乗って体当たりをして来るなんてことは、ありえないことだから、なぜ、どうしてと気が動転したようだわ。それが今度はずっと休みなく、しかも夕方、明け方、さらに月明かりの夜に日本軍が好んで神風を送り込んでくるので眠ることができなくなり、さすがにうちつづく緊張から身も心も疲れ切ってしまったようだわ。しかし、慣れてくると、また、未熟なパイロットばかりになってくると、さらに対応も充実してくるにつれてレーダーで事前に補足されるようになってしまい、『バカ・ボンブ』（馬鹿爆弾）と呼ばれるようになっていった。スプールアンス提督は特攻機が味方の銃砲で爆破されるのを艦上から見物していて、まるで花火大会の最後に行われるナイアガラの滝という花火のようだったと回想しています。そうは言うものの、沖縄の沖に停泊していた三か月にわたり、数千機の日本軍の飛行機の攻撃を受け最終的に艦船三十隻が撃沈され、三六八隻に損害が出て、海軍の将兵に戦死者が四九〇〇人、負傷者は四八〇〇人に上ったと言っている。アメリカ軍にとっても神風特攻はすさまじかったのでしょうね」

（5）日本陸軍、首里城決戦を避ける

満を持したように、いっちゃんは両羽をバタバタさせて言いました。

「空と海がみんな頑張っているんだから、残りの陸上の方はどうなっているの。アメリカ軍が上陸してきたときに、志賀支隊《しがしたい》が沖縄守備隊の本隊になっている第三十二軍から、さも日本

軍はたくさん守っているぞと見せかけるように抵抗しなさいって命令されて、孤軍奮闘《こぐんふんとう》頑張ったけれど、その後は海軍のように決死の覚悟で決戦にのぞんだの」

さっちゃんも、いよいよ来るべき質問が来たという態度で受け止め、いっちゃんの質問に答えました。

「そうよね。沖縄では飛行機も戦艦も全部使っちゃって決戦にのぞんだんだから、この時を逃したら昼間の花火になっちゃうわよね。お母さんもしぃ婆ぁには同じ質問をしてみたわ。しぃ婆ぁは落ちダカで、四月には渡らないで国頭《くにがみ》の比地《ひじ》のガジュマルのてっぺんから沖縄戦を見ていた生き証人だからね」

かいちゃんといっちゃんは目を細めながら
「お婆ぁは、すごいんだね」と一緒に声をそろえて驚いてみせました。さっちゃんは神妙《しんみょう》な面持ちで語りだしました。

「昭和二十年四月六日は、沖縄本島に向けて、日本の陸海軍が不退転《ふたいてん》の決意でもって総攻撃を仕掛けた日だった。この日菊水第一号作戦命令が出され海軍機三七三機、台湾から十八機、合計三九一機、ならびに陸軍機一三三機、陸海軍機合わせて五二四機が勢ぞろいして、沖縄本島周辺海域に展開するアメリカ艦船の攻撃のため発進するとともに、超ド級戦艦大和《やまと》も同じ日、沖縄本島乗り上げを企《くわだ》て出撃しました。このように大挙して沖縄本島に攻め上がってきているときに、当の沖縄本島に配備されている砲門《ほうもん》がこれに呼応《こおう》して火ブタを開かなかったならば、おそらく宝の持ち腐れになり、後世の笑いものになってしまったでしょうね」

いっちゃんもかいちゃんも「そうだよ」と相づちを打ちました。

「しかも今回は、上陸作戦で北《きた》（読谷《よみたん》）飛行場と中《なか》（嘉手納《かでな》）飛行場をすんなりと奪われてしまって、空も海も沖縄本島はアメリカ軍の独壇場になっちゃったでしょ。沖縄守備隊の八原作戦参謀は、北・中の飛行場は放棄しても射程距離の長い大砲で撃てば兵隊の犠牲も少なく、長期にわたって効果的に両飛行場を制圧できると主張し、現地の沖縄にあった守備隊では持久戦でまとまっていたんだけど、沖縄守備隊を上から指導監督する立場にあった第十方面軍司令官の安藤《あんどう》大将ばかりか、四月二日参謀総長から天皇に対して沖縄の戦況について上奏《じょうそう》が行われた折に、天皇は深い関心を示され、続いて三日にも参謀総長の戦況上奏の際に、再び天皇から沖縄作戦について御下問《かもん》があったといわれていて、大変なことになっていたのね。このため、まだ敵は水際にいるのだから、早く攻撃をしかけて、日本軍によって自爆破壊された飛行場をアメリカ軍が修復して使えるようになる前に速やかに制圧するよう促す要望が第三十二軍にたくさん来たわ。これに対して、牛島司令官らは、敵の艦砲射撃が行われる中で自殺行為に等しい反転攻勢を仕掛けるためには、航空部隊がアメリカ軍の銃爆撃を押さえてもらう必要があり飛行機を六日ではなくて一日延ばして七日朝から飛ばして欲しいと要求したの。これに対し、陸海軍航空部隊は、すでに菊水第一号作戦により本島周辺に展開する艦船に体当たりを行うと決めていたので、第三十二軍の要請を断ったんだけど、牛島司令官は、まあ一日ぐらいずれても大丈夫と考えて、第一線が第六十二師団、第二線第二十四師団、第三線独立混成第四十四旅団、最後に小禄《おろく》にあった海軍陸戦隊の沖縄守備隊のほとんど全勢力を、首里北方に向かって出撃させることに決めたの。ところが、四日夕方になってアメリカ軍の輸送船団が沖縄本島南部の港川《みなとがわ》正面に向かっているとの電報が入り、すんなり両飛行場の奪還作戦の旗を降ろしてしまったの」

参謀本部が戦後にまとめた記録によると、天皇は、戦況がよくないということを感じてくるようになり、大本営の陸海軍部に対し、詳細を報告するように求めたところ、厳しいがまだ反撃の余地があるという報告を受けると、戦局の挽回に望みをかけたということです。側近の近衛文麿《このえふみまろ》が天皇に戦争終結を提案したところ、もう一度戦果を上げてからでないと難しいと答えたと伝えられています。実際天皇は陸軍主戦派《しゅせんは》の主張する本土決戦よりも沖縄での決戦による戦果に大きな期待をかけておられたといわれています。

驚いたいっちゃんが「海と空と陸で総攻撃と決まったのに沖縄の地上軍の牛島司令官は、一方的に中止しちゃったの。何か変なの。みんなできめたことを守らないの」と聞き返しました。さっちゃんは目をパチクリしながら「そう」と言いながら話を続けました。

「これを聞いた沖縄守備隊第三十二軍の上官にあたる台湾の第十方面軍の安藤司令官は、がっかりして牛島司令官に八日夜に決行しなさいと命令してきたの。牛島さんもいくらなんでも上官の命令は断れないので八日決行を決めたわ。しかも菊水第一号作戦が、第三十二軍の要望通り七日も継続されたの。もうこうなっては、牛島司令官が要求していた条件がそろったんだからやるしかないわね。そして七日には牛島司令官も総攻撃に関する訓示を行い、いよいよかなと思った。ところが、またもや同日午後になって那覇北の浦添《うらそえ》にアメリカ軍上陸の情報が入ったと言って、総攻撃は小規模なものに変更され、龍頭蛇尾《りゅうとうだび》に終わっちゃったのよ」

いっちゃんもかいちゃんも口を開けたまま、目をまん丸にしてさっちゃんを見つめました。

「つまり、沖縄守備隊の第三十二軍は、周りの期待に反して七日、ついで八日と二回も総攻撃を中止しちゃったのね。戦艦大和も、千機余りの特攻機も、みんな沖縄を守ろうと必死で戦っていたのに、当の沖縄を守っていた第三十二軍は、動かなかったのね。一体何していたの」

さっちゃんもちょっと興奮気味になって、自分の気持ちを抑えながら答えました。

「みんなモグラさんみたいになっていたの。第三十二軍司令部は那覇市内にある首里城の地下にあって、作戦を牛島司令官に提案する役になっていた長勇参謀長もそこにいたんだけど、酒が大好きで、実際は八原作戦参謀に作戦を作らせていたのね。さらに校長先生だった牛島司令官は、長勇参謀長によきに計《はか》らえって感じで全部をまかせていたようだったわ」

かいちゃんは首をかしげてたずねました。

「それじゃ、穴の中に隠れてぬくぬくとしていたの」

さっちゃんは「そういうことになるわね」とポツリと言いました。

首里の司令部壕は、幅二・五メートル、高さ約一・八メートルの坑道《こうどう》が二千数百メートルも延びていたと言われます。湿度はほぼ一〇〇％でマッチはすぐに湿気で消えてしまったようで、その壕に数百人の歩兵が潜《ひそ》んでいたわけですから、酸素はとても薄かったはずです。臭《にお》いも言うまでもありません。長参謀長がいた参謀長室には「天ノ岩戸戦闘司令部《あまのいわとせんとうしれいぶ》」との掛札《かけふた》が懸かっていたということです。八原参謀は、すでに食糧、弾薬など豊富な物資が陸上げされてしまい、それを元に補給《ほきゅう》を続けながら線を引くように戦車を先頭に南に向かって来るアメリカ軍に対しては、洞窟《どうくつ》にこもって戦うしかないと考えていました。また、海からの艦砲射撃と空からの爆撃、そして機銃掃射《きじゅうそうしゃ》ではとても外に出ては戦えないと、大本営《だいほんえい》や上級司令部の第十方面軍の意向に添い決戦を唱える長参謀長に対し、盛んに主張していたようです。

しかし、島嶼《とうしょ》防衛の常識である上陸段階の一番弱いときにこれを突き落す作戦も実行しないばかりか、上陸して前進のために最初に築く陣地である補給基地にも攻勢をしかけませんでした。さらにこの補給基地である橋頭堡《きょうとうほ》から南の首里方面に伸びきって補給《ほきゅう》が弱くなったところにも、戦術の常識に反して一撃も加えることもなく、結局、ずるずる何も対策を講じないまま、アメリカ軍に侵攻のための盤石《ばんじゃく》な体制をつくる時間を許してしまったようです。第三十二軍が正気に返ったときには、すべて手遅れとなっており、空も海も陸もこの小さな南方の島の周りはアメリカ軍で満ちあふれ、唯一残された地下壕だけでこの中を逃げ回るしか術がなくなっていたというのが、八原戦法のたどり着く先ではなかったのでしょうか。八原はこの地獄《じごく》絵《え》の中を生き残って膨大な数に上る原稿を書きまくりますが、彼のとった「時間かせぎ」の持久戦は、どのような大義《たいぎ》があるにせよ、その陰には何万という住民と朝鮮人である慰安婦《いあんふ》を含む非戦闘員《ひせんとういん》のおびただしい犠牲があったことを忘れてはならないと思います。前述のように、天皇が沖縄での上陸戦に憂慮《ゆうりょ》を示され、このため上級司令部から決戦を命令されながら、これを無視した第三十二軍とは、一体どういう部隊であったのか、疑念が持たれます。いずれにせよ、他の参謀たちの証言によると、中止決定に導いたのは、八原氏であるということでした。

このような中で、アメリカ軍は、上陸以来一度も日本軍の本格的な反撃を受けることもないままに、いよいよ第三十二軍の主力が防衛する嘉数《かかず》一帯まで迫ってきました。ここは、首里《しゅり》の丘から四キロほどのところにあり、目と鼻の先ですから、ここで抵抗しなかったら、第三十二軍そのものが終わりになってしまいます。さすがに死に体《てい》になっていた沖縄守備隊も生命の危機を感じ自己保存のために動き始まります。

かいちゃんは、さっちゃんの話しを聞いていて、焦《あせ》ってきました。

「穴なんかにもぐっていたら、フタをされたり、火を入れられたりしたら、終わっちゃうんじゃない」

さっちゃんは、素朴《そぼく》だけど的を得たかいちゃんの質問に微笑《ほほえ》みながら言いました。

「そうよね。そろそろ戦わないと、兵隊さんが兵隊さんじゃなくなるわよね」

すかさず、いっちゃんも「お母さんのいうモグラさんだよね」と相づちを打ちました。

戦場となった嘉数《かかず》は宜野湾《ぎのわん》市内にあり、琉球石灰岩《せっかいがん》の台地上に集落《しゅうらく》がありましたが、昔から水田が中心の集落が広がり閑静《かんせい》な農村でした。戦闘は四月九日から二十四日までの十六日間にわたって繰り広げられました。この戦闘に巻き込まれたり、南部の島尻《しまじり》方面に逃げる途中《とちゅう》で住民の半数近くが犠牲になったと言われています。戦ったのはアメリカ陸軍の精鋭第九十六歩兵師団と、沖縄守備隊の石部隊《いし》と呼ばれた同様に精鋭の第六十二師団で嘉数集落《かかずしゅうらく》の北側一キロにわたって連なる丘陵《きゅうりょう》地帯《ちたい》である嘉数高地をめぐる戦いでした。まず前日の八日から南部港川《みなとがわ》からのアメリカ軍の上陸に備え、東海岸に向けられていた臼砲《きゅうほう》八門を、アメリカ軍が南下を始めた首里の北の方に向け、一斉に火蓋《ひぶた》を切りました。アメリカ軍にとってはどこから迫撃砲の弾が飛んでくるのか分からなかったため恐怖であったと言われています。続いてその夜、これまで守りに徹していた第六十二師団が初めて陣地から出て北に向かい夜襲を実行したのです。しかし、これは失敗しています。一方アメリカ軍は、事前に砲爆撃をしてあったことから、簡単に占領ができるものとみていました。そこで今度はアメリカ軍が、陣前夜襲《じんぜんやしゅう》をしかけたところ、地下壕で仕返しをしようとこれを第六十二師団が待ち構えており激戦となりました。アメリカ軍は日本軍がよくやる朝がけ奇襲までとりいれながら必死で攻めてきました。さらに、十日朝になると、日本軍を上回る火力を投入し、砲八十四門に加え艦砲射撃を行い援護してきました。これによって高地西側をアメリカ軍は占めることができたようです。

対する長参謀長は十二日夜、今度こそは八原作戦参謀の反対を押し切って大攻勢に打って出ることを決めましたが、またしてもここで、八原参謀が現場の連隊長に対し兵力の投入を絞りながら攻めるようにとの指示を内々に出したことから、結局突撃しても後が続かず部隊は孤立し包囲され命からがら撤退することとなってしまいました。このため十三日には牛島司令長官は、攻撃を中止し、これ以降陣地の強化など防御に徹することになってしまいました。

これをだまって聞いていたいっちゃんは、ぽつりと寂《さび》しそうに言いました。

「もう戦争は終わったの」

さっちゃんは、遠く空を見上げていました。

「いいえ、これから首里城を舞台《ぶたい》に最も厳しい戦争をすることになるのよ」

かいちゃんは、あこがれの首里の名前を聞いて思わず叫んでしまいました。

「首里に行ってみたいな。首里のことは、栃木県村上《むらかみ》観音山にいたときも聞いたことがある。うだるような暑い八月の下旬ごろになると、トンボさんが色づいてきた稲の穂の上に乗っては飛び上がり、落ちそうになってははねあがり、おいっちにおいっちにとギッタンバッコするんだけど、友達のサシバのお父さんからこれから行く南の国の話しを聞いたときに、首里のことも話してもらったよ。エメラルドグリーンの海がある宝石の島のおとぎのお城だって言っていたよ」

さっちゃんは、目を細めて口ばしを大きくあけて微笑みました。

「手をかざすと、青く染《そ》まりそうな瑠璃色《るりいろ》のお空の下に、宝石のさんごの石垣でできた御殿があったの。これを首里城といい、その中には平和の象徴である天使さまが住んでいたわ」

いっちゃんとかいちゃんは、首里に行ってみたいと言いました。さっちゃんは困ったように目を細《ほそ》めて肩を張りながら、しばらくリュウキュウマツの枝の上を右に行き左に戻りしていましたが、どうやら決まったようです。

「じゃあ行こうか。でもエサがないので、日帰りね」

と言うと、いっちゃんもかいちゃんも両ツバサを挙げて喜びました。さっちゃんは、上から大きな羽で制するようにして、言いました。

「さあ、明日は朝早く日の出とともに首里に出発するから、今日は早く寝なさい」

いっちゃんもかいちゃんも首をすぼめ、足を折るとすぐ寝てしまいました。さっちゃんは、満天の空に輝くこぼれるように大きなお星様を見ながら、しぃ婆ぁの姿を思い浮かべました。

「さっちゃん、首里は世界の文化の華《はな》が咲いた平和な都だった……それが戦争ですべて灰じんに帰してしまった。でも目をつぶると見える……美しい赤瓦《あかがわら》の屋根《やね》で守られた白龍の宿《やど》る首里城が……。」さっちゃんも、首里城を見せられてからお母さんと別れることになりました。さっちゃんも子どもたちと別れる日が近いことを予感しました。そして、しみじみと安らかに眠るいっちゃんとかいちゃんの寝顔を見つめるのでした。

　電気や雨戸のない山の上の夜明けは早いです。サシバは遠出をする前に必ず羽の手入れをします。大きな羽をバタバタさせるのです。羽をたたむとヒヨドリぐらいに小さくなりますが、羽を広げると大型のカラスぐらいの大きさになります。このくらいになると、小型のタカという感じがします。大きく鋭い目とクチバシを見ると、カラスに混じろうがヒヨドリに混じろうが、一際目立《ひときわめ》つれっきとしたタカなのです。さっちゃんは子どもたちに水筒《すいとう》を持たせて帽子をかぶらせました。もう一度全員で羽をバタバタさせて点検し終わると、さっちゃんが、

「ほらっ」

と、控《ひか》えめに叫《さけ》ぶとコロンと重いので一旦《いったん》下に沈むように飛び出しながら、次第《しだい》に上昇気流にのって上がって行きました。かいちゃんも遅れながら、

「よいしょ」

と、叫んで舞い上がりました。海岸の丘に海風《うみかぜ》が当たるため気流が上に向かい昇っているのです。サシバは上昇するときは、ぐるぐる旋回《せんかい》します。さっちゃんは、子どもたちが上がってくるのを見届けると、羽を一回二回大きく振って、くるっと向きを南へ変え、後はシューと海岸線を滑《すべ》って行きました。その後にいっちゃん、かいちゃんが付いて行き、三羽そろって美しい姿で沖縄本島の上空を南へ下って行きます。国頭村《くにがみ》と名護《なご》の間の通行を担《にな》ってきた塩屋《しおや》大橋が見えてきました。この塩屋大橋は、老朽《ろうきゅう》化で再建築されるまでは、地元住民から「赤橋《あかはし》」と

親しまれ、周辺の緑深い山々と青い海の塩屋湾の景観によく映《は》える赤いアーチ型の橋でした。轟《とどろき》の滝、万座毛《まんざもう》、座喜味城跡《ざきみじょう》と下って行きました。十一月にもなると、サトウキビの純銀の花穂が風にゆれ出し、美しい光景がところどころに見られました。浦添城跡《うらそえじょう》あたりまでくると、知念《ちねん》半島の太平洋の先に浮かぶ久高島《くだかじま》が、西には那覇の彼方《かなた》の東シナ海に、慶良間《けらま》の島々が霧の中に望めました。

「さあ、首里城が見えたわよ」

さっちゃんがそう叫ぶと、西に広がる神秘的に色が変わる海をながめていたいっちゃんとかいちゃんは、慌《あわ》てて真《ま》っ直《す》ぐ前を見ました。すると二羽とも声をそろえて

「見えた！」

と大きな声で叫びました。

かいちゃんが、

「守礼《しゅれい》の門《もん》は」とたずねると、さっちゃんは北側から入って行くからまだ見えないと答えました。二羽ともはやる心を抑《おさ》えられなくなり、羽をバタバタしました。するとシューとさっちゃんを追い越してしまいました。

すると、さっちゃんはあわてて叫びました。

「だめよ。沖縄の地理がわからないのに先に行っては……。低空で飛び交うアメリカ軍の飛行機に吸い込まれるから……」

撮影・村山望

いっちゃんもかいちゃんもびっくりして羽を立ててスピードを抑えました。

「うそでしょ。戦争が終わって七十年も経《た》つのに、なんでアメリカ軍の飛行機がいるの」

さっちゃんは、急いで飛び出した二羽に追いついて厳しい目で見据《みす》えながら言いました。

「七十年経っても、まだ占領は続いているの」

いっちゃんもかいちゃんも警戒をして、母親のさっちゃんにピタリと寄《よ》り添《そ》い飛ぶようになりました。さっちゃんは首里城の近くにある大きなアカギの木のてっぺんに止まることにしました。このアカギは半落葉性《はんらくようせい》の高木で、国の天然記念物《てんねんきねんぶつ》に指定されています。かつては首里城内にも大きなアカギが自生していましたが、沖縄戦でほとんどが焼失してしまいました。この大アカギは奇跡的に残りました。さっちゃん親子が落ちダカとして滞在している国頭《くにがみ》村比地《ひじ》にも、樹齢推定四百年といわれる大アカギの木が人々を見守るように、神アサギのある小玉森《こだまもり》で静かに息をしています。樹皮の色は赤褐色《せきかっしょく》で、さっちゃん親子の羽の色によく似ています。

さっちゃんは子どもたちを守るために、いっちゃんとかいちゃんを木の上の方に止め、自分は一段下に止まって首里城を眺《なが》めながら説明しはじめました。

首里は、那覇市内で最も標高が高い台地にあり、首里城は首里地内の弁ヶ嶽《べんがだけ》に次いで高く標高一四〇メートルあります。国が北山、中山《ちゅうざん》、そして南山と三山に分かれていたころは中山の首都《しゅと》でしたが、統一されると琉球王国の都となりました。十五世紀に海外貿易で財をなした第一尚氏王《しょうしおう》時代に、中国の明の都にならって整備したと伝えられています。中国の都は、都城《とじょう》の制《せい》といって都自体が北方から攻め寄せる騎馬《きば》民族に対する防御《ぼうぎょ》の備えになっており、琉球王国もこの都城にならい、都を城構《しろがま》えにしたのだと思います。尚真王《しょうしんおう》が各地を治《おさ》めていた大名《だいみょう》にあたる按司《あじ》を、武装解除させた上で首里に呼び寄せ集住《しゅうじゅう》させたので、御殿《うどぅん》をはじめとする王族や上級士族の屋敷《やしき》が次々と建てられるようになり、城下町の基礎ができたようです。首里は真和志平等（まわしのひら）、南風平等（はえのひら）、西平等（にしのひら）の三つの区域からなり、王都づくりで最も力を入れられたのが、真和志平等で、十五世紀に中山門《ちゅうざんもん》、十六世紀には玉陵《たまうどぅん》や守礼門《しゅれいもん》などが建てられ、琉球文化の代表的な建造物が集中しています。これに対し、南風平等《はえのひら》では按司《あじ》などの上層階層の士族の邸宅《ていたく》や大小寺院が立ち並び、知的な雰囲気の漂《ただよ》う地区でした。西平等《にしのひら》は聞得大君御殿《きこえおおぎみうどぅん》などがあり、文人、音楽家が住んでいたということです。住居は首里城自体が奈良の都の東大寺《とうだいじ》につぐ古代木造建築の雄《ゆう》と称され、またその城域は「森の都」といわれました。木々が黒ぐろと繁った頂《いただき》に正殿《せいでん》がそびえ立ち、石の屏風《びょうぶ》のような城郭《じょうかく》が大木の間に見え隠れし、さらに、古城を赤瓦《がわら》の屋根《やね》が守るようにして重なりあい、並んでいたと伝えられています。琉球王府の大政治家蔡温《さいおん》は、次のように言っています。

「首里城を中心に西方《せいほう》に望む慶良間列島《けらまれっとう》を錦屏風《にしきびょうぶ》とし、南の小禄《おろく》、豊見城《とみぐすく》地方の諸峰は青《せい》龍《りゅう》、北の北谷《ちゃたん》、読谷山《よみたんざん》地方の諸峰は白虎《びゃこ》として城を守る。また東方の西原《にしはら》地方から島尻《しまじり》方面にかけての諸峰も遠くから城を領護《りょうご》し、弁ケ嶽《べんがだけ》、虎瀬《とらせ》、崎山《さきやま》の御嶽《うたき》や遠近の樹木は、首里の風水の上で重要なものになっている。北山、南山の地をみても首里より吉《きち》の地はない」（『角川日本大地名辞典四十七沖縄』）

かいちゃんは、赤い屋根瓦の波の中に、大アカギの木立ちをポツンポツンと思い浮かべながら首里城をながめていると、まるでおとぎの国に来ているような錯覚《さっかく》にとらわれました。

「わぁ、すばらしい。往古《おうこ》の首里の姿をまるで見ているようだわ。でも、どうしてそんなに王府には財力《ざいりょく》があったの」

と、かいちゃんがさっちゃんの顔をのぞき込むようにして伺いました。

するとさっちゃんは、誇らしげに言いました。

「首里王府は、わたしたちサシバの姿に似せた大きな船を持っていて、これで中国や、遠く東南アジアの国々と交易をして莫大《ばくだい》な利益を上げていたからよ」

いっちゃんは、目を白黒させながら言いました。

「すごいな。琉球王国は海外貿易をしていたの」

さっちゃんは、得意になって説明しました。

「そうよ。首里王府は、中国の大帝国であった明《みん》の国から許しをもらい、中国の珍しい産物を売ってもうけたの。今でいう中継《ちゅうけい》貿易かな」

琉球弧において、中国製の陶磁器《とうじき》が多く発掘《はっくつ》されていることからも分かるように、琉球の島々は、古くから中国や東南アジアと交易をしていました。明《みん》が中国大陸を統一すると、明の使いがやってきて、明皇帝に対し貢物《みつぎもの》を持って服従しますと、毎回あいさつに来なさいと言ってきます。三山の一つ中山《ちゅうざん》の王察度《さっど》はこれに応え、琉球でとれる火薬《かやく》の原料となる硫黄《いおう》や運搬手段である馬が贈られ、代わって中国皇帝は察度《さっと》を「琉球国中山王《りゅうきゅうこくちゅうざんおう》」として公認するわけです。中山王として地位を認められた尚巴志《しょうはし》は、他の二山を平定し、琉球国王となるとともに、中国に朝貢《ちょうこう》に上がった際に買い付けてきた中国の珍しい産物を日本からシャム、マラッカまで運んで売り、代わって日本や東南アジアの特産品を買い付け貿易を行い財を築きます。尚巴志《しょうはし》はこの財力にものを言わせ中山の拠点《きょてん》を浦添城《うらそえじょう》から首里に移し、城下町の整備にとりかかります。

明《みん》皇帝の使いである冊封使《さくほうし》は兵士の他、学者、音楽家、料理人などからなる五百人ほどの隋《ずい》行員《こういん》を伴《ともな》い、那覇に到着すると街の中を行進し、迎賓館《げいひんかん》である天使館《てんしかん》に宿《やど》をとり半年間ほど滞在することになっていました。冊封《さっぽう》を受けるときは、守礼之門《しゅれいのもん》で冊封を受ける者が使節団を迎え、首里城に入城すると、正殿の前の御庭《うねー》で儀式が行われました。進行は中国語と中国の音楽でとり行われ、中国皇帝の詔勅《しゅうちょく》が読み上げられると、明《みん》皇帝から贈られた弁冠《べんかん》と弁服《べんふく》を受けとることとなります。

いっちゃんは、鋭い質問で突っ込んできます。

「なぜ、明の皇帝が琉球王と認めてくれると、貿易が有利になったの。貿易なんか船があればみんなできるよね」

さっちゃんは、少し考えてから答えました。

「実は、このころ日本人の海賊《かいぞく》が中国沿岸の港を荒らして回っていたのよ。明はこれを日本人の海賊という意味で倭冠《わこう》と呼び厳しく取り締まったの。倭冠の海賊船と区別するために、割《わり》札《ふだ》を持たせ、札が一致した者だけに交易《こうえき》を許したの。琉球王国は大明国《だいみんこく》の従属国《じゅうぞくこく》だから、とくに優遇され大量の中国物産を朝貢のときに、中国の福建省《ふっけんしょう》の港・泉州《せんしゅう》で買い付けることができたの。しかも自分の国の中国商人には鎖国政策《さこくせいさく》をとり、勝手に外国と貿易をすることを禁止したため、琉球王国は貿易で大儲《もう》けできたっていうわけなの。さらに、中国の商人と商取引するときに、ことばや慣行《かんこう》などについてアドバイスしてくれる中国からの渡来人《とらいじん》の集団が那覇港に住んでいたわ。中国福建省《ふっけんしょう》から渡ってきた職能集団で閩人《びんじん》久米三十六姓《くめさんじゅうろくせい》といわれ、その居住地は『唐営《とうえい》』、後に久米村《くめむら》と言われたわ」

いっちゃんもかいちゃんも良く分かったと言わんばかりに、目を細めにっこりしてうなづきました。

「首里城から那覇にかけての城下町や港、公園の整備は、こういう背景があったからできたんだね」

と言うと、さっちゃんも目を細めてうなづきました。

かいちゃんは「この貿易船がわたしたちサシバに似ていたって言うけど、どんな船だったの」不思議がって聞くと、さっちゃんは目を丸くして答えました。

「歴史学者の高良倉吉《たからくらよし》先生のお話しでは、首里王府は船を造るのを、タカやワシが卵を巣で温め雛《ひな》にかえす営《いとな》みになぞらえ、造船所のことを孵化《ふか》するという意味で『スラ』所と呼んでいたらしいの。スラ所を巣だった船の舳先《へさき》には必ずサシバの目のような猛禽類《もうきんるい》の大きな目が描かれているのよ。しかも、航海安全を祈る神歌には、大海原《うなばら》を渡る船を、サシバのようなタカに例《たと》えて雄々《おうおう》しく猛々《たけだけ》しくあって欲しいという詩が入っているのよ」

いっちゃんの疑問は続きます。

「琉球王制の黄金時代はいつまで続いたの。そんなに立派な誇り高い文明を持っていた民族なのに、太平洋戦争では日本の兵隊さんの言いなりどころか、何かやけに日本人よりも日本人らしく振るまおうとしているように見えてならないんだけど……何か卑屈《ひくつ》に感じられるのはぼくだけだろうか……気のせいかな」

さっちゃんは、考えこんでしまいました。しばらくしておもむろに口を開いて答えました。

「確かに栄枯盛衰《えいこせいすい》ということわざがあるように、栄華《えいが》は永遠には続かない。琉球王国の庇護《ひご》者である明の国が衰《おとろ》え始めるにつれて、貿易の利益をねらって日本や中国の商人の動きが活発になってくると、首里王府にとって特権《とっけん》的な貿易のうまみは減って行くものよ。また、豊臣秀吉《とよとみひでよし》が朝鮮に出兵したときに、琉球王国は参加しなかったという付けて取ったような理由から、江戸時代の初めごろ島津氏《しまづし》が攻めてきたの。琉球の兵士は今まで見たこともない火を吹く鉄砲という武器を島津家はたくさん持ってきたものだから、あっという間に征服され、日本国の徳《とく》川《がわ》幕府に組み込まれてしまったの。まあ実際に支配したのは薩摩《さつま》の島津家だけどね。しかし、琉球王国という名前はその後も残され、人民を直接統治するとともに、中国との朝貢貿易も続けることができたの。何だかおかしな形だけど、表向《おもてむ》き首里王府に中国との関係を継続させながら、冊封使が来ると薩摩の役人は身を潜めたということからも分かるように、裏ではこそこそやられて、薩摩にうまく貿易の利益をかすめとられてきたのかなと思う……」

いっちゃんもかいちゃんも声をそろえて「島津はずるーい」と言いました。

この見目麗《みめうるわ》しい首里城の下には、文字通りモグラの巣《す》のような坑道《こうどう》が至るところに走っています。戦時中は軍の機密《きみつ》であったのでその詳細ははっきり分かりませんでしたが、琉球新報《りゅうきゅうしんぽう》の取材によると、一九四四年十二月から工事が始まり四五年五月末に第三十二軍の司令部が移転する直前まで作業が続けられたということです。この工事には沖縄師範学校の生徒二四三名が動員され、突貫《とっかん》工事が進められたようです。坑道は南北三八九・六メートルの間に縦横に掘られ、入口五つ、深さは十五メートルから三十五メートルもあり、総延長は千数百メートルに達したと伝えられています。坑道そのものの高さは二メートル、幅は四メートルもあり、通路の西側には二、三段のベッドが設置され、台所、浴室、便所も完備しており、琉球石灰岩をくり抜いて造った壕は、アメリカ軍の砲爆撃にも十分耐えられ、鉄の嵐が吹きすさぶ外界とは別世界であったとの証言があります。首里台地は、島尻層と呼ばれる泥岩や砂岩を基盤にその上に琉球石灰岩が覆《おお》い、複雑な谷を構成し、断崖《だんがい》が露出《ろしゅつ》しているところが多く見られます。アメリカ軍の艦船から砲撃を受けた南部の壕を八原参謀が視察に行き、その堅固さに太鼓判《たいこばん》を押したと伝えられています。この琉球石灰岩は隆起《りゅうき》したサンゴ礁であり、この層は二十メートルほどの厚みを持ち鋼鉄《こうてつ》のように堅いことから、日本軍はシャベルやツルハシしかもっていなかったため、掘削《くっさく》には大変な作業と時間がかかりました。しかし、半面、この琉球石灰岩をくり抜いてしまえば、今度は鉄筋コンクリートのフタのような役割をしたのです。したがって掘り抜いた下の比較的軟らかい泥岩を除けば、砲弾を跳《は》ね返す頑丈《がんじょう》な地下壕と化したのです。沖縄守備隊第三十二軍司令部は北側入口から階段を降りてすぐのところに司令部壕、すなわち司令長官室を設け、ここを拠点として沖縄戦を指揮することとなります。

いっちゃんはポツンと言いました。

「お母さん、いよいよ決戦だね」

「そうだよ。沖縄守備隊の第三十二軍が攻勢に失敗し、地下壕を拠点に持久戦の方針を十三日に決定してから、今度はアメリカ軍が十九日に攻勢をしかけることを決め、十四日から総攻撃の準備に入ったわ。不思議なことに、お互いの作戦にかかわる軍機密事項が伝わってしまっていて、この一週間守る攻めるの大がかりな準備が交互に首里城の周辺のあちこちで行われたの」

と、さっちゃんが言うと、かいちゃんが肩を落として

「いよいよ決戦なのね。首里城の美しい城下町が燃えちゃう……」とため息をつきました。

首里城総攻撃の主力となるアメリカ軍の第二十四軍団司令官のホッジ少将は、これから展開される首里攻防戦の行方《ゆくえ》を冷静に分析していました。まずこの総攻撃で繰り広げられる戦いは軍隊と軍隊とがぶつかり合う大規模な戦闘ではなく、一進一退の小刻みの戦闘の連続となることを予想し、このため人員、弾薬などの補給が死活的に重要となり、九〇％は補給戦で戦闘はわずか一〇％にすぎないとまで言い切っています。アメリカ陸軍省の記録によると、海岸では、ブルドーザーが補給路の造成のために次々に投入され、その拡張された道路をトラックや水陸両用車が武器、弾薬および物資を満載して、ひっきりなしに往復していたということです。その補給物資に混じって初めて陸揚げされたのが、島嶼《とうしょ》攻撃において当時アメリカ陸軍の最強の武器と呼ばれた火を三〇メートルも吹く火炎放射器です。これが南部の壕をシラミつぶしに破壊して行くのに大きな効果を発揮するのでした。さらに上陸以来休息の間がなく疲れ果てていた兵に替えて、新兵が次々に送り込まれてきました。まず海上に予備として滞留させていた第二十七師団がここではじめて沖縄本島に上陸し、第二十四軍団に属し、第九十六師団

とともに西部で攻撃配置につきました。次にサイパンで訓練を受けた比較的若い兵隊を中心とした新兵千数百名が、第七師団と第九十六師団に補充され攻撃準備体制は万全となりました。首里にある日本陸軍司令部に向けて南進するアメリカ軍の全体配置は、上は嘉数《かかず》高地と西原《にしはら》高地の間から首里北方の大名《おおな》高地の東側まで沖縄本島の真ん中に縦線を引くと、首里から北の方角に向かって左側に海兵隊の水陸両用軍団が、また、右側に陸軍の第二十四軍が配置されました。左右それぞれについてさらに師団ごとに分けると、左側では第六海兵師団が海岸沿いに南進し、激戦地シュガーローフに当たります。同じ海兵隊の第一海兵師団がこの右に接して南下し、首里真横の同様に激戦地となるハーフムーンに突き当たります。一方右側にあった陸軍も内側と海岸側に分かれますが海岸側には第九十六歩兵師団が配備され、また海兵隊の第一海兵師団と並ぶ形で第七歩兵師団が配置され、その進軍する先には日本軍の主力である第三十二軍司令部が待ち構えていました。

これに対し、日本軍は、四月十四日までにはアメリカ軍が全面攻撃に出る情報をつかんでおり、同日各部隊指揮官に陣地の補強を命じています。合わせて戦術に関する緊急命令まで出して、アメリカ軍の火炎放射器に対する対処法を指導しました。このように、面積が二三〇〇平方キロメートルほどの小さい沖縄本島において、敵味方合わせて二十九万の兵が入り乱れて戦闘するような場合には情報などは筒抜《つつぬ》けになるのかも知れません。日本軍の配備は、宜野湾《ぎのわん》我如古《がねこ》から浦添《うらそえ》、西原《にしはら》まで展開するアメリカ軍の第九十六師団および第二十七師団の南進に対しては、第六十二師団の独立歩兵二大隊が、軽機関銃大隊とともに兵員千八百名余りで守っていました。また、第一海兵師団の前線に対しては、同じく第六十二師団の第六十三旅団および第六十四旅団が守りについていました。この第六十二師団司令部を含む沖縄守備隊全軍を指揮する第三十二軍司令部は首里に置かれました。

迎える日本軍の戦法は「孫子《そんし》」の兵法をそのまま実践したものです。地形篇《ちけいへん》の中に「隘形《あいけい》は、我先《ま》づ之《これ》に居《お》らば必ず之《これ》を盈《み》たして以《も》って敵を待つ」「険形《けんけい》は我先《ま》づ之に居《お》らば、必ず高陽に居り以《お》って《も》敵を待つ」とあります。その意味するところは、両側に丘がありその間にせまい道しか通っていないような隘路《あいろ》では、自軍がまずここを占拠《せんきょ》していたとすればしめたもので、必ず要所要所に適切に兵を配置し、敵が入ってくるのを待って一斉《いっせい》に撃つというものです。また、高い丘があるところを味方が先に占拠した場合には、必ず高所で日当たりの良い所で敵の進攻を待ち、上がってきたところを一斉《いっせい》砲爆するのが強いというものです。首里の北方には、三司官《さんしかん》の蔡温《さいおん》が風水《ふうすい》を用いて築城したことからも分かるように、嘉数《かかず》、前田《まえだ》などの高地がいくつも連《つら》なり、首里防衛についた第六十二師団や砲兵隊は地形を上手に利用して布陣《ふじん》したことになります。この中でも特に、威力を発揮したのが、大砲やロケット、ミサイルによる攻撃を行う砲兵でした。砲身が長く飛距離の射程も長いカノン砲が八門、短い砲身で射程の短い榴弾砲三十六門、砲弾を撃ち出せる臼《うす》のような形をした臼砲が二十四門、花火の筒のような簡単な構造の砲撃砲が百二門という、これまでの太平洋における島嶼《とうしょ》防衛では、最強の砲兵が配備されました。しかもこれらを総括する第五砲兵司令部の司令官に砲兵術の権威《けんい》といわれた和田孝助《わだこうすけ》中将が就任していました。さらに、これらの大砲やロケット、ミサイルの発射機を操作する歩兵部隊の指揮官は、陸軍重砲兵大学の元教官など熟練の有能な人材で占められていました。このため、首里北方においては、これらの砲兵隊と銃や地雷《じらい》を持つ歩兵がよく連係し合って効果的にアメリカ陸軍の戦車に損害を与えることができたと言われています。アメリカ軍が宜野湾《ぎのわん》、首里街道を上ってくる途中、特に西原高地あたりからは戦車が一両ずつつぶされたと伝えられています。沖縄戦全体を通してアメリカ軍の戦車の五七％にあたる一二〇両余りが、これらの砲火で損害を被《こうむ》ったと報告されており、砲兵の有効性に対する八原作戦参謀の当初の予想に反し、日本軍の砲兵戦力はアメリカ軍にとって最大の脅威となったようです。

しかし、どのように優れた砲兵部隊が配備されていたとしても、弾薬が不足していたのでは、十分な火力を発揮することはできません。その上、アメリカ軍に日本軍の補給をおさえられていたために弾薬の保管場所がなく、陣地である壕に仮り置きすることとなり、敵の直撃を受け陣地もろともに吹き飛んだこともあったということです。アメリカ軍は高地と高地の間を戦車と歩兵が一体となって進行する戦法をとったのですが、前進するたびにどこからともなく射撃や砲撃を浴びせられました。日本軍は洞窟《どうくつ》内に隠しておいた大砲を運び出し、丘の斜面の隠れ陣地から機関銃や小銃を一斉に仕かけたといわれています。戦車と歩兵を引き離して戦車を壊滅しようとする日本の戦法に対して、アメリカ軍は、日本軍が発砲すると、その音源位置を探知機で探索し、そこをめがけて集中砲撃を加えるとともに、上空を舞う通称「トンボ」と呼ばれる観測機に連絡して艦砲射撃など直撃弾を撃ち込む「敵火砲制圧《てきかほうせいあつ》システム」を開発します。また、上陸軍の総司令官バックナー中将が採用した「トーチランプとセン抜き戦法」、日本軍が馬乗り攻撃と呼んだ戦法も導入しました。これは、日本軍が潜む地下陣地に砲撃を加え目くらましをした直後、歩兵と戦車とのチームが接近し、歩兵が壕の頂上の通気口《つうきこう》から、爆薬やナパームとガソリンの混合油《こんごうゆ》、ガスなどを送り込み一掃《いっそう》するという荒々しい戦法です。さらに恐怖の兵器となったのが火炎放射《かえんほうしゃ》戦車でした。火炎の射程は百メートルほどと短かったのですが、ナパームとガソリンを混ぜ合わせた火焔《かえん》は、あらゆるすき間から侵入して人間を真黒に焼き尽くします。アメリカ軍は、沖縄において初めてこの非人間的兵器を使用したのです。

アメリカ軍は四月十九日午前六時に三二四門から一斉に総砲撃を開始しました。この砲撃で、平均一・五キロ平方ごとに七十五発の砲弾が日本軍に撃ち込まれたと言われています。また首里には六五〇機に及ぶアメリカ軍の飛行機のうち一三九機が飛来し、機銃掃射《そうしゃ》のみならずナパーム弾、ロケット弾を撃ち込み、五百年の首里城の歴史が一瞬にして灰じんに帰すこととなってしまったのです。合わせて、第五艦隊の戦艦など十八隻から艦砲射撃が行われ、かつての琉球王府の首都首里から東洋の文化、文明の窓である那覇港にかけて織りなす美しい赤瓦と大アカギの自生する深い緑がみるみるがれきの山と化して行きました。

日本軍に対するこの日の総攻撃は、アメリカ軍の記録では「沖縄作戦最大の空襲」であり

「太平洋戦争でかつてみたこともない一大集中砲撃」であったようです。アメリカ軍の位置から南方数キロのところにあった沖縄守備隊の主力である第三十二軍の首里司令部まで、奥深く狙った砲撃を止め、歩兵が北から前進をはじめると、島全体を雲で包む集中砲火であったにもかかわらず、日本軍は地下壕に深く潜んで残存し、態勢を整えていることが分かり驚いたということです。アメリカ軍では戦車隊を先頭に進撃する歩兵部隊が嘉数陣地と西原高地との間を走る五号線に沿って、日本軍の動勢を確認しながら南下をはじめたのですが、日本軍はこの浦添《うらそえ》村の嘉数《かかず》一帯を防衛線と定め、独立歩兵第二十二大隊を中心に生き残った部隊を寄せ集め一四〇〇名に上る混成歩兵部隊として編成し直し待ち構えていました。アメリカ軍の歩兵部隊が両高地の間の窪地《くぼち》に侵入してくると機関銃、大砲を一斉に撃ちかけました。アメリカ軍がこれにこりて、嘉数高地を回り込んで西側から南進しようとしても結果は同じでした。こうして、日本軍は亀甲墓《かめこうばか》、トンネル陣地を拠点にアメリカ軍の総攻撃に対し持ちこたえることができたのでした。この戦いでアメリカ軍の戦死者は七二〇名に達したといわれていますが、日本軍も二十日、二十一日とアメリカ軍の新兵を補充しながら力で攻めてくる戦法を前に、四月一日以来休む間もなく戦い続けてきたため日ごとに消耗し、例えば前線守備の主力であった第三歩兵第二十三大隊などは三分の一の兵力を失うこととなり、これを北方を守る第六十二師団全体でみると、実に兵力の三分の二を失う状態に陥っていたと言われます。援軍の来ない沖縄島ではこのまま行くと第六十二師団は全滅し、首里北部の防衛隊は近いうちに崩壊するであろうと司令部の中には危ぶむ声も出るほどでした。

日本軍の司令部がある首里を守る防衛線は二段構えになっていました。第一防衛線は、中《なか》城《ぐすく》和宇慶《わうけ》から牧港《まきみなと》東方に北西に走る山地に沿ってあり、嘉数《かかず》、西原《にしはら》、棚原《たなはら》、上原《うえはら》、和宇慶《わうけ》、ウシンダなど、地形を利用して堅固な陣地が構築されていました。これに対し、アメリカ軍は海兵隊が西部からまた陸軍が東部から攻め上がり、両端から徐々にヒモを締め上げるように首里を包囲し攻撃する体制をとってきました。第二十四軍団のホッジ少将は、停滞している形勢を一気に挽回するため特攻隊を編成し、嘉数陣地に突撃する作戦を立てましたが、決戦の二十四日になってみると、日本軍はすでに撤退していたということです。ここまで頑張り反撃の好機をつかみながら日本軍が前線を放棄せざる得なかった敗因について、アメリカ軍は、南部の港川《みなとがわ》に上陸するぞという挑発《ちょうはつ》が日本軍を首里北部《しゅりほくぶ》に集中させなかったと分析しています。これに対し、首里の司令部は、連日の砲爆撃で相当部分を破壊された防衛ラインを死守《ししゅ》するよりは、新たに第二線陣地帯を設け、持久戦に入る方が得策と考えたとされています。このため、第六十二師団を第二陣地まで下げ、喜屋武《きゃん》に陣取る第二十四師団をその右翼に、知念半島《ちねんはんとう》にあった独立混成第四十四旅団を同じく左翼につけて首里防衛ラインを南に下げて行きます。こうしてでき上がった沖縄守備隊の首里防衛の第二線は、東海岸から我謝《がじゃ》、小波津《こはつ》、翁長《おなが》、幸《こう》地《ち》、前田《まえだ》のラインとなりました。このラインにある丘からは、配置された沖縄守備隊の陣地が丸見えになるとともに、これが敵の手に堕《お》ちると北方に展開するアメリカ軍の動きが見えなくなるということから、浦添高地帯は両軍にとって死活的な防衛拠点《きょてん》と位置づけられることになりました。

この動きを察知したアメリカ軍は間髪《かんぱつ》を置かず、四月二十六日午前六時に上陸作戦以来第三回目の総攻撃を敢行します。ところが首里第二防衛陣地がある前田《まえだ》、仲間《なかま》、幸地《こうち》にはもともと予備的な地下壕《ちかごう》がなく、新たに造るにしても琉球石灰岩のため簡単に掘ることができないでいるうちに、アメリカ軍がいわゆる馬乗り戦法で猛攻を加えてきたため、侵攻は早いテンポで展開しました。しかも、四月末からアメリカ軍は攻撃部隊の西側右翼にあった第二十七歩兵師団を第一海兵師団と、また上陸のときから攻撃の前線に立ち疲労していた中央の第九十六歩兵師団を第七十七師団と交替し、戦力を高めてきました。一方、日本軍もそれぞれの高地から地の利を活《い》かして応戦し、両軍ともに一進一退の戦闘を続けました。特に、前田高地などでは、火炎砲戦車と装甲車《そうこうしゃ》で攻めたてながら、空から爆弾や、広範囲にわたって焼き尽くすナパーム弾をまき散らし「ありったけの地獄を一つにまとめた」ようなアメリカ軍の攻勢が続けられました。

アメリカ海兵隊の歩兵として沖縄戦に従軍したモンテヴァロ大学の生物学者であるユージン・B・スレッジ氏は「死者たちが水浸しの弾の孔《あな》や泥のなかからゆっくりと身を起こし、前かがみの姿勢で足を引きづりながら、あてもなくさまよい歩く。その唇が動いて何かを私に告げようとする」と述べています。また、死体とそこにへばりつき死体を動かすとワッと湧《わ》きかえるウジ虫ばかりを見てきたために、また、腐った肉の臭いが鼻の奥にへばりついていたために吐き気をもようし、よほどの空腹のときでもなければ食欲は起きることはなかったと語っています。

また、高射歩兵として沖縄戦に参加した元高校校長の古川成美さんは「悪臭とガスと湿気が充満する穴倉で終日息をひそめていることは、辛包《しんぼう》を武器として生き抜いてきた兵士にとっていかにもたえがたい苦行であたえていれば発狂しそうだった。『こんなところであと何日もいなければならぬなら外に飛び出して死にたい』穴倉に入ってわずか二、三日で私もそう思った」と述懐しています。気に入らない部下がいると、わざと危険な場面に行くように仕向けられたとも語っています。命令者が部下に対し生殺与奪《せいさつよだつ》の権利を自在に行使するのが戦場です。古川さんたちは、勝つための死ではなく、死ぬための死ではなかったのかとこの戦争に疑念を呈しています。本来、高射砲は飛行機を撃ち落とすために使うのですが、沖縄では兵器が不足していたため、なんと戦車を撃つのに使ったということでした。すでに戦闘の体《てい》をなしていなかったと言います。

一方、非戦闘員である民間人にも被害が広がっていました。敵の砲弾により死傷しただけでなく、守ってくれるはずの日本兵と民間人の間で、また、民間人どうしの間でも相互不信に陥り戦場や壕の中は修羅場《しゅらば》と化していました。すさまじい爆音と地響きが日常的に続くようになる中で、精神状態が不安定となり、極度に自己保身的傾向が強まって行き、住民のささいな動きがアメリカ軍に内通したスパイ活動に見えてくるのでした。中には、たまたまアメリカ軍の方向に歩いて行ってしまった住民に対して、背後から日本の兵隊が発砲し射殺するという事態も発生するようになりました。八原博通作戦参謀の回想録の中に、首里郊外で懐中電灯を持っていただけで敵に合図を送っているというような疑いをかけられ、居合わせた軍人や民間人の女性まで竹槍を持たされ、容疑者が一突きづつ突かれたということが書いてあります。八原氏はスパイの真犯人がついぞとらえられたことなどなかったと言っています。壕の中では乳児の泣き声が大きく響くことから敵にみつかるという理由で、処分を軍人から命じられたという証言はいくつもあります。壕からの民間人の追い出しはひんぱんに目撃され、自分たちが追い出されたという人もたくさんいました。戦場では正常な判断をすることが難しくなってしまうようです。

ひめゆり学徒隊は、看護隊として南風原《はえばる》陸軍病院勤務となりましたが、四月末になると前線から送られてくる負傷兵《ふしょうへい》は百人、一五〇人と増して行き、病院の向かいには壕にも入れず木の下や石垣の傍に寝せられたままとなっていた者が多くいました。その間にも砲弾にやられて二次負傷をして亡くなって行く者が少なくありませんでした。白ゆり学徒看護隊は、昼間を二交替で寝て、夜は起き飯上げ、水汲み、埋葬、患者受《う》け入れなど夜明けまで働いたと伝えられています。一方壕内の患者は、治療不十分と不衛生のため、患部にうじがはいまわるようになり、精神に異常をきたす者も出はじめ、あちらこちらで怒鳴り散らしたり、苦痛のためうめいたりする声が、日に日に充満するようになって行きました。

古川さんは言います。「洞窟《どうくつ》に閉じ込められた歩兵は、もだえるように決戦出撃を考えるようになった。ところが、五月三日、まるでこの声に応ずるように、軍司令官より総攻撃の命令がくだった」

五月二日の夜半、第三十二軍の作戦会議が開かれ、八原作戦参謀はあくまでも地下壕にこもって持久戦を戦い、本土決戦のための時間を稼ぐ消耗《しょうもう》作戦を主張しましたが、長参謀長は「死中に活を求む」と言って聞かなかったと言われます。これに最前線で消耗しながらも戦い続けてきた藤岡武雄《ふじおかたけお》第六十二師団長（中将）や、中島徳太郎《なかじまとくたろう》第六十三旅団長（中将）、これに雨宮巽《あまみやたつみ》第二十四師団長（中将）も同意し、最終的に牛島司令官も「玉砕《ぎょくさい》攻撃であり、自分も最後には軍刀を振るって突撃する覚悟である」と、最後まで反対する八原高級参謀を呼びつけ直に胸の内を吐露《とろ》したと伝えられています。

陸、海、空の兵力を総動員した反撃の主力となるのは、アメリカ軍上陸以来配下の第二十二連隊を除き、中国大陸より送られてきてから一度も戦闘に参加したことがなく無傷のままであった一万五千人の兵員からなる歩兵第二十四師団で、同軍はアメリカ軍の中央と左翼南上原高地を突破し、普天間《ふてんま》の隅の方に追いやる計画でした。この作戦を支援するために、船舶工兵第二十六連隊など七百人が西海岸から大山《おおやま》付近の海岸に上陸し、アメリカ軍の後方を覚乱するとともに、第二十三連隊が五百名をもって東海岸の津覇《つは》付近に上陸し、主力の第二十四師団に加勢するという攻撃計画でした。

総攻撃には三日深夜から開始され、第五および第六航空軍は海岸にあった敵軍需品の集積所と飛行場を爆撃し、続いて、四日五時十分に第一波の特攻三十三機が知覧《ちらん》を出撃、沖縄周辺に展開する敵艦船の攻撃に向かいました。この日、主に特攻に参加したのは振武《しんぶ》隊であったようです。日本軍の記録によると操縦時間二百時間の未熟練のパイロットが多かったようですが、五月三日の深夜から四月の夜半にかけて敵艦十七隻を撃沈した成果は大きかったといえます。一方、逆上陸を試みた船舶工兵隊については、アメリカの軍の記録では、数百名の兵が、バラバラのボートに乗り込み、なかには地元徴集の防衛隊に「くり舟」を手漕《こ》ぎさせて北進しましたが、水陸両用戦車などに見つかりあえない最期を遂げたと記されています。今回の総攻撃について、アメリカ軍地上戦の指揮官である第十軍司令官のバックナー中将は、これまで日本軍は守る一方で、時折申し訳ない程度の反撃を散発的に行うと揶揄《やゆ》してきましたが、アメリカ第七師団は「太平洋戦争でこれまで長い間戦ってきたが、五月三日の夜ほど激しい砲撃を受けたことはなかった」と評価しました。このとおり、雨宮中将率いる第二十四師団は、アメリカ第七師団の前線が補給路と位置づけていた翁長《おなが》と幸地《こうち》の間を走る道路沿線にあった棚原《たなはら》集落とその周辺の丘陵《きゅうりょう》を奪還《だっかん》することに成功しました。このため、第七師団の第十七連帯の第一大隊は補給を閉ざされてしまいました。

しかし、全体をみると、アメリカ軍の前線を突破できたのはこの棚原のみであり、第二十四師団の善戦も虚《むな》しく五月五日夜、牛島司令官は首里での戦闘にかけることとし、転進を命ずることとなりました。この決戦による日本軍の損害は、最前線で敵軍と向かい合った第六十二師団が四分の三、また新たに参加して主力となった第二十四軍は五分の四を、さらに敵軍を正確な砲撃で圧倒した砲兵隊が三分の二を失い、それぞれ大きなものとなりました。アメリカ兵の死者一〇六六人に対し、日本兵は五千人に上りました。しかし、五月三日から十日までの一週間でみると、アメリカ軍の記録では日本軍の犠牲者は二万人に達していました。

日本軍の攻撃が中止されると、今度はアメリカ軍が反転攻勢をかけてきました。ところが、日本軍は、歩兵以外の兵種の部隊もかき集め歩兵部隊として編制し直し最後の首里防衛線を敷き、なおも持ちこたえられるように再調整されていました。首里防衛における沖縄守備隊の最後の布陣は、首里までの中央ラインを第二十四師団が、また首里の北から西海岸にかけては第六十二師団が配置されました。安謝川《あじゃがわ》付近には、今回の決戦に動員されず温存されていた独立混成第四十四旅団が守備につきました。バックナー中将は五月九日、第十軍に対し十一日に総攻撃を行うよう命令しました。アメリカ軍の作戦計画は、第三上陸軍団を右翼に、第二十四軍団を左翼に配置し、中央の首里に向かって火炎砲戦車とナパーム弾を駆使しながら馬乗り戦法で大攻勢をかけ、日本軍の陣地を締め上げるというものでした。牛島司令官が最終的に設定した首里防衛線は、西側の安里《あさと》の北から大名《おおな》を通り、石嶺《いしみね》付近に及ぶラインでした。日米両軍は、安里にある慶良間島《けらまじま》が見える丘（シュガー・ローフ）から東の運玉森《うんたまもり》（コニカル高地）において、一進一退の沖縄戦で最も激しい攻防戦を闘い、五月十一日についに、首里防衛ラインは突破されてしまいます。第一海兵師団は第六海兵師団と交替し、海岸方面では、安謝川をわたって、橋頭堡を築き補給陣地とし、万全な体制を敷きました。アメリカ軍はここを拠点に天《あめ》久《く》に進撃し、その北側の丘から廃墟《はいきょ》と化したかつての琉球王府の首都である首里を初めて見下ろす視界を手に入れることができたのでした。このため、日本軍は首里の西側を守る大隊に独立混成旅団より次々に増援隊を送り込みましたが、アメリカ軍の海兵連隊は首里が射程に入った後は、通路としての戦略的価値しかない那覇には目もくれずに最後の攻撃目標である首里に矛先を転じます。安里方面は戦車が活動できる比較的平坦な地形をしていたため、アメリカ軍は艦砲射撃の支援を受けながら戦車や火炎砲戦車を押し立てて首里に迫ってきました。対する日本軍守備隊は開けた大地で視野がきくために正確な射撃ができることから、一発必中で敵の戦車隊をとらえ、アメリカ軍もこれには舌を巻いたと言われています。この攻防戦の光景については、舞台が東は太平洋を望む与那原《よなばる》から西は東シナ海に接する天久《あめく》まで広がり、まるで中国大陸の原野をモンゴルの騎馬隊《きばたい》が砂塵《さじん》を上げながら攻めてくるように見えたと言われています。日本軍は全体としては形勢は明らかに不利でしたが、シュガーローフのように部分的には有利を保ち善戦したところもいくつかありました。しかし、アメリカ軍までもが突撃隊を編成して特攻を繰り返したり、手榴弾を投げ合う敵味方が入り乱れて闘う白兵戦を展開するなど士気が五分五分《ごぶごぶ》であれば、弾薬のみならず兵までも無尽蔵《むじんぞう》に補給が続くアメリカ軍に軍配が上がるのは火をみるより明らかでした。

シュガーローフの戦闘がどれほど過酷であったかについて、マハリッジ氏の本の中から拾い読みしてみましょう。この丘は十四回目の戦闘でようやく占領できた激戦地であり、登っては跳ね返されの繰り返しで、海兵隊は戦死者ばかりでなく、頭がおかしくなった者がたくさん出たということです。日本兵は死んだ振りをするので二回殺さないと起き上がってこちらがやられるということでした。それでは日本兵はどのように守っていたかというと、通常は丘の正面を守るのに対し、ここでは裏側に陣地が設けられており、海兵が頂上に近づいて行くと日本兵が突然顔を出し撃たれるのだということでした。しかも日本軍の首里陣地からこの丘が丸見えだったため、丘の裏側と側面の二方向から攻撃にさらされたということでした。死体とともに何もかも泥まみれになりシュガーローフはまるで「肉挽《ひ》き器」のようだったと書かれています。日本軍は交替の兵もなく弾丸や弾薬も少なかったことからこれらを節約するために、相手が接近するまで穴の中でじっと待ちながら持久戦を闘い、良くそれぞれの陣地を死守しました。しかし勝敗の行方は明らかであり、ただ時間の問題でした。安里《あさと》北部が陥《お》ち、首里直前にある大名《おおな》が敗れ、石嶺《いしみね》は地形が変わるほど撃たれ、いよいよ首里攻防戦も熾烈《しれつ》を極めてきました。すでにこの頃には「沖縄県民斯《か》ク戦ヘリ」という有名な打電を行った大田 実《おおた みのる》海軍中将率いる約一万の海軍部隊は、現在の豊見 城《とみぐすく》城跡公園跡地近くの、那覇市小禄《おろく》に基地陣地を築き沖縄方面根拠地《こんきょち》隊として十日間にわたって抵抗しましたが、十三日には大田司令官が参謀らと共に自決し壊滅《かいめつ》しました。海軍はもともと陸軍との協定により陸上の防衛には当たらないこととなっており、陸上戦で闘う武器を持っていませんでした。途中陸戦《りくせん》隊と名称を変えましたが、野戦の経験もない上にスコップもないため壕も掘れず、七・七ミリ機銃という小銃並みの武器を携帯して戦ったといわれています。揚《あ》げ句の果てには、竹槍も使われたと伝えられています。ここにおいて沖縄戦では初めての日本兵による一五九名の集団投降がありました。

五月も末になると、沖縄本島は本格的な梅雨《つゆ》に入り、戦車も泥まみれとなりましたが、アメリカ軍の進行は勢いを増して行きます。アメリカが狙っていたのは、那覇―与那原《よなばる》道路と接する台地を確保することによって首里から南へ撤退する逃げ道を遮断し、包囲網を完成させることでした。日本軍としては、東側から運玉森《うんたまもり》を占領されると同時に首里南側から津嘉山《つかざん》に侵攻されれば、正面と背後から攻め立てられることとなり万事休すでした。そして、ついに五月二十一日南へ後退する与那原道路を遮断され、いよいよ敵が迫ってくるという事態を受けて、牛島司令官が作戦会議を召集し今後の軍の展開について協議することとなりました。議論の焦点は、このまま首里城を枕に打ち死にするか、それとも南部に撤退《てったい》するかの二者択一でした。このうち首里で最後まで闘うことについては、終始第一線で闘ってきた第六十二師団司令官の藤《ふじ》岡《おか》中将が推《お》しましたが、南部には第二十四師団の陣地が残っており闘えるという意見が多く出ました。その結果、首里を放棄し、南部へ後退することが決まり、撤退の行動は早く、翌日の夜には物資の輸送を開始しました。一方、これを知らないアメリカ軍は、首里への前線を詰めて行くのでした。バックナー司令官が首里地下司令部がもぬけの殻となっていたことを確認したのは、二十六日になってからです。

(6) 民間人、南部掃討戦《なんぶそうとうせん》で犠牲《ぎせい》となる

さっちゃんは、話し終わり、いっちゃんとかいちゃんを見ると、かいちゃんは話しが難しかったのか、大きな瞳のまぶたが閉じていました。いっちゃんはさっきから弁財天堂《べざいてんどう》のある円鑑池《えんかんち》の辺りでバッタ取りをして遊んでいました。さっちゃんが「おじいちゃんのお墓参りをするわよ」と声をかけると、いっちゃんは驚いてそばにやってきました。いっちゃんとかいちゃんが「おじいちゃんって」と聞き返すと、さっちゃんは「しぃ婆ぁの夫よ」と言うと、さらにビックリして聞きました。「おじいちゃんは、沖縄戦で空の上でも連日のように特攻機とグラマン戦闘機が攻めぎ合っていたため南へ渡ることができず、首里城の東にあった弁ヶ嶽《べんがだけ》の木の茂みに避難しているところを、アメリカ軍の一斉砲撃で亡くなったの」というと子どもたちはしょぼんとしてしまいました。さっちゃんに連れられて首里城の東にある一番高い山、弁ヶ嶽につくと、立派なコンクリート製の門がありました。その昔、三人の姉妹の神様が降り立ち、次女の神が久米島東嶽《くめじまあがりだけ》へ、三女の神が久米島西嶽《くめじまいりだけ》、そして長女の神がここに鎮座《ちんざ》されました。尚真王《しょうしんおう》の時代に国家守護神とされ、東の久米島《くめじま》も遥拝《ようはい》できるということで、立派な石垣がめぐらされ、石造門が建てられたと伝えられています。その後、国王参詣《さんけい》も行われるようにな

り、幕末にはアメリカの提督《ていとく》ペリーも訪れましたが、沖縄戦ではアメリカ軍にチョコドロップと呼ばれ首里攻めの要衛《ようしょう》と位置づけられて日米の間で争奪戦が繰り返された所です。このため国宝に指定された石門も破壊され深い樹林で覆われた峰もがれきの山と化してしまいました。その昔狼煙《のろし》を上げた火立毛（フィータティモー）は削り取られてしまって痛々しい形になっていましたが、さっちゃんたちは、三羽そろって頭を下げて祖父の冥福《めいふく》を祈りました。

さっちゃんが「帰りますよ」というと、今度はいっちゃんとかいちゃんは、祖父を殺した沖縄戦に関心を持ったためか、いろいろ聞くのでした。

いっちゃんが目の玉をまん丸にして「その後沖縄戦はどうなったの」と聞くと、さっちゃんは「牛島司令官らは五月二十七日に南風原津嘉山《はえばるつかざん》の壕《ごう》に逃れ、三十日に最南端の摩文仁《まぶに》に移り六月二十二日（大田元知事は六月二十二日説）まで抵抗を続けたわ。たくさんの民間人を犠牲にしながら……」と目を細めて答えました。

かいちゃんは、ずっとお母さんの話しを聞いてきたので、不思議そうにさっちゃんの瞳をのぞき込んで尋ねました。

「牛島司令官は、軍刀を持って自ら打って出ると勇ましい言葉をはきながら、どうしてまた、逃げてしまったの」

さっちゃんは少し怒り気味に語気を強めて言いました。

「首里は手狭《てぜま》で五万の兵隊を容れられず、また首里防衛で威力を発揮した砲兵を効果的に配置することができない、また南部なら第二十四師団のかつての陣地が残っておりかなり間に合うというのが八原参謀たちの主張だったわ。事実は違っていて、南部に行くと自然の洞窟《どうくつ》などにバラバラにもぐり込み、後半になると毎日千人近く兵隊さんは餓死したそうよ。壕だって洞窟だって民間人と兵隊でごった返し、後から逃げてきても兵隊さんに脅《おど》されて入れてもらえなかったり……。それに兵隊さんなんて全然足りなくて、八重瀬岳《やえせだけ》から糸満《いとまん》まで連なる、守りには死活的な防衛ラインだって、藤田中将率いる歴戦の第六十二師団におよんでは二、三千人の兵力しか残っていなくて八重瀬のさらに後方の真壁辺《まかべあた》りに張りついていた。まともな軍団と言えるのは東側の第四十四旅団ぐらいしかなかったわ。このため、知念に避難していた民間人が約一万人を徴集されて呼び戻されわざわざ危ない南部に駆《か》り出されたのよ。集められた兵員の元を質すと通信部隊、設営部隊、防衛隊など、もう寄せ集めの雑兵で戦力などとは仮にも言えるような資質ではなかったわ。陣地正面が平坦となっていたことから敵の戦車が大量に押し寄せて来たんだけど、一番便りにしていた砲兵隊の方は、砲弾がなかったり大砲が壊れて処分しなければならなくなったりまもとに砲撃を敵に加えられるような状態じゃ、もはやなくなっていたわ。それなのに……参謀《さんぼう》ってどういう人たちなのかしら」

アメリカ軍の記録でも、いくつもの戦闘を通じて戦車部隊も歩兵も経験を積んできており、すでにこのころには完璧に近いチームプレイで日本軍を攻め上げる水準まで達していたと書かれています。地の利が良かったため、火炎砲戦車は、日本軍の壕陣地を次々と壊滅し、そのたびごとに日本軍の抵抗は収まっていったと記録されています。

砲兵隊の実態については、実際に野戦砲第一連隊の砲手として沖縄戦を最後まで闘った山梨清一郎さんの話が残っています。真壁方面《まかべほうめん》への転進の際には敵艦隊の砲弾がまるで演習でもするかのように撃ち込まれてきて大変だったようです。当たれば死ねますが、最も恐かったのは砲弾の破片でノコギリの刃のように大小様々の大きさのものがビュン、ブルル…チャリン、チャリンと音を立てながら回転し身体を切り刻んでくることだと語っています。大きな物になると、手足や首までもが一瞬で見事切断されるとのことです。射撃の段になると、弾薬も残り少なく、牽引車《けんいん》も燃料の補給が受けられないため、放置して捨ててきたようで、大砲に至っては固定されてしまいました。残り弾を撃ち終わるとやっとここまで生き伸びてこられたのに切り込みで銃火を浴びて死ぬ運命になっていたようです。山梨さんはこういうお決まりの死のコースについて例え腹ワタを出しても死んでゆっくり休めるから幸せだと回想しています。なぜなら、負傷して医務室に運ばれても最後は青酸カリを預けられたからということでした。また、負傷してさ迷《まよ》っていた古川成美さんは、高射砲の中隊に配属されていましたが、弾を撃つと敵は発射位置を確認し必ず空と海から弾のお返しが来たと語っています。負傷しながら自分の死に場所である所属部隊を探し回りますが、真栄平《まえひら》で洞窟にたどりつくと同じ日本兵の上官から「邪魔だから立ち退け」と命令され再び鉄の暴風雨の中をさ迷ったと回想しています。

かいちゃんは、さらに続けます。「民間人や負傷者はどうなったの」と泣きそうになりながら聞きました。

さっちゃんは、思慮深そうな思いを瞳の奥にたたえながら答えました。

「アメリカ軍に限らず日本軍の場合もそうだったんだけど、相手の作戦計画を戦死者などの持ち物から入手しているケースが多くあったの。将校のポケットなどには作戦地図などが入っていたわ。こんなことがあるので、日本軍が南部に撤退するときには、口封じを含めて数百人の重傷患者が味方の手によって殺されたわ」

林博史氏の話しによると、ひめゆり部隊が配属された南風原《はえばる》陸軍病院には、撤退前の時点で二千名がおり、うち五百数十名が放置された重傷患者だったと言われています。中には青酸カリをミルクに入れて飲ませるなどの処置がとられた者がいたと伝えられています。

南風原陸軍病院のほかにも多数の野戦病院がありましたが、南部撤退にあたっては、手榴弾などで自決を強要された重傷患者はおびただしい数に上るのではないかと語っています。また、ピューリッツァー賞の作家であるマハリッジ氏の証言集には、山田さんという日本人が登場しますが、病院壕《ごう》の重傷患者は毒物を与えられるか、射殺されたということです。南部退却のときには壮絶で、脚《あし》のない兵士たちが何十人も助けを求めて両手で這《は》ってきて、足をつかまれたと証言しています。

かいちゃんはビックリして思わず「エー」と叫びました。そして「逃げないで首里で雌雄を決しましょうと言える勇気ある日本兵はいなかったの」と、半べそをかきながら聞き返しました。

さっちゃんはうなづいて「いたわよ」と言いました。そして続けました。

「当時の沖縄県知事の島田叡《しまだあきら》知事が、南部の喜屋武《きやん》に撤退すればいくさが長引くだけでなく、すでに島尻《しまじり》方面に避難している沖縄県民約三十万人が戦争に巻き込まれ戦火をもろに浴びることになるので、首里陣地に立てこもることを強硬に建策したのよ」

いっちゃんもかいちゃんも感心したようにうなづきました。

当時、島田知事と行動をともにしていた元沖縄県職員の浦崎純《うらさきじゅん》さんも、二十二日の喜屋武《きやん》の後退決定と同時に、司令部が知事を呼びつけ東の知念《ちねん》避難を指導していたら住民の犠牲が少なかっただろうと回想しています。南の知念半島は日本軍の作戦区域の外にあり、しかもアメリカ軍はすでにビラを配布して住民は投降《とうこう》するように呼びかけていたのです。ところが、軍が知事に指示したのは一週間後の五月二十九日で、与那岳《よなだけ》にあった第二十四師団壕の地下において開催された連絡会議の場ででした。すでにこのころにはアメリカ軍が知念に向かう途中の津波古《つはこ》で日本軍と応戦中であり、武装していない住民にはとても通過できるような状況ではありませんでした。八原参謀自身も戦後著した回想録の中で触れていますが、多大な犠牲を出してしまった住民に詫び、生涯二度と沖縄を訪れることはなかったということです。

いっちゃんは先ほどから質問しようとしてじっとお母さんの目を見つめていましたが、かいちゃんが先に話してしまうので割り込めませんでした。思いきって大きな声で聞きました。

「アメリカ軍が首里包囲していて袋のネズミなのに、どうやって、日本の兵隊さんは敵の前を逃げることができたの」

さっちゃんは、すごい質問なので大きな目をさらに大きくして、いっちゃんを見つめながら答えました。

「日本軍の兵隊さんたちは、アメリカ軍が住民向けに投下したビラの指示通り、白い衣服を着て民間人の格好《かっこう》をして南に逃れたのよ」

アメリカ軍の記録を見ると、アメリカ軍が事前に空から民間人に対し、戦闘員《せんとういん》である軍人と区別するために、白布を着て歩けば機銃掃射や砲爆をしない旨を記載したビラを散布してあったようです。ところが、余りにも長い列が続くのでおかしいと考え、バックナー司令官の指示で偵察機などを使い何度も確認作業を行ったところ、日本軍が民間人になりすまして連日数千人規模で逃亡を行っていることが判明したということが書かれています。また、アメリカ兵の証言では、老人、子ども、女に混じって日本兵が民間人の衣服を着て移動しているのを見つけ射殺したという記述もあります。山部隊看護婦をしていた譜久山《ふくやま》ハルさんの証言によると、日本兵は沖縄のおばあたちが身に着けていた衣服をはぎ取って、自分で着込み沖縄住民を装《よそお》い助かったと言っています。反対に、伊江島のように日本軍四七〇六名の戦死者のうち一五〇〇名余りが実は一般住民であり軍から支給された軍服を着せられていたということが分かっています。ちなみに八原参謀は、六月二十三日以降紫紺のズボンにゴルフジャケットを着込み、頭にハンカチをかぶり、米兵につかまると職業は英語教師で台湾から本土に行く途中沖縄に立寄ったと申し立てて逃れたということでした。

いっちゃんは、下を向いて黙っていました。納得できなくて独りで悩んでいる様子でした。さっちゃんは「どうしたの」と優しく声をかけました。すると、いっちゃんは、「沖縄本島の民間人の犠牲者の八割は、日本軍が首里を捨てて県民のいる南部に転がり込んできてから出たんでしょ。兵隊さんが住民の命を犠牲にしてまで何を守ろうとしたのか分かんないの。日本の兵隊さんは沖縄の人々をどのように見ていたのかなって考えてた」と自分の心の中を探るように言いました。

さっちゃんは、しばらく考えました。自分の中ではまとまらない考えをポツリポツリと語り出しました。

「東京にあった日本軍の大本営《だいほんえい》では、五月初めの沖縄守備隊の反撃が失敗すると、もう沖縄戦は負けと決まったと見ていたの。そして、アメリカ軍は日本がまだ準備できないところを不意打ちしようと、九州、四国、関東にやってくると予想したの。ところが、調べてみると、上陸予想地点での陣地の構築が全く進んでいないことが分かったの。このような状態の中、アメリカ軍の本土上陸が遅れているのは沖縄作戦での日本軍の頑張りのお蔭という意見が強く出てきたの。しかし、アメリカ軍の統合本部では五月十日には、すでにこの年の十一月一日に九州および関東に上陸させることが決定していたのよ」

日本軍の作戦の機密資料によると、九州と関東に同時上陸するオリンピック―コロネット作戦は、五月十日にアメリカ軍統合幕僚長会議において正式に承認され、五月二十五日には九州上陸作戦を十一月一日に実施する指令がマッカーサーおよびアーノルドの両将軍に出されていることがすでに察知されていました。また、日本軍の大本営でも五月二十四日までには、沖縄戦はあきらめられており、ペリリュー島のように捨てられてしまい、本土決戦に集中しようという「義号作戦」に移動していました。このように、アメリカ軍でも、沖縄を投げていましたし、日本軍も承知していました。ところが、大本営が本土の各方面におけるアメリカ軍の上陸に抵抗するための準備状況を調べたところ、九州と四国は二〇％前後、関東ではほとんどが計画段階止まりの状態でした。本土の上陸予想地の地層は沖縄のような堅い琉球石灰岩ではなく柔らかい関東ローム層で成り立っており、とても数か月で堅固な地下壕を造れるような状況ではありませんでした。しかも大本営が本土決戦に備えて兵員の増強を行う第三次兵備のための調査を繰上げ実施してみたところ、武器がなかったり竹槍を持っていたり装備が不十分なばかりでなく、軍隊の教育を受けていない者や年老いた兵が多いのが目についたということでした。例えば、ある首相が、軍と国民が一体となった決戦について大真面目に議論した後、隣の部屋に用意させておいた国民が決戦で使用することになっていた武器を点検したところ、木製や竹製など前近代的な武器が並べてあったのにはさすがに驚いたと伝えられています。したがって、できるだけ沖縄が持ちこたえ、その後に本土決戦において一億玉砕覚悟でアメリカに攻撃を加えることによって有利な形で和平交渉を運べるような、生やさしい環境ではすでになかったということが言えます。大元帥の昭和天皇は、最後の一撃による形勢挽回《ばんかい》を祈って終始沖縄戦の決戦の行方を強い関心を持って見守っておられましたが、戦況の推移から沖縄戦にもはや望みがつながらないと判断されるや否や、和平工作に動き出されました。以上のことから、天皇の聖断を仰ぎ、沖縄戦が首里決戦を境に一日も早く終結されていれば、沖縄県民の犠牲もこれほど多くならなくとも済んだのではないかと思うのは私だけでしょうか。

八原高級参謀の作戦の最大の盲点は、軍隊を住民の日常生活の中に浸透《しんとう》させたことだと思います。沖縄守備隊の第三十二軍司令官は昭和十九年十月末日に、軍の規律、風紀、衛生の観点から十一月十日以降は、兵士と一般住民との混住を禁止する命令を発しています。軍隊と住民が一緒に生活し、闘う体勢になってしまうと、陣地の位置や作戦などの軍事機密が敵に漏れる可能性が高くなることから、最も慎重でなければならないことだと思います。住民は非戦闘員であるので戦闘に対して冷めているように見えることから、一緒にいて次第に不信感が増幅され、揚げ句の果てにはスパイ呼ばわりするようになり、外に漏れることを極度に恐れ、一蓮托生《いちれんたくしょう》、一線を画すどころか今度は住民を離さないようになり、投降する者は処刑したり、射殺するようになって行きます。

一方、バックナー中将の作戦の不備も指摘されなければなりません。アメリカ軍が南部の港川《みなとがわ》辺りに上陸し、北と南から日本軍を挟み打ちにすればもっと早く勝敗がつき、民間人の犠牲もはるかに少なくてすんだものをと思います。軍にとってもはや戦略的に価値がなくなった無意味な長期戦は続けてはいけないのだと思います。牛島司令官が洞窟壕の中で退屈しのぎに読んでいた中国の兵法の書である孫子も語っています。戦争は勝つことが目的であって、長く闘うことが目的ではないと。首里を守る日本軍が最も恐れていたのは、沖縄守備隊の手薄な柔らかい下腹部にあたる南部に上陸されることだったと言われています。そうであれば、沖縄戦は速やかに決着をつけることは容易なことであったと言わざるを得ません。「孫子曰、夫兵久而国利者、未之有也（孫子先生がおっしゃった。戦闘体制を永くとって国家国民が利益になった例は歴史上なかったと。）」

さっちゃんはさらに続けて言いました。「琉球王国は、中国の薫りが残っていて、ことばも独自のものを持っていたし草木も異なっていたから、はじめて来た兵隊さんたちは、ここは異国の地と思ったと思うよ。それに沖縄守備隊に連れて来られた軍隊は、中国で威張り散らしながら闘ってきた者が多かったということだから、沖縄県民も少なからず差別の意識を持って扱われていたものと思うよ」

日本軍が、沖縄県民についてどのように思っていたかについては、國森康弘さんの日本兵の証言が参考になります。沖縄守備隊のうち第四十四旅団以外は、すなわち主力の第六十二師団をはじめ第二十四師団、途中移動した第九師団も中国大陸から転進してきた軍団であり、沖縄人の生活習慣が内地の日本人のそれより実際に見てきた中国人に似ていることから、中国人を見るように差別の意識を持って見ていたと語っています。このことは、沖縄県民自身も薄々承知《うすうすしょうち》しており、だからこそ、元独立国の沖縄県民としては日本帝国軍人に蔑視《べっし》されないように必死で「皇民」になろうと努力したのだと思います。また、純粋な住民は、中国大陸で日本兵が自ら行ってきた「犯す」「殺す」という捕虜に対する残虐行為《ざんぎゃくこうい》で散りばめられた話しを聞かされ、それをそのままアメリカ軍に当てはめて思い込んでしまったのではないかと思われます。このような大陸出身の日本軍の沖縄県民に対する差別意識《さべついしき》が、壕の安全な場所は軍人が占拠し、住民は危険な入口に盾《たて》として置かれ、あるいは壕から追い出され、スパイ呼ばわりによる竹槍《たけやり》での処刑《しょけい》、方言使用《ほうげんしよう》の禁止《きんし》、住民が持つことができないことになっていた「天皇陛下」から頂いた残り少ない手榴弾《しゅりゅうだん》がどこからともなく住民の手に渡り、集団自決させられことにつながって行ったのではないかと推察します。

いっちゃんは、よく分からないという瞳をしています。そこで子どもたちどうしで話し合うことになりました。まず、いっちゃんが聞きました。

「沖縄守備隊第三十二軍が、自分の上の司令部にあたる台湾方面第十軍の指示も聞かずに、さらに、一番偉い天皇の期待に沿うこともなく、住民を盾に逃げながら、守ろうとしたものって一体何なんだろうね。お母さんの話しを聞いていると、沖縄本島は、アメリカ軍にも日本軍にも捨てられた島となってしまい、南海の弧島で選ばれた軍どうしがコップの中の闘いをしているような気がしてきた。その間に、マッカサー司令官は、本土に上陸しなければ、日本は降伏しないとトルーマン大統領に本土上陸作戦の決定を迫っている。もう沖縄は関係なくなっていたのに……」

かいちゃんはそんな簡単な質問と言わんばかりに答えました。

「日本民族であり、天皇を中心とする国のあり方であり、……」とまで言うと、いっちゃんはさえぎって言い返しました。

「おかしいよ。一億玉砕《ぎょくさい》したら、日本民族はいなくなっちゃうよ。それに、まごまごしていたらソ連が北から下りてきて、共産主義の国だから天皇を中心とした政治体制なんか吹っ飛んじゃうよ。八原という参謀が実施した時間かせぎは、反対に天皇と日本が一番心配していた日本の国体を危うくすることにつながっちゃうよね」

特攻隊の発案者といわれる大西瀧治郎《おおにしたきじろう》中将は、ある新聞社の記者の取材に対し「国民一人ひとりが特攻隊員となって敵と刺し違えるのだ。全滅するとも負けない戦闘をする覚悟を固めるしかない。沖縄県民に続け」と答えました。全滅したら終わりです。戦争は全滅するためにするものではありません。もうこの段階で軍事を政治に戻すべきであったと思いますが、クラウセヴィッツが言っているように戦争は政治の延長であり、最終段階で政治と外交の起点に戻るべきでしたが、すでに日本には回帰すべき根っこの政治がとろけてなくなってしまっていたのです。自分自身も徴兵された政治学者の丸山真男《まるやままさお》先生は、むしろ既存の政党は、日本が国家主義に流れて行くのに対抗するどころか、反対に軍事国家として成長していくのに片棒かつぐ役割を担ってきたようだと分析しています。なぜ、このように政党が自らの拠って立つ議会政治という基盤を壊しながら自滅していったのかというところが最も肝心なのですが、政治権力やポストを奪い合う政争のためには手段を選ばず無節制にも右翼《うよく》まがいの勢力と手を組んで、時の政権を倒そうと狂奔《きょうほん》したからだと説明しています。このことが、議会から独立した超国家主《ちょうこっかしゅ》義《ぎ》的な勢力の抬頭《たいとう》を許し、さらに推進することにつながったと見ています。

それでは、軍人をはじめ、政治家も、もちろん天皇自身も絶対死守しようとした『国体《こくたい》』とは一体どんなものなのでしょうか。国体とは何かについて最も鮮烈《せんれつ》に議論が展開されたのはポツダム宣言の受諾《じゅだく》の時でした。結局明確にならないまま、ポツダム宣言の内容について天皇は国体は守られていると判断し、聖断を下し一件落着したわけですが、実にあいまいなことばながら幕末以来、最も大事なことばとして切り札的な役割を発揮してきたことは事実です。大日本帝国憲法下の大審院の判例では国体とは「万世一系の天皇降臨《こうりん》し統治権を総攬《そうかん》し給う」国柄としています。ところが、この聖断についても軍部は判断が分かれるのです。丸山先生のご説明では、この時昭和天皇の判断をそのまま受け容れる恭順《きょうじゅん》派と、あくまでも戦い抜く神州防衛《しんしゅうぼうえい》派に分かれます。後者はなんと一時天皇裕仁の意思に反しても我々帝国軍人は、天皇裕仁の先にある皇祖皇宗《こうそこうしゅう》までの国体の本義《ほんぎ》を守ることこそ、本当の忠節《ちゅうせつ》と解釈するわけです。こうなってくると天皇がいかに沖縄決戦に重大な関心があり、失敗したら和平工作へなどとの意向が側近に示されても、軍部や現場の八原参謀などの軍人には無視されてしまうわけです。特攻隊を送り続けた大西中将は鈴木首相がポツダム宣言の受諾を表明した後、寺岡少将から「陛下も和平を望んでいます」とたしなめられると、大西中将は「天皇といえども時に暗愚《あんぐ》の場合なきにしもあらず」と応じたと伝えられています。軍隊は大元帥《だいげんすい》天皇を超えて独自の戦いをしているということが初めて明らかにされたわけです。これに対し、天皇の側近であった近衛文麿《このえふみまろ》公爵《こうしゃく》は、今日までのところで降参すれば、国体は守れるが、陸軍主戦派がこのまま戦争の主導権を握っていると、国体破壊につながって行くと憂い、天皇に上奏《じょうそう》しています。同じく原田熊雄男爵《はらだくまおだんしゃく》も陸軍に戦争指揮を委ねられて行くと時が過ぎるだけでソ連の参戦により国体が守れなくなると天皇に直訴《じきそ》しています。この結果、天皇自身も梅津美治郎《うめづよしじろう》大将などの陸軍主戦派から離れて行きます。

八原参謀は自ら仕えてきた長参謀長と死を共にすることなく一般人を装い逃亡して後に膨大な原稿を書き上げますが、牛島司令官や長参謀長の劇的な最期の描写などは、その状況証拠などから創作ではないかとの疑念が出されています。また、島田知事は、牛島司令官が八原参謀の案を全面的に取り入れて首里の地下陣地を放棄し南部に撤退することを決めたと知るや否や、島田知事は司令官室を訪れ、前述のように多数の民間人が犠牲になるので沖縄防衛の要《かなめ》である首里戦線を放棄しないで欲しいと、強い口調で懇願したということです。その後南部において民間人を無用に死なせたと陸軍を強く非難していたと伝えられています。ピューリッツァー賞作家のマハリッジ氏は、「第三十二軍が首里の陣地に最後までとどまっていれば、すでに軍から離れた場所に避難していた多数の民間人は助かっただろう」と主張しています。軍に強く抵抗した島田知事は摩文仁《まぶに》の丘《おか》で最後に目撃された後、行方不明となりました。

かいちゃんは「これならどう」というように自信満々げに答えました。

「兵隊さんは自分の命が惜《お》しかったのよ……きっと」

かいちゃんの単純明解な答えに、いっちゃんは「そうか」と笑って相づちを打ち、やっと理解できたような気持ちになりました。

池宮城《いけみやぎ》秀意《しゅうい》さんの証言によると、摩文仁の壕に六十前後の母親と少年を連れた娘が後からやってきましたが、少尉が「地方民はここから出ろ」と叫んだとき、娘が砲弾が飛びかう外に追い出されどうせ死ぬのならと決死の覚悟で言い返したといいます。少尉のことばのなまりが沖縄のものではいと判断すると「出て行きません。ここは私たち沖縄のものです。あなた方出て行ったらいいでしょう」と。娘は顔を青白くしながら目をきらきらさせ気迫を込めて一気に押し出しました。「あなた方は帝国軍人でしょう。あなたたちはアメリカと闘うために沖縄にやってきたのではありませんか。あなた方は壕から壕に逃げ回ってばかりいて、おまけに地方民を壕から追い出すなんて、そんな帝国軍人がいますか」とずばりやられました。帝国軍人の小隊長に勝る立派な沖縄女性がいたものです。マハリッジ氏も次のように書いています。日本の軍司令部は戦争はもう終わりだと分かっていた。それなのになぜ続けたのだろうか。武士道精神に従った？そうではないだろう。戦争を長引かせて降伏条件を有利にできれば、戦争犯罪人として裁かれずにすむと思ったのだと。戦後、参謀という特殊な兵種の軍人が戦争犯罪を逃れ生き延びたくさんの太平洋戦争にかかわる本を書き残しました。一つひとつ目を通すたびにかん口令が未だに有効とささやかれる中で、何か言い訳めいたものを感ぜずにはおれません。沖縄戦をはじめ、たくさんの兵を動員した戦争作戦を策定してきた人たちですから、一つひとつの戦闘を最もよく知る立場にあった職種であることに幅をきかせて自分の作戦を正当化したようにも読めます。戦史を軍人の都合の良いように塗り固められてはならないと思います。身内を戦場に送り出していった家族や、非戦闘員でありながら、戦争に巻き込まれていった民間人の立場からも戦争の悲惨さを伝える戦史が編まれてしかるべきだと思います。

さっきからニコニコしながら子どもたちの会話を聞いていたさっちゃんは、重い羽根を上げて言いました。

「さあさあ、もう首里旅行は終わりよ。もう帰らないとね」

さっちゃんはそう言いながら、自分の話しを聞いて、子どもたちが自分の頭でいろいろ考えられるようになり頼もしく思うと同時に、自分からどんどん離れて行くような気がして寂しく思うのでした。

3　基地の島、沖縄を思う

（1）米軍基地を上から望む

お日様は、大きく西に傾いていていました。雲は何段にも重なり合い、その間からワインレッドにくすんだ日差しを射返していました。まるで壮麗な祭壇を東シナ海に立てたようです。さっちゃんを先頭に、いっちゃんとかいちゃんがその中を低く飛びながら、国頭村比地の大アカギを目指して帰って行くところです。

三羽は沖縄戦の話しをつつ首里城の旅をしてきたことから、帰りの道すがら、飛行場の存在を強く意識するようになっていました。浦添《うらそえ》城跡を過ごし、かつては樹齢数百年を超えるリュウキュウマツ並木が立ち並び風光明媚《ふうこうめいび》であったといわれる普天間街道《ふてんまがいどう》を北上しながら「お母さん、こんな街の中に飛行場があるよ」

「普天間基地《ふてんまきち》っていうのよ」

「危ないな、住宅地に落ちたらどうするの」

「……・」

いっちゃんとさっちゃんは、こんな会話をしながら飛んで行きました。この中部西海岸の地区は、一九四五年四月一日にアメリカ軍が上陸した地点です。普天間飛行場を過ぎると、アメリカ海兵隊の宿舎が広がり、かつては駐留アメリカ陸軍の司令部である高等弁務官が置かれていたキャンプ瑞慶覧《ずけらん》、続いてアメリカ軍の西太平洋最大の近代的病院があるキャンプ桑江《くわえ》と、アメリカ軍基地に関連した施設が嘉手納湾《かでなわん》に沿って立て続けに並んでいます。テーブルサンゴやキクメインなどサンゴで敷きつめられた宝石のグスク北谷《ちゃたん》城跡を過ぎる辺りで、かいちゃんは驚いて叫びました。

「お母さん、お母さん、大きな飛行場よ」

「嘉手納《かでな》飛行場というの。ほら、沖縄戦で話した日本軍の中《なか》飛行場があったところよ」

戦前は、さとうきびを育てるのどかな農村地帯で県内最大の製糖工場があり、嘉手納線という鉄道が走っていたんだけど、今は西太平洋で最大のアメリカ軍の基地になっていて、戦闘機からヘリコプターまで最新鋭の航空機が配備されているわ。この北側に接して六市町村に及ぶ嘉手納弾薬庫《だんやくこ》地区が広がっている」

かいちゃんはとっさに叫びました。

「戦争になったら、弾薬庫は最初に攻撃されるんでしょ」

かいちゃんがこう振るのですが、さっちゃんは何か一生懸命探しながら飛んでいました」

この広大な地区は、アメリカ軍の兵器や弾薬を貯蔵する地域と、住民が耕作のために出入りが許される住宅地域とに分けられています。この基地は国頭山地の南端にあることからリュウキュウマツやスダジイが植生し、自然の生態系の保全状態が比較的良好といわれています。しかし、航空機の燃料漏れや建設工事から出る赤土が河川や海洋の汚染につながっているとの指摘が以前から出ています。

「ほら、あった、あったわ。日本の帝国陸軍の北《きた》飛行場だった読谷補助飛行場跡《よみたんほじょひこうじょうあと》」

さっちゃんがこう叫ぶと、いっちゃんがかいちゃんと声を合わせて、興奮気味のお母さんと対照的にふくれながら言いました。

「どれ、えっ、どれ。何も見えないよ」

さっちゃんは、弾んだ声で説明しました。

「二〇〇六年にアメリカから日本に返還され、現在、平和の森球場や村役場、さらに中学校も建てられ、ここは読谷村《よみたん》の行政や文化の中心地に変わっているのよ」

かいちゃんは、それを聞いて安心したように目を細めて言いました。

「良かったわ。平和な村に生まれ変わったのね」

さっちゃんは、胸を張って続けました。

「基地の村といわれてきた読谷村は、今でも不発弾と闘いながら、『ユタサアルフンシ（ゆたさある風水）、マサルチムグクル（勝る肝心）、サチフクルハナヤ（咲き誇る文化や）、ガンジュウヌシマ（健康の村）』を村づくりの目標に掲げ、基地の跡地に、百ヘクタールに及ぶ先進農業集団地を設け、村の特産の紅イモは元よりマンゴーなどの栽培に取り組み始めたところ。そうそう、市貝町でもつくられる益子焼《ましこやき》と同じように、人間国宝の陶芸家の金城《きんじょう》次郎《じろう》さんがいたところで、文化の薫りが高い村よ」

いっちゃんも嬉しくなって「平和な村として花開いて欲しいね」と言いました。

先の戦争で跡形もなくなった知花《ちばな》グスクを通ってアメリカ空軍の知花サイトを過ぎると、もう夕陽は海の彼方に沈み、紫色の岩のような雲の固まりが千切れて海とも空ともつかぬ背景に浮いていました。漁船が掲げる透明で鮮やかな光線が、強烈に三羽の大きな瞳に入り込んできました。サシバは夜でも飛べることが、アンテナを装備した追跡調査で分かっています。おそらく薄暮の中にあってもサシバには下の地形がはっきり見えているに違いありません。進行方向に、万人が座をしめエメラルドグリーンのサンゴ礁の海をながめることができる原っぱという意味で、琉球王朝時代の尚敬王《しょうけいおう》（一七〇〇～一七五二）が賞賛し、万座毛《まんざもう》と命名された東シナ海に突出した岬が目に入ってきました。遠く海を隔てて本部《もとぶ》半島と伊江《いえ》島の夜景が、夜空に浮かぶ星々のように美しく見えました。右手には国頭山地にぽつんと孤立した優しい稜線《りゅうせん》を持つ恩納岳《おんなだけ》がそびえています。意外と知られていませんが涼しい風に吹かれて見る万座毛の夜景はすばらしいものです。また、海岸から望む恩納岳も壮大でありながら、優しく温かみが感じられる姿としてとらえることができます。関東地方で例えれば筑波山のような山なのでしょう。恩納《おんな》ナビという有名女流歌人が、山の向こうに住んでいる恋人と会いたくなって、山を押しのけてしまいたいくらいだという熱い気持ちを表した歌が伝わっています。

「恩納岳　あがた里が生まれ島もりもおしのけて　こがたなさな」

筑波山についても源《みなもとの》 重之《しげゆき》という歌人が同じような歌を詠んでいます。

「筑波山は　山しげ山しげけれど　思ひ入るには　さはらざりけり」（山は茂っているが、思いを遂げるには、かまわず分け入って行く）

また、恩納ナビは、尚敬王《しょうけい》が北部巡幸《じゅんこう》で万座毛を訪れた際にも「波《なみ》ぬ声《くい》ん止まり、風《かじ》ぬ声《くい》ん止まり　首里天加那志《すいてんがなし》、美御幾拝《みうんちおが》ま」（波の声も静まりなさい、風の音も静まりなさい。恭しくも国王様のお顔を皆で拝みましょう）と琉球王を歓迎した歌を詠みあげました。

三羽のサシバがこの時間に通るこの地点はまさに、沖縄本島の隠れスポットと言えるでしょう。そんなロマンチックな気持ちにひたっている間もなく、昼のようにまぶしいライトが当たり一面に点灯しているではありませんか。

いっちゃんたちは「ここはどこ」とまぶしい光をさえぎるように頭を左に向けさっちゃんを見つめました。

さっちゃんは言いました。

「ここからまた基地がずっと続くのよ。来るときは昼間だったからそれほど気にかからなかったけど、夜になるとすごいでしょう」

まず、アメリカ海兵隊の北部基地であるキャンプ・ハンセンがあり、ここでは実弾射撃訓練が認められています。実弾訓練を行う場合には、住民が日常往来する県道一〇四号を閉鎖することになっていて、日常生活に対する支障ばかりでなく、爆発物の破片《はへん》が飛んで来ることがあり、住民との間で対立がみられます。次がキャンプ・シュワブで、山岳森林地帯がある演習場です。国頭のノグチゲラの生息する訓練場を北部訓練場と呼ぶのに対し、こちらを中部訓練場と言い、区別しています。場所によって戦車などの実弾射撃訓練を行うことがあるので、時折爆発音などをめぐって住民とのトラブルが発生しています。

もうここまでくれば国頭山地にの懐《ふところ》に入ったようで安心です。北方にはうっそうとした名護《なご》岳《だけ》が連なっています。さっちゃんは、真っ暗な中を飛びながら言いました。

「この辺りは辺野古岳《へのこだけ》といって、この南東に太平洋の大浦湾《おおうらわん》に面して辺野古《へのこ》があり、今新たな基地の建設をめぐって住民と国で争っているのよ」

いっちゃんとかいちゃんが驚いて聞き返しました。

「戦争が終わったのに、また基地を新たに造るの」

さっちゃんは答えました。

「アメリカはまだ日本を占領し続けているのよ。日本の支配者は、戦後七十年経《た》った今も敗戦の負い目から抜け切れてないの。沖縄での戦争は本当の意味でまだ終わってはいないわ」

ようやく三羽は国頭村比地《ひじ》の大アカギに帰ってきました。キラキラ輝く星空の下、さっちゃんとかいちゃんはくるくる、くるくると丸まると疲れ切ってそのままぐっすり眠りにつきました。いっちゃんは目をつぶって眠ったふりをしながら、片方の目に夜空のお星様を一杯入れて、キラキラ輝かせながら、今日見た首里城の美しい守礼の門のことや、龍潭池《りゅうたんいけ》で初めて見つけたリュウキュウイモリのことを想い出し、なかなか寝付かれませんでした。

年が改まるころには、いっちゃんもかいちゃんも沖縄のことが何でも分かるようになっていました。一年を通して緑深い比地の小玉森《こだまもり》が一転して桜の濃い紅色《くれない》に染まりました。

「お母さん、早く北の方に移動しないとみんなに遅れちゃうよ」と子どもたちが言うと、さっちゃんは口ばしを開けて目を細めました。

「大丈夫、沖縄の桜は寒緋桜《かんひざくら》と言って早く咲くのよ。本州の桜は満開まであと二月くらいはかかるわ」

サシバは三月ごろになると沖縄の島々を行ったり来たりしながら、四月上旬までに、本州に渡って行きます。沖縄の桜が満開になるのは二月上旬ごろですから、あと二月もすると、本州に渡り始めます。

いっちゃんも、かいちゃんも沖縄の国頭《くにがみ》を中心に生活してきましたが、アメリカ軍の基地が多いのには驚きました。旅客機は高度一万メートルから徐々に下げてくるのですが、それでも高度千メートルの高さで飛ぶサシバとはぶつかりません。しかし、アメリカ軍の軍用機は低い高度で飛ぶためにとても危険を感じました。特に、ヘリコプターの離発着はきわめて危険を伴います。巻き込まれないように基地のある場所を確認した上で近寄らないように暮らしました。それでもオスプレイという往ったり来たりするヘリコプターのような飛行物体には、あわや吸い込まれそうになりました。

こんなことがあったものですから、いっちゃんとかいちゃんの会話にも飛行機や基地の話しがどうしても話題に上りました。

ある春の暖かい抜けるように晴れ渡った青空の下、さっちゃんといっちゃんとかいちゃんは、比地《ひじ》の小玉森《こだまもり》という県指定の天然記念物となっているアカギやフクギがうっそうと茂る植物群落内にやってきて、緋寒桜の桜の花見をしました。さっちゃんは、母親のしぃ婆ぁと別れた奈良《なら》県吉野《よしの》の満開の桜の風景に似ているなと思いました。

（2）米軍基地の今を考える

いっちゃんは、さっちゃんに言いました。

「戦争が終わったのに、沖縄にはたくさんの基地が残ったんだね」

さっちゃんは、深刻な目をしながらもすらすらと答えました。

「アメリカは民主主義の国で、国内の世論の動きに注意を払っていたため、国民の子弟である軍人の犠牲者を少なくしようと一日も早く戦争を終わらせることを考えていたの。ところが、日本はどんなに太平洋の島々をアメリカ軍によって占領されても、最期にもう一度一撃を加えることによって、和平交渉で日本側に有利な条件を飲ませたいと日本軍が繰り出してきたの。このため、やはり大元の日本本土を攻撃するしかないとマッカサー司令長官などは考えるようになったわ。そこで、本土を攻めるための足場として、台湾がいいのか、沖縄が良いのか迷っていたら、台湾では北風が強く日本本土まで行く長距離爆撃機のB29の離陸には向かい風となるから不利ということで、沖縄に日本を降伏に追い込むための戦略的な航空基地を建設することになったのよ」

太平洋地区陸軍航空司令官のハーモン中将は、台湾では戦略爆撃機の離陸の際に北風が不利に働くことをニミッツ太平洋艦隊司令長官に上申《じょうしん》しています。また、首里攻略以後の掃討作戦において戦死した沖縄地上軍の司令官であったバックナー中将も、台湾攻略に必要な十分な兵力を確保できないとの理由で、沖縄上陸を具申《ぐしん》しています。

いっちゃんは、さっちゃんの瞳をのぞき込んで焦りながら聞き返しました。

「そうじゃないよ、ぼくの言うことをよく聞いて。戦争が終わったのになぜアメリカ軍は、沖縄に基地を持ち続けているのかっていうことさ」
さっちゃんは、一瞬困ったように目をキョロキョロ動かして、考えながら言いました。
「アメリカ軍の沖縄の基地の位置づけが変わったのね。日本との戦争が終わると、太平洋戦争の終結直前に参戦してきたソ連が、今度は敵国として現われてきたの。初めのうちは広島、長崎で投下した原子爆弾の威力を見せつけるだけでソ連を屈伏《くっぷく》させることができると考えていたところが、核兵器だけに頼った抑止では十分でないということが分かり、沖縄戦で闘ったような通常使用できる爆弾で、ソビエトと戦うということが考えられるようになってきたのね」

アメリカの統合戦争計画委員会の調べでは、ソビエトを負かすためには、一九六個の原子爆弾が必要ということでしたが、太平洋戦争直後アメリカが保有していた原爆は二基に過ぎませんでした。また、一九五〇年六月二十五日に始まった朝鮮戦争は、アメリカにとって沖縄の基地が戦略的に重要になることを改めて認識させました。戦争を有利に展開するためにグアムから第十九爆撃機航空団が移設され、B29爆撃機の出撃基地としての機能を発揮することとなりました。こうしてますます沖縄基地の軍用地としての価値が高まることとなります。

いっちゃんは「それでアメリカ軍の基地がまた沖縄に居座《いすわ》ってしまったのか」と合点《がってん》がいったようでした。

沖縄の基地は、戦後そのまま引き継がれただけではありませんでした。元々は日本軍が読谷《よみたん》、伊江島《いえじま》、嘉手納《かでな》、仲西《なかにし》（牧港《まきみなと》）、西原《にしはら》（与那原《よなばる》）の飛行場の建設を進めていましたが、アメリカ軍の上陸を予期し、自ら爆破してしまいました。アメリカ軍はこれらにさらに、泡瀬《あわせ》、普天間《ふてんま》、小禄《おろく》を追加します。これによって琉球軍司令部は、四万五千エーカーの軍用地を持つことになります。これは、沖縄本島の総面積の約十五％にあたる規模に相当します。このうち恒久的に必要とされる基地の面積は、アメリカ軍の極東軍司令部での計算では、当初の三万三千八百エーカーとされていましたが、朝鮮戦争が始まると、飛行場の滑走路《かっそうろ》を拡張するとともに、新しい弾薬集積所が必要であるということから、約五千エーカー増の三万九千エーカーに修正されました。

かいちゃんは、うつむき加減で何か言いたそうにしていました。そんなかいちゃんとさっちゃんが目が合うと、さっちゃんはかいちゃんに「どうしたの」と促しました。

「さっきから聞いていると、戦争のためにどれだけ必要とか、勝手に基地を造ってるけど、誰か持ち主はいたんでしょ。寄ってたかってお百姓さんの土地をとられたら、どうやって生活していくのか心配になっちゃった」

「かいちゃんは優しいのね」

さっちゃんは目をつぶるくらい笑ってかいちゃんをほめました。そして続けました。
「そうだよね。その通りだと思うよ。まず最初は日本軍が飛行場を造るために住民から土地を取り上げ、次に、アメリカ軍がこれを引き継ぐとともに、さらに拡張したんだからね。たくさんの人が路頭に迷ったと思う」

日本軍は、飛行場建設に当たって土地の提供だけでなく労働力の供出も要求しました。日本政府は市町村の役所を通じて住民を徴用し、一日十一時間労働で十日から一カ月間労務者として働かされ、その対価は現金として支払われることなく国債や貯金に回されたと言うことですが、敗戦と同時に紙切れになってしまいました。約二十万人が半強制的にかり出されたと伝えられています。これに対し、アメリカ軍の占領期間中は、立ち退き命令書一枚で一方的に強制接収され代価も支払われていなかったと言われています。これは、沖縄戦が激戦を極め十二万人の民間人が亡くなったことから、所有者を確定することが難しかったことによるとも言われています。

その後、一九五二年四月二十八日に連合国と日本との間で結ばれた平和条約が発効し、日本は国としての主権が認められるようになったことから、本土の基地の使用は日本政府が許可し賃借料を支払うようになりました。ところが、沖縄県は除外されたため、引き続きアメリカ政府が基地内の土地の所有者である住民に対する補償と、新たに基地を建設するために土地を接収する場合の対価の支払い問題に改めて取り組むことになりました。ところが、基地内に土地の所有権を持つ住民の数が、五万人に上ることが分かり、すぐに大変な事態に直面することとなります。その上、海兵隊が沖縄に移設されるという案が持ち出され、アメリカの基地面積は二倍に膨《ふく》れ上がることとなり、住民の反発は激しくなりました。

　このため、現地のアメリカ駐在軍は、地主の同意が得られず土地の賃借《ちんしゃく》契約が結べないことが分かると、一九五三年十二月には布告二六号「軍用地内に於ける不動産の使用に対する補償」を公布し、一方的に借地権を取得したこととみなす措置に踏み切ります。また新たに接収することとなる土地についても、一九五三年四月、布令一〇九号「土地収用《しゅうよう》令」を公布して、真和志村銘苅《まわしそんめかる》（那覇《なは》市）、安謝《あじゃ》、平野《へいや》の土地一二二エーカーを、ブルドーザーによって強制収容することを一方的に決めました。残ったのは補償の問題ですが、長らくアメリカ政府と賃借料について交渉にあたってきた日本政府は、一九七二年五月十五日に沖縄が返還されることとなったことに合わせて、地主が土地の賃借契約を拒否しても、五年間は地主の同意なしで使用できるとする公用地暫定使用法《こうようちざんていしようほう》を制定した上で、一八九億八百万円に上る軍用地関係予算を成立させ、沖縄返還後一か月余りで軍用地主の九三％にあたる三万三四五人と賃貸契約を結びました。残る七％の地主に対しては、公用地暫定使用法が適用され引き続き強制使用されることとなりました。

さっちゃんは、ここまで話してきて、桜の花の上の方にある肉眼では見えないものを見ようとするかのように、眼差しを上げて話しを続けました。

「でもね。かいちゃんが言うように、お金で全部解決できるものじゃないわ。軍用地の下には、何十年、何百年にわたって耕され守られてきた父祖伝来の農地があるし、また、村集落のみんなの心の拠り所であった聖地が未だに埋もれたままになっていると聞いている。それどころか、先祖の墓が基地内にあり、その上を爆音をたてながらジェット機が離着陸を繰り返しているのを、金網の外から拝む老人の姿が今でも見られるの。これらはみんなお金と交換に売れるものではないわよね」

普天間基地の中に埋もれた新城《あらぐすく》の字誌《あざし》を、鳥山淳《とりやまじゅん》さんは、次のように紹介しています。

「目の前ムトヌ（元の）屋敷跡地がありながら、ヌトヌ（元の）アラグスクヌ（新城の）シマンチュ（人々）が基地を取り囲むように点在しながら生活をしている。その意味では今なお特殊な難民であり、ワッター島（我々の村）が名実共に返還された時、難民からの真の解放となるでしょう」（傍点は筆者）

沖縄県民の中には、軍用基地から上がる多額の賃借料で県外に暮らす方もいると伺います。

沖縄との精神的な根っこを切って物質的な豊かさに浸る地主の中には、基地が半恒久的に在り続けることを望んでいる人がいると教えられました。この傾向は沖縄戦を知らない世代に多いと聞いています。ここに、県民の基地問題に対する共有された態度の綻びが見えてきます。

この字誌が言うように、真の解放には適正な賃借料の支払いではなく、土地そのものの返還が必要ということになってくると、都市部や県外で不動産業などを営みながら現状から大きな利益得て満足している地主による基地存続を求める発言や行動が、足かせとなってくることは間違いありません。過去の歴史を振り返り、その歴史の中から行くべき道筋を導き出し、それに向かって国内世論をしっかりとまとめ上げて行くことが大切なのではないかと思います。


沖縄にアメリカ軍が上陸すると、住民は北部の国頭郡《くにがみ》につくられた収容所《しゅうようしょ》に入れられました。四月二十日頃ごろ北部に収容されていたのは三万人ほどでしたが、六月十五日には十万人近くに達し、沖縄戦が終結した後の七月下旬以降になると二十万人を超える収容者であふれかえったと言われています。これは、先に見たように、飛行場と弾薬などの補給《ほきゅう》物資《ぶっし》の集積所を新たに建設するために、住民が追い出され続けたことによるものと思われます。

狭い収容所や仮住《かりず》まいにいた住民は、基地建設にかかわるさまざまな作業をさせられました。男子労働者だけでは足りないので、女性や子供などもかりだされるようになり、ある地区では病人、妊産婦を除く十六歳以上、六十歳未満の男女を全員基地設営作業に参加させるよう、アメリカ軍から命令が出されたと伝えられています。太平洋戦争末期に沖縄諸島において日本軍の地下壕《ちかごう》構築のために、おびただしい数の現地住民が徴用《ちょうよう》されたのを思い出させます。このような労働をさせられながら、収容所から出られる日を待ったのですが、出所した後仮住《あとかりず》まいをしつつ帰郷をうかがう人の数は、一九四六年七月にまとめられた軍政報告書《ぐんせいほうこくしょ》によると、那覇二万二千人、読谷一万三千人、北谷一万二千人を含む約十二万五千人に上ったということです。

小禄《おろく》村（那覇市）具志《ぐし》で一九五三年十二月に実際にあった事件ですが、ここではすでに五十万坪《つぼ》の耕地が補償もされずにアメリカ軍に強制接収《せっしゅ》されていましたが、さらに一万五千坪の田畑を取り上げられようとしていました。このため老人、女性、子どもを含む一二〇〇人の住民がブルドーザーの前に立ちはだかり、にらみ合いが続きましたが、装甲車《そうこうしゃ》五十台、機関砲《きかんほう》十門、手榴弾《しゅりゅうだん》まで装備した三五〇人の武装兵《ぶそうへい》が投入され取り囲まれてしまいました。住民《じゅうみん》たちは一緒に死のうと覚悟を決めて座り込んだところ、兵士が住民に殴《なぐ》る蹴《け》るの暴行を加えた上に、溝《みぞ》に投げ込まれたということです。この時、県民の人権を守るべき立場にあった沖縄のメディアは「共産主義者に扇動《せんどう》された愚民《ぐうみん》たち」と書いたということです。これについて、後日《ごじつ》新聞各社は「アメリカ軍からこのように報道《ほうどう》せよ」と記事の原稿を渡されたと言い訳をするのでした。日本のメディアは、戦争中は日本軍の、また、戦後はアメリカ軍の広報《こうほう》となってしまったかのようです。事実と真理を伝える使命を持つメディアの責任は大きいと思います。

かいちゃんは、黙っていられなくなり言いました。

「一九五三年というと、平和条約が発効《はっこう》した後のことだから、有事《ゆうじ》ではなくて平時《へいじ》だよね。民間人に対する暴力はいつでもどんな場所でも許されないけど、これはまったくの人権侵害よね」

さっちゃんも言いました。

「沖縄の人は、沖縄で南部の戦闘に巻き込まれてたくさんの尊い命をなくした。敗戦後も塗《と》炭《たん》の苦しみを味わうこととなったけど、アメリカ軍の下で平和な生活をと淡い希望をもったの。ところがこれも見事に裏切られたわ。基地で土地を奪《うば》われた人は、今度は難民となってさ迷《まよ》うこととなった……」

いっちゃんは、どうしようもないという態度《たいど》をしながら聞きました。

「これも日本を守る抑止《よくし》のため必要だったとよく言われるけど、抑止ってどんな意味なの」

さっちゃんが、先生になったように答えました。

「抑止というのは、いっちゃんが何かしたいことがあるよね。例えばみんなで目的地に向かって渡っている中で、一羽だけはぐれて何かしようとしたときに、お母さんから叱《しか》られたり、時にはポコンと羽で叩《たた》かれたり、そうすると、いっちゃんはしっかり前を向いて飛び続けることができたわね。そういうこと。ただ、かいちゃんがね、もう疲《つか》れちゃってどうしても、もう飛《と》べないということになると、もう何されてもだめでしょう。だから、抑止《よくし》を受ける側が、みんなそろって越冬地に行くんだというような同じ価値観《かちかん》を持っていて、自分が抑止で受《う》ける損害《そんがい》の方が、自分が抑止《よくし》を払いのけても得《え》られる利益《りえき》を上回っているなど、合理的《ごうりてき》に計算できることが必要なのね。いっちゃんが何でもかんでも欲しいんだとなれば、抑止《よくし》は破綻《はたん》してしまう。利《き》かなくなってしまうのよ。大日本帝国陸海軍のように、特攻隊《とっこうたい》で攻めてくるような狂信的《きょうしんてき》な敵国との間では抑止は成立しないわ。これをしたら得だ、あれをしたら得だと損得の計算できる敵国にしか通用しないのよ。そういう意味では、北朝鮮は難しいわよね。日本が考えている敵国は中国らしいけど、中国は沖縄が何が何でも欲しいわけではないから、命がけで沖縄を攻めて上陸まですわけないわ。やはり、日本の国の意思が決められる人がいて、そういう要人が集まる建物がある東京が標的《ひょうてき》だから、日本を降伏させるためには、東京を狙《ねら》ってくるでしょうね。今は太平洋戦争《せんそう》のころと違ってミサイルだから、世界最強のアメリカ軍の日本における基地が首都東京から一五〇〇キロも離れた沖縄に七五%が集まっていても、日本の抑止《よくし》には直接ならないでしょうね。東京にコンパスの針を置いて中国の国境の端を結んだ線内に入る九州北部、山陰、北陸に堅固な基地を築くべきでしょうね」

いっちゃんは黙って聞くだけでした。さっちゃんは続けます。

「中国が攻めてくるときは、太平洋戦争の真珠湾《しんじゅわん》攻撃と同じように、まずアメリカ軍の空軍基地が集中する沖縄をつぶしておくことは、その後の軍事戦略を展開する上で有利になるわ。続いて原子力発電所を一斉《いっせい》に攻撃して、福島の原発事故の時のように日本中の政治経済、交通機能を麻痺《まひ》させ、最終的に東京などの大都市を人質《ひとじち》にとるという方式（対都市戦略）になると思うけど、同時にやってくることもあるわね」

いっちゃんは「それじゃ、沖縄の基地はだれのための抑止《よくし》なの」と聞き返すと、さっちゃんは答えました。

「アメリカ軍のための抑止《よくし》かな。そうかな……アメリカの首都ワシントンははるか太平洋の向こうだから、やはり抑止ではなく、攻撃のための基地という位置づけではないかな。アメリカと日本は同盟《どうめい》関係にあるから、アメリカが中国を抑止してくれれば日本にも間接的な抑止《よくし》の恩恵はあるけど、抑止のための軍事力《ぐんじりょく》が沖縄にある必要はないよ。それどころか、さっきも言ったように、軍事力がまとまってあると、敵は軍事的基盤を効果的に破壊できるから、抑止にとっては反対にマイナスだね。戦略的には攻撃される目標を分散させておくことが、抑止の実効性を高めることになるの。」

いっちゃんは「ふーん」とうなづきました。さっちゃんは続けました。

「現代戦は太平洋戦争の末期のときと同じように空を制した方が強いから、簡単に狙い撃ちできる陸上の固定された基地からではなく、移動する基地の方が残れるんだね。また、航空母艦《こうくうぼかん》から戦闘機や爆撃機が飛び立てるから、航空母艦と、この動きを阻止することができる潜水艦《せんすいかん》との間の闘いになる。もちろん、中国大陸から航空母艦はミサイルで狙い撃ちできるけど……。ところが、沖縄にいる兵隊さんは、湾岸戦争《わんがんせんそう》のときに沖縄から出て行ったことでも知られるように、上陸する部隊の水先案内役《みずさきあんないやく》の海兵隊《かいへいたい》が中心なので、それ自体が抑止《よくし》のための軍事力としても果たして役にたつのか疑問だね」

いっちゃんはだんだん分かってきたという感じで言いました。

「それじゃ、沖縄の基地は、日本にとってあまり抑止《よくし》のためには効果《こうか》がないんだね」

かいちゃんは「それじゃ、沖縄の人は何のためにこんな苦しい思いをしているの」と自分でも驚くような声で叫んでしまいました。

「ミサイルが飛んで来るようになったら、おしまいだわ。何十基も同時に来たら打ち落とせるわけはないじゃない。弾丸を弾丸で打ち落とすようなもので、的中する確率はとても低いわ。戦争は外交の破綻の後にくる下の下の策よ。戦わずして勝つことが上策。

沖縄は、美しい自然に囲まれた平和な島よ。基地なんか集中していたら、緒戦で攻撃されて危ない。また、人を殺すために沖縄から飛行機が飛び立つのよ。ここが出撃基地となって今度は攻撃された国から狙われるわ。沖縄戦で学んだ教訓を活かして平和な島に戻ることが、最も沖縄らしいあり方だと思うわ」

さっちゃんは視線を子どもたちから反らして、空を見上げ自分に言い聞かせるように言いました。

さっちゃんは、厳しい目をしながら、比地《ひじ》の優しい桜の花を見つめました。すると、高ぶっていた心もだんだん落ちついて行くのでした。優しい心が戻ってくると、過去の楽しうれしい記憶も一緒にやって来ます。重なってくるのは、奈良《なら》の吉野《よしの》のいく重《え》にもこんもりとして咲く桜でした。さっちゃんがしい婆ぁに一緒に飛んで行きたいと言ってだだをこねて、しい婆ぁが困って桜の園《その》の中をぐるぐる案内してくれたのでした。さっちゃんはようやく決心ができて「一人で飛んでいける」としい婆ぁに伝えると、しい婆ぁは、栃木県の市貝町の観音山に梅の花が三千本咲き乱れ観音様が見守ってくれる美しい里山があるから、さっちゃんに譲って上げると言ってくれました。そして、さっちゃんはしい婆ぁと別れたのでした。

さっちゃんはここで思い出したように、突然、あっ、いけないと思って我に返りました。そして、木の葉や雲の形や流れを注意深く見つめました。みんなで話しをしている最中にも、ひょいと空気の動きを探っているような格好になります。三月に入ると、高い空の上を黒いゴマのように見えるサシバの仲間が北に向かって飛んで行くのが、ひんぱんに確認できるようになりました。

コナラ林　撮影・江川靖

第三章　さっちゃん親子の別れ

1　命をつなげる

（1）それぞれの旅立ち

サシバの渡りでは、南方に越冬する場合は、数百、数千の群れをなして行きますが、子育てに帰るときには、大群で渡るという行動は見られません。宮古島《みやこじま》での落ちタカの追跡調査《ついせきちょうさ》でも、上空をバラバラに飛行するサシバの仲間を見ながら、やはり早朝、夜明けとともに飛び立つということです。渡り鳥を研究している樋口広芳《ひぐちひろよし》先生によると、宮古島を出発するサシバは三月中、下旬ごろ飛び立ち、沖縄本島、奄美大島を経て九州に入り、繁殖地に到着するのは四月上、下旬で、総延長距離は約二五〇〇キロになり、渡りに要する日数は十五～三十日ほどで平均して二十三日くらいだったということです。あるサシバの追跡調査では、二年間の北上経路はほとんど変わらず渡り、越冬地からの開始日も繁殖地への到着も一、二日の差しかなかったと驚いていています。サシバのさっちゃん親子もいよいよ日本列島に飛び立つ日が間近《まじか》となりました。

さっちゃんは国頭の比地《ひじ》の大アカギのてっぺんで、このところひんぱんに上空の風の流れを見るために飛び上がっては降りを繰り返しています。この日は真っ青に雲一つない朝でした。

さっちゃんの目は大きく、いっちゃんもかいちゃんもこれはただごとではないと、そわそわしていました。すると、さっちゃんが、上空にゴマの粒のように小さなサシバの仲間を三羽、四羽、見とめると、羽をバタバタ動かし始めました。子どもたちもまねをして羽を大きく広げバタバタ始めました。そうしているうちにさっちゃんが子どもたちの瞳をのぞき込んだかと思うと、これを合図に突然飛び上がりました。

さっちゃん親子の春の渡りが始まったのです。なつかしい国頭の山々を大きく旋回しながらだんだんと上に上に上がって行きました。みんな真剣です。子どもたちははぐれまいとお母さんの目をしっかり見ながら「これでいいの」と心の中で自分の飛び方を確認してもらいたいと念じながら上がって行きました。高度六百メートルになると、風がピューピューと吹いていました。「さあ、行くわよ」と言わんばかりに、さっちゃんは二羽の子どもたちに大きな瞳で合図すると、サァー、と風に流されて時速五十キロのすごいスピードで日本列島のある北東方向に舵《かじ》をきるのでした。エメラルドグリーンの海が朝日に輝き、まるでサファイアが、金をまぶしたように美しく見えました。緑の島をとり巻くサンゴの白い砂浜はダイヤモンドのようにまぶしく輪をつくっています。この島には心の奥底には深く傷を負いながらも、陽気に踊ってみせる平和を愛する純朴な人々が住んでいました。いっちゃんとかいちゃんは、目で見える光景の裏側に広がる、この島の戦いの歴史を今はもう二重写しに見ることができるようになっていました。暴力と、人権侵害と差別が今なお過去の歴史を引きずりながら、こんなに美しい島で繰り返されているのです。沖縄本島が後方に見えなくなってくると、いっちゃんが言いました。

「この島は、アメリカの世界を視野に入れた大きな戦略の中にだんだん取り込まれて行くようで、遠ざかる風景と同じように小さく寂しく見えるよ」

さっちゃんは、風に上手《じょうず》に乗って心地よさそうに空気の波を滑りながら言いました。

「尚真王《しょうしんおう》が武装解除《ぶそうかいじょ》し永《なが》く平和だった島《しま》が、薩摩《さつま》に侵入《しんにゅう》されてからは裏で操られながら中国との密貿易の甘い汁を汲われ続け、支配者が徳川幕府《とくがわばくふ》から薩長連合《さっちょうれんごう》の藩閥政府《はんばつせいふ》に移った後は、捨てられた島として無意味な終わりのない戦闘に巻き込まれ、そして、今はアメリカの世界戦略の中にからめとられようとしている。アメリカは、グアムと横田の基地を一緒にして、自由に世界を渡り歩ける航空母艦を中心とした空軍の司令塔を置こうとしており、ここに日本の空軍の司令部も移すことで、いよいよ日本とアメリカが一体となった世界的な軍事体制ができ上がる。このままだと沖縄は、核兵器を持つ巨大な軍事大国であるアメリカが世界に広げた軍事体制の前線基地となって行くことでしょう。手遅れにならないうちに一つひとつ着実に基地を返還させて行くべきだと思うわ」

沖縄県知事室の調べでは、軍用地料が二百万円以上の者が全体の二五・七％にあたる一万三五〇人おり、このうち五千万円以上が三三八一人で全体の八・四％に及んでいます。池田孝之先生の調べでは、軍用地所有者の中で働き盛りの三十〜四十代でありながら無職である者が全体の四〇％以上を占めると言っています。このため、返還しない方が良いと答えた者が三四・二％に上っています。また、返還されると生活に困ると答えた者は七〇％に達し、軍用地料は復帰にあたって四倍に引き上げられ、さらにその後七倍に引き上げられることによって、基地確保の有効な説得的手段となっていることが分かります。

気持ちよく飛びながら、この世のアカを振り落したというような爽快な目をしたかいちゃんも言いました。

「日本の抑止のために沖縄に基地があるのではなく、アメリカの世界戦略のためにあるんでしょ。しかもアメリカが他国を批判したり、軍事介入したりするときに言い訳に使う人権侵害や暴力がこの島ではひんぱんに起きているんでしょう。イランなどの敵対する国を人権侵害だ差別だ、と言って、軍事力で介入しながら、世界の片隅の小さな島でこそ自ら人権侵害をやっているなんておかしいわ」

自らも中尉として太平洋戦争に従軍し、戦後は国際政治学者となり、アメリカ合衆国の南アメリカ政策を研究した故吉村健蔵先生は、国家が国益を達成しようとするときには、国際的に認知された「人権」や「民主主義」のことばを使って背後に隠された真実の国家目標を正当化すると言い、これを「イデオロギーによる偽装」と呼んでおられました。

沖縄県知事公室の調べによると、二〇〇七年一二月までに二〇〇四年のヘリコプター墜落事故をはじめ航空機事故は四五九件、アメリカ軍がかかわる犯罪は女子小学生に対する暴行《ぼうこう》事件をはじめ五五一四件ありましたが、二〇〇一年から二〇〇八年までの公務外の犯罪のうち、なんと八三％が不起訴《ふきそ》となっているのです。また、騒音被害《そうおんひがい》は、県民の四割にあたる五十五万人に及んでいます。復帰前はアメリカ軍が、復帰後は日本政府が生存権《せいぞんけん》の基礎となる土地所有権を侵害《しんがい》し、生活の手段である農地を強制的に取り上げ軍用に使った事例《じれい》には枚挙《まいきょ》にいとまがありません。

さっちゃんは言いました。

「私たちが子育てする日本列島を守るためには、仮想敵国《かそうてきこく》と首都東京とのライン上に横田《よこた》基地をはじめしっかりとした防衛力を整備することが大事であって、沖縄の小さな島に基地のほとんどを集めておくこと自体おかしいわ。前にも言ったように、小さな面積に集中的に軍事基地群が配置されると、より少ない軍事力で効果的に全兵力を破壊できるため、むしろ抑止は脆弱になっていると思うよ。標的となる基地は分散していた方が抑止力《よくしりょく》は高まるはずよ」

かいちゃんは、瞳を輝かせて言いました。

「攻撃を受けても反撃できる兵力（第二撃力《だいにげきりょく》）が残らないと抑止は成立しないのよね。核兵器を何百基と持っている中国なんかと、とても戦えないわ。幸い中国とは、経済で深いつながりができている。お互いに慎重につきあって行けば友好は保たれると思うわ。何といっても沖縄は、琉球王国《りゅうきゅうおうこく》の時代に世界の文化を集め、すばらしい独自の文化を花開かせた経験があるわ。基地に依存した経済に地元の資本だけではなく、本土の大資本まで甘い汁を求めて群がり、騒音や暴力に悩み基地返還を求める住民の願いを、公共事業に利益を見出す地元の土建屋や金銭的に豊かな地主の動きがかき消してきたんだわ。お金で自分たちの空虚になった心の穴を埋め合わせるのではなく、目をつぶれば懐かしい沖縄が見えるとうそぶいた、何もかも失った沖縄戦終結の原点に戻って、もう一度誇りを取り戻し心のかわきを潤して欲しいわ」

　地方自治の専門家である宮本憲一先生は、基地を維持するために行われてきた国による沖縄の振興開発事業《しんこうかいはつじぎょう》は、まず道路などの産業基盤となる社会資本の整備にとどまり、次に続く産業の誘導には結びつかなかった、しかも、これらの公共事業に使われる鉄鋼《てっこう》やセメントが本土から移入されたので、結局沖縄の土建屋のみの利益に帰した、さらに、これが最も大切なことですが、沖縄にバラまかれた公共事業は、原子力発電所《げんしりょくはつでんしょ》が立地する自治体に申請により支払われ自由に使える交付金のようなものではなく、一〇〇％に近い補助金事業であったために、国が全面的に介入する事業となってしまい、沖縄県下の自治体の自治能力を高めることはなかった、最後に公害を全域にまきちらし、自治の侵害につながり失敗であった、と話しています。

また、基地の移転の問題についても、沖縄が戦争から立ち直り、平和な時代を迎えた今、新たに神聖な沖縄の大地を切り刻み、海を汚して、敵国に飛行体を送り込む軍事基地を築造するなどということは、時代錯誤《さくご》だと思います。基地をなにか最終処分場《さいしゅうしょぶんじょ》のような「迷惑《めいわく》施設」と勘違《かんちが》いしているようであり、ゴネて振興費を高くつり上げ、最後は金をたんまりいただければそれで満足というものではありません。軍事基地は有事の際には、沖縄戦で見てきたように、最初の「攻撃目標」となる危険な装置であるという認識を改めて強く持つべきだと思います。これは安全保障上大事な視点です。

さっちゃんは感心して言いました。

「すべては、沖縄県民自身が考えることよ。先人がどんな死に方をし、また生き残った人々がどんな苦労してきたのか。これを踏まえて基地と開発、そして自治と生き方をどのように考えるかにかかっているわ。沖縄には世界にも類例がない豊かな自然環境と、ニライカナイの神の国を精神の拠り所とする独自の文化を持っている。このままいけば、開発で自然環境は壊され、市内を流れるどぶ川のように世俗《せぞく》的で平凡な汚い島となってしまう。お金に目のくらんだ人々は沖縄の島々を単なる投資先とみなして聖地《せいち》を切り開き、島々に降りてきていた神々をニライカナイの彼方《かなた》に封じてしまう。アメリカや日本の思わくを断ち切って自らのルーツを再び掘り出すことは、まさにカルチャー、耕す文化につながるのだと思うわ。遠い先祖の目を借りてきて、草木一本、石ころ一つひとつに息を吹き込んで魂をよみがえらせて行く……。自分を支える大地の偉大さに気づき、誇りと自信を取り戻せたら、自立がはじまる。ここから外に頼らない営みも生まれ育って行くんだわ」

南の島からやってくるサシバは沖縄本島から九州までの間を行ったり来たりすることで知られています。さっちゃん親子は気流の流れに上手に乗って九州《きゅうしゅう》、四国《しこく》を通って、紀伊山地《きいさんち》の上空にやってきました。沖縄の比地でみた桜と同じように、今まさに吉野《よしの》ざくらが満開でした。かつて後醍醐天皇《ごだいごてんのう》が足利尊氏《あしかがたかうじ》に都を追われてこの地に逃れたと伝えられています。さっちゃんは、しい婆ぁとここで別れたのを思い出しました。大人になったサシバが何羽も同じ巣に帰って子育てをすることはとうてい叶《かな》わないことでした。さっちゃんは小さい声で自分に言い聞かせるかのように言いました。

「さあ、長い旅は、ここで終わるわよ」

しかし、いっちゃんもかいちゃんも何のことかさっぱり分かりませんでした。二羽とも栃木県の観音山の桜を思い出していました。ところが、さっちゃんがどんどん先に進んで行くではありませんか。二羽とも次第に引き離されて行くのを知って懸命に羽をバタつかせて追いつこうとしました。ところが、さっちゃんは容赦はしませんでした。やっと追いついたと思ったら、さっちゃんの瞳が厳しくなっているのを横目に見て、初めて気がつきました。別れの時だと……。サシバは本能で次に何が来るのか分かるのです。

いっちゃんは、新潟《にいがた》に行くことにしました。広い日本海《にほんかい》を見たいからです。甘えん坊のかいちゃんはもう少しお母さんと一緒にいたいので、岩手《いわて》に行くことにしました。広い太平洋の波の音を聞いていたからです。盛岡《もりおか》はサシバの繁殖地《はんしょくち》の北限《ほくげん》と言われています。しかし、二羽が一緒に飛ぶことは許されませんでした。

さっちゃんが子どもたちに言いました。

「お母さんは、二人に沖縄の旅で大切なことを教えてきたわね。チムグクル（肝心・真心）を大きく持つこと。苦しいことも悲しい経験もすべて全部、自分の小さな胸の中に詰め込んで、優しく温かくお陽様のようになれること……。いっちゃんもかいちゃんも大きな心を持って生きて行くのよ」

さっちゃんがそう言い終わると、いっちゃんは急に北東の方向に向きを変えました。かいちゃんは瞳が涙で一杯になり、お母さんの姿をしっかりとらえることができなくなりました。そして、どんどん遅れて行きました。三羽の距離はしだいに大きく開いて行きました。三羽ともこれから自分の力で生活の場を築き、新たな家族をつくって行くのです。

しかし、稲刈りが終わって、十月十日ごろの甘露には必ず宮古の伊良部島《いらぶじま》でまた会えることが分かっています。そのころは、いっちゃんもかいちゃんもたくさん家族をつれてやってくるのでしょうね。命どぅ宝の命は永遠につながって巡って来るのです。

コラム

筆を置くにあたり、著者の妻が沖縄県出身であり、家族が沖縄戦に巻き込まれていることから、妻が聞き取りを行い、体験談をまとめましたので、ここに掲載させていただきます。沖縄戦の体験者は、戦後長い間沈黙を守ってきたようです。体験者が少なくなっていく中で、貴重な証言ですので参考にして下さい。

ウヤファーフジ　命の唄

入野　めぐみ

私の父は、昭和九年に国頭村比地《ひじ》で生まれました。比地は、やんばると呼ばれる本島北部の西海岸の国道から山手の方の奥まった場所にあり、深い緑の山々に囲まれ、比地川と川代志（ハレーシ）という二つの川が穏やかに流れる美しい集落です。この物語のサシバのさっちゃん親子もウティダカ（落《お》ち鷹《たか》）としてこの地に登場するように、父が幼少の頃はたくさんのサシバが訪れ「ピックィー」とかわいらしい鳴き声を響かせ、主に麦を栽培していた段々畑《だんだんばたけ》の昆《こん》虫《ちゅう》やネズミを捕《と》えて飛ぶ姿がよく見られたそうです。

比地は古くからの伝統行事《でんとうぎょうじ》の豊年踊りや同年会が現在《げんざい》も継承《けいしょう》されており、集落を見下ろす山の中腹にはカミヤー（神アサギ）といわれる神聖な場所があります。そこでは集落の祝女《ノロ》によって祭祀《さいし》が行われていました。アサギの周辺には何本も巨大《きょだい》なアカギが自生《じせい》しており、中には樹齢四百年《じゅれいよんひゃくねん》といわれるアカギもあることから住民《じゅうみん》によって大切《たいせつ》に守《まも》られています。祖母《そぼ》も、祝女として、この神アサギ内で集落の繁栄《はんえい》、家内安全《かないあんぜん》を祈願《きがん》し、毎年旧盆後《まいとしきゅうぼんあと》、初の亥《い》の日にはウンジャミ（海神祭）を執《と》り行《おこな》い、豊作豊漁を祈願しました。祖母の一族は琉球王朝時代の首里士族《しゅりしぞく》でしたが、琉球処分《りゅうきゅうしょぶん》後に首里《しゅり》から逃《のが》れ、はるか遠《とお》くのやんばるのこの地に移《うつ》り住《す》んだということです。祖母の父は仕事のかたわら、琉球《りゅうきゅう》王朝時代の古典音楽《こてんおんがく》の代表的な楽器《がっき》である三線《さんしん》を人々に教《おし》え広《ひろ》めたそうです。父も子守唄《こもりうた》がわりにこの三線の音色《ねいろ》を聴《き》いて育《そだ》ち、自《みずか》らも三線を弾くようになりました。こうして比地の自然豊《しぜんゆた》かな景色《けしき》の中で成長し、辺土名国民学校《へんとなこくみんがっこう》に通う頃、学校で沖縄方言《おきなわほうげん》を話すと罰《ばつ》として、ヒモでつるした方言札《ほうげんふだ》が首《くび》にかけられました。標準語励行の方言撲滅、徹底《てってい》した軍国主義《ぐんこくしゅぎ》の教えを受《う》けました。そのような中、昭和《しょうわ》十九年の十月十日の朝七時頃、学校に行く準備《じゅんび》をしていると、東の空から大きな爆音《ばくおん》がするので見上げると、戦闘機《せんとうき》が何百機《なんびゃくき》と南へ向かって飛んで行ったそうです。それを見た集落の人々は「友軍《ゆうぐん》」の飛行機《ひこうき》だと喜《よろこ》んで見送っていたそうです。後に那覇《なは》が大空襲《だいくうしゅう》を受けたと知らされ、その後、辺土名国民学校でも日本軍に徴用《ちょうよう》された東校舎《ひがしこうしゃ》が敵《てき》の爆撃《ばくげき》を受けたので、あたりには不安《ふあん》が立ち込めたそうです。

那覇大空襲から二か月後に祖父に召集令状《しょうしゅうれいじょう》が届《とど》きました。比地からは、兵隊《へいたい》として徴集《ちょうしゅう》されたのは二人で、身長《しんちょう》が五尺以下《ごしゃくいか》の人は護衛隊《ごえいたい》などに徴集されたということです。祖父は、長崎の佐世保に着いたと電報を送ってくれたそうですが、後に戦艦大和《せんかんやまと》に乗り込みアメリカ軍の攻撃で二度と還《かえ》らぬ人となりました。

一九四五（昭和二十）年四月一日に沖縄本島に上陸《じょうりく》したアメリカ軍は、四月の中旬頃《ちゅうじゅんごろ》には比地の集落にも侵入《しんにゅう》してきました。最初にアメリカ軍を見つけたおじさん（屋号《やごう》ヤマモトヤー）が、血相《けっそう》を変えて走ってきて、「イッター（おまえたち）敵《てき》ぬウママディ（近くまで）キチョーシ（来ているが）ワカランヌアイリー（分からないのか）ヘークナー（早く）ヒンギランニ（逃《に》げろ）」と集落中に知らせるために駆《か》け回《まわ》っていました。父も外の様子《ようす》を伺《うかが》うと、確かにわずか二百メートル先で銃装備《じゅうそうび》のアメリカ兵四人が民家《みんか》を捜索《そうさく》していました。急《いそ》いで自《じ》宅《たく》に帰り、逃げる準備をしました。当時十歳の父は、背中《せなか》に二歳になる一番下の弟をおぶりひもでしばって落ちないようにしたあと、両手《りょうて》には鍋《なべ》と米《こめ》を炊《た》く羽釜《はがま》を持ったそうです。逃げる途中あまりにも重《おも》いので走れないよと泣いて訴《うった》えたそうですが、祖母も逃げるのに精《せい》いっぱいで構《かま》ってはくれず、アサギの前を通って山へ入る人々の列《れつ》の最後となって泣《な》きながら走ったそうです。当時は、学校や家庭《かてい》でも捕虜《ほりょ》になると八《や》つ裂《ざ》きにされると教《おそ》わっていたので誰《だれ》もが死《し》の恐怖《きょうふ》でいっぱいだったそうです。

比地には県内でも有名《ゆうめい》な比地の大滝《おおたき》があるのですが、そこからはるかずっと奥へ奥へと歩きました。ナゲートゥという名の奥山《おくやま》に着《つ》き、そこには炭焼《すみや》き窯《がま》があったので、そこで小屋《こや》を作って避難《ひなん》しました。食糧《しょくりょう》は、アメリカ軍が夜は戦闘活動《せんとうかつどう》をしないため夕方の六時から祖母と二人で二、三時間かけて山を下り、自分の家の畑《はたけ》から芋《いも》や野菜《やさい》を採《と》って、夜が明ける前までには戻《もど》るようにしました。ナガアメと呼んだ梅雨《つゆ》の時期《じき》だったので大雨《おおあめ》が降《ふ》った日以外はほぼ毎日食糧《しょくりょう》をとりに行ったそうです。ある時、米軍《べいぐん》が張《は》っていた警戒線《けいかいせん》を踏《ふ》んでしまい、その瞬間《しゅんかん》、夜の闇《やみ》が一気《いっき》に昼間《ひるま》のように明るくなったかと思うと、こちらをめがけて機関銃《きかんじゅう》の弾《たま》が飛《と》んできたそうです。幸《さいわ》い、祖母《そぼ》がすぐに気づき伏《ふ》せるようにと叫《さけ》んだので無事《ぶじ》でした。このように食糧をとるだけでも命《いのち》がけだったそうです。

アメリカ兵は、比地には日本兵《にほんへい》は潜《ひそ》んでいないようだと判断《はんだん》すると、夕方五時には監視《かんし》をやめたそうです。ただ残念《ざんねん》なことに、昼間に畑に行った方が一人いたそうで、三百メートル離《はな》れた場所《ばしょ》から米軍に狙撃《そげき》されたということです。

避難《ひなん》していた山の中で日本が降参《こうさん》したと知ったのは、七月の中旬《ちゅうじゅん》頃だったということです。子どもは撃《う》たれないとうわさされていたので、白旗《しろはた》を持った父が先頭《せんとう》に立たされ山を下り終戦を迎えたそうです。

母の方は、本島南部《ほんとうなんぶ》の玉城村出身《たまぐすくそんしゅっしん》で、当時《とうじ》三歳でした。母の一家《いっか》は、本島北部《ほんとうほくぶ》へ避難《ひなん》するため持てるだけの荷物《にもつ》を持ち、百キロもある道のりを歩いて向かいました。昼間《ひるま》は砲弾《ほうだん》を避《さ》けるため岩陰《いわかげ》に隠《かく》れ、夜は米軍の放《はな》った照明弾《しょうめいだん》の明《あ》かりをたよりに歩いたそうです。あたりは鉄《てっ》の暴風《ぼうふう》と呼ばれた米軍の砲弾で一木一草も残らない地に変わりはて、死体《したい》が散乱《さんらん》する惨状《さんじょう》だったそうです。現在《げんざい》の名護市《なごし》の嘉陽《かよう》に避難《ひなん》したそうですが、食糧《しょくりょう》の備蓄《びちく》はなく飢《う》えをしのぐために、近くに生えていた草まで食べたということです。当時、避難先《ひなんさき》などでは栄養失調《えいようしっちょう》で亡《な》くなった方も大勢《おおぜい》いて、母も栄養失調でお腹《なか》がふくらんで餓死《がし》するところだったと後に祖父《そふ》がよく語っていたようです。

奇跡的《きせきてき》に生《い》き残《のこ》った沖縄県民《おきなわけんみん》は、敗戦直後《はいせんちょくご》は収容所《しゅうようじょ》に入れられました。そこで、米軍のパラシュートと空《あ》き缶《かん》でカンカラ三線《さんしん》を作り、生きる力を取り戻そうとしたそうです。中でも金武町屋嘉にあった収容所《しゅうようじょ》で生まれた曲、「屋嘉節《やかぶし》」は、戦争の悲惨さを率直に歌いあげ、多くの方が涙し、今も歌《うた》い継《つ》がれています。

父も戦後《せんご》は、焦土《しょうど》と化《か》した中南部《ちゅうなんぶ》の復興《ふっこう》のため、比地の奥山から木材《もくざい》を運搬《うんぱん》し懸命《けんめい》に働《はたら》きました。それから那覇《なは》に出て仕事をしながら、アメリカ兵による犯罪《はんざい》が多発《たはつ》するアメリカ世《ゆ》となった時代《じだい》に、故郷《ふるさと》の景色《けしき》を思いながらウヤファーフジヌナガリ（先祖《せんぞ》からの流《なが》れ）の三線を弾《ひ》き続《つづ》けたということです。その琉球からの祈りのような音色《ねいろ》は、戦争《せんそう》で家族《かぞく》を失《うしな》った人々、戦争孤児《せんそうこじ》となった人々の心を慰《なぐ》さめたといいます。

戦後七十年の節目《ふしめ》を迎《むか》えた沖縄。この歳月《さいげつ》には、あまりにも大きな代償《だいしょう》を受けた沖縄戦《おきなわせん》を生《い》き残《のこ》った人々の悲《かな》しみと血《ち》の滲《にじ》む思《おも》いがありました。不屈《ふくつ》の精神《せいしん》で発展《はってん》をとげた沖縄では、命《ヌチ》どぅ宝《タカラ》という黄金言葉《クガニクトゥバ》があります。命《いのち》こそ宝《たから》、命があってこそやりとげられる、そしてこの言葉には、未来《みらい》を守《まも》るという意味《いみ》も含《ふく》まれています。

私たちが沖縄の未来を守るために、命どぅ宝でつながれた命を、平和《へいわ》のこころで世界とつながることを切《せつ》に願《ねが》っています。

参考文献

一、沖縄の自然、歴史、文化

池原貞雄他編著『ニライ・カナイの島じま』築地書館
沖縄地学会編著『沖縄の島々をめぐって』築地書館
木崎甲子郎編著『琉球の自然史』築地書館
伊良部町編『いらぶの自然・動物編』伊良部町刊
比嘉康文著『鳥たちが村を救った』同時代社
編集運営委員会『けーし風　64号』新沖縄フォーラム刊行会議
『ジュゴンが危ない、米軍基地建設と沖縄の自然』新日本出版社
ジュゴン保護基金『ジュゴンの海は渡さない』ふきのとう書房
樋口広芳編『日本のたか学』東京大学出版会
伊波普猷著『古琉球』岩波文庫
河村只雄著『南方文化の探求』講談社学術文庫
谷川健一著『沖縄』講談社学術文庫
沖縄歴史研究会『沖縄県の歴史散歩』山川出版社
比嘉春潮他編訳　東洋文庫41『沖縄の犯科帳』（一九六五）平凡社
柳田國男著『海上の道』筑摩叢書
福島駿介著『琉球の住まい』丸善
上里隆史著『琉球古道』河出書房新社
『日本の旅路ふるさとの物語14　南九州・沖縄』千趣会
『日本の町並み12　南九州・沖縄編』第一法規
金城正篤他著『沖縄学の父・伊波普猷』清水新書
樋口広芳著『鳥たちの旅』日本放送出版協会
『角川日本地名大辞典　47沖縄県』角川書店
『岩波講座　日本通史第16巻　近代1』岩波書店
新川明著『琉球処分以後上』朝日選書

二、沖縄戦と太平洋戦争

孫子『孫子呉子』明治書院
米国陸軍省編『沖縄』光文社ＮＦ文庫
吉田俊雄編『最後の決戦・沖縄』朝日ソノラマ
稲垣武著『沖縄悲遇の作戦』新潮社
古川茂美著『沖縄の最後』河出書房新社
山梨清二郎著『沖縄戦』光陽出版社
國森康弘著『証言沖縄戦の日本兵』岩波書店
林博史著『沖縄戦が問うもの』大月書店
池宮城秀意著『沖縄の戦禍に生きた人たち』サイマル出版会
宮良ルリ著『私のひめゆり戦記』ニライ社
仲宗根政善著『ひめゆりの塔をめぐる人々の手記』角川ソフィア文庫
行田稔彦編著『生と死・いのちの誕生　沖縄戦』新日本出版社
坪井平次著『戦艦大和の最後』光文社ＮＦ文庫
Ｅ・Ｂ・スレッジ著『ペリリュー・沖縄戦記』講談社

デール・マハリッジ著『日本兵を殺した父』原書房
トーマス・B・ブュエル著『提督・スプルーアンス』読売新聞社
森史朗著『特攻とは何か』文藝春秋
草柳大蔵著『特攻の思想』文藝春秋
近現代史編纂会編『サイパンの戦い』山川出版社
鳥巣建之助著『日本海軍失敗の研究』文春文庫
山本七平著『一下級将校の日本帝国陸軍』文春文庫
千早正隆著『日本海軍の戦略発想』プレジデント社
黒野耐著『日本を滅ぼした国防方針』文春新書
大江志乃夫著『日本の参謀本部』中公新書
纐纈厚著『日本海軍の終戦工作』中公新書
川田穂著『昭和陸軍の軌跡』中公新書
西浦進著『日本終焉の真実』日経ビジネス文庫
土門周平著『参謀の戦争』講談社
井本熊男著『大東亜戦争作戦日誌』芙蓉書房出版
種村佐孝著『大本営機密日誌』ダイヤモンド社
『陸戦史集九巻　沖縄作戦』原書房　陸上自衛隊幹部学校
服部卓四郎著『大東亜戦争全史　沖縄作戦』原書房
『戦史叢書　沖縄方面陸軍作戦』朝雲新聞社
『戦史叢書　沖縄方面海軍作戦』朝雲新聞社
『戦史証書　沖縄、台湾、硫黄島陸軍航空作戦』朝雲新聞社
『戦史叢書　大本営陸軍部』朝雲新聞社
大城将保著『沖縄戦』高文研
若林敬子著『日本のむらむら、昔と今』ハーベスト社
青木泉蔵著『ちぎれ雲』
大田昌秀著『那覇壊滅す』久米書房
大田昌秀編著『写真記録沖縄戦』高文研
『沖縄戦　衝撃の記録写真集』月刊沖縄社
丸山真男著『現代政治の思想と行動』未来社
丸山真男著『日本の思想』岩波新書
藤田省之著『天皇制国家の支配原理』未来社
升味準之輔著『日本の政治史3　政党の凋落　総力戦体制』東京大学出版会
TBSテレビ局報道放送局「生きろ」取材班『10万人を超す命を救った沖縄県知事　島田叡』ポプラ新書

三、現代沖縄

宮本憲一他編『沖縄論』岩波書店
松島泰勝著『琉球の「自治」』藤原書店
大田昌秀著『沖縄、基地なき島への道標』集英社新書
平良好利著『戦後沖縄と米軍基地』法政大学出版局
鳥山淳著『沖縄・基地社会の起源と相克』勁草書房
安仁屋政昭他著『沖縄はなぜ基地を拒否するのか』新日本出版社
『沖縄は基地を拒絶する』高文研
柳澤協二他著『虚像の抑止力』旬執社
クラウゼヴィッツ『戦争論』岩波文庫
吉村健蔵著『権力政治と世界平和』前野書店
大畠英樹著『国際政治経済辞典』東京書籍
入野正明『核抑止の研究』早稲田大学大学院

沖縄地上作戦経過概見図

注　太線は米軍の進出線を示し、その前方に存在する日本軍は省略した。

米軍兵力投入状況（師団のみ）		
7D	16,143人	4. 1　本島上陸（南部戦線）
27D	21,926人	4.18　南部戦線加入
77D	20,981人	3月末、ケラマ作戦、4.16　伊江島作戦
96D	22,330人	4. 1　本島上陸（南部戦線）
1MarD	26,274人	4. 1　本島上陸、4.30より西部戦線
6MarD	24,556人	4.　　本島上陸、北部作戦 5. 8 より南部戦線
2MarD	22,195人	4. 1～2　本島南部陽動 6月中旬、一部島尻の戦闘参加

『沖縄方面海軍作戦』
出典：防衛省防衛研修所戦史室

経　過　概　要

3. 23　米機動部隊沖縄本島地区に対し空襲開始
3. 24　米艦隊沖縄本島地区に対し艦砲射撃開始
3. 26　米軍（77D）慶良間諸島の座間味島、阿嘉島、慶良間島に上陸
3. 27　〃　渡嘉敷島に上陸
3. 1　米軍（150K２コ大隊）神山島（那覇西方約10km）に上陸
4. 1　米軍嘉手納上陸
24軍団（7D、96D）、第３海兵軍団（1D、6D）、賀谷支隊（12 *i* Bns）及び青柳特編聯隊と交戦
4. 4　南部主陣地（62D）に対し米軍攻撃開始
北部國頭地区に米海兵隊進撃開始
4. 6　わが航空部隊第一次総攻撃（6～7日）（菊水一号）
海軍水上特攻隊徳山出港（大和以下10隻）
（7日昼大和等撃沈せられ特攻中止）
4. 7　米軍北飛行場の使用を開始
4. 8　神山島に挺身斬込を実施（船舶工兵第二十六聯隊の西岡小隊）
4. 9　米軍中飛行場の使用を開始
4. 10　米軍（6MarD）北部國頭支隊陣地に対し攻撃開始（4.18頃終了）
米軍（3Bn/105 *i* /27D　津堅島に上陸（12日撤退）
4. 12　第三十二軍一部をもって陣前出撃を実施（成果大ならず）
わが航空部隊第二次総攻撃（12～15日）（菊水二号）
4. 15　航空部隊第三次総攻隊（15～16日）（菊水三号）
4. 15　米軍（77D）伊江島に上陸（水納島には15日上陸）
4. 18　米軍の一部（27D）牧港南部に侵入、米軍ナパーム弾を初めて使用
4. 19　米軍総攻撃を開始、わが奮闘により大部を撃退
4. 22　わが航空部隊の第四次総攻撃
4. 24　第三十二軍前田～仲間～幸地の線に第一線陣地を撤退
4. 25　わが航空部隊第五次の攻撃（25～29日）（菊水四号）
5. 3　わが航空部隊第六次の攻撃（3～4日）（菊水五号）
5. 4　第三十二軍主力を挙げて攻勢作戦を実施
５日朝伊東大隊棚原高地を占領したが７日撤退戦力半減する
5. 11　わが航空攻撃（10～11日）（菊水第六号）
5. 21　（22？）第三十二軍主脳者会議（島尻撤退を討議、命令24日）
22日逐次後退
5. 24　義烈空挺隊沖縄北・中飛行場に強行着陸
わが航空攻撃（23～25日）（菊水七号）
5. 26　第六航空軍（陸軍）を聯合艦隊司令長官の指揮から除く
5. 27　わが航空攻撃（27～28日）（菊水八号）
5. 31　米軍首里地区に侵入
6. 3　わが航空攻撃（3～7日）（菊水九号）
6. 4　頃第三十二軍島尻地区の陣地占領概成
6. 9　米軍島尻地区のわが陣地に対し攻撃開始
6. 13　海軍部隊主力豊見城地区において玉砕
6. 21　わが航空攻撃（21～22日）（菊水十号）
6. 23　未明、軍司令官、軍参謀長自決。組織的戦闘終了

おわりに

この本をまとめる過程で、二つの気になる記事に出会いました。一片は沖縄戦が始まると同時に学徒動員となり、南風原病院に配属された元ひめゆり部隊の一員であった宮良ルリさんの「私のひめゆり戦記」の一節です。その中には、兵隊は「天皇陛下万歳」といって死ぬと教育されてきましたが、そう叫んで戦死した兵隊は一人もいなかったということ、ところが沖縄出身の十七、八歳の女学生で構成されたひめゆり部隊の一員であった嵩原ヨシさんは「天皇陛下万歳」と言って亡くなったということが書かれていました。

もう一片は、海兵隊第一師団第五海兵隊中隊第三大隊K中隊に従軍した、ユージン・B・スレッジが著した『ペリリュー・沖縄戦記』の一節です。この本は、彼が戦場で離さなかった新約聖書にメモしたものをまとめた本ですが、沖縄本島南部の掃討作戦に参加中に、廃屋を捜索している時に出会った老婆の話を書いています。この老婆はすでに戦闘で腹部に銃撃を受けていましたが、外に出るように促したところ、手の甲に刻んだ入れ墨（ハジチ）を見せて「ノー、ニッポン」とゆっくりと告げ、首を横に振ったということです。沖縄県在住の義父に尋ねたところ、一世代前くらいまでは、既婚の女性は手の甲に入れ墨をしたということが分かりました。この老婆は恐らく、江戸末期か明治初期生まれだと思いますが、ペリーの子孫のアメリカ軍の兵士に対し、自分は「琉球民（リュウキュウン・チュだ）日本人（ヤマト）ではないことを意思表示したのだと思います。

これらの記事の発見は、私に大きな衝撃を与えました。一つは、教育の効果であり、特に中国と日本の間で帰属があいまいになっていた琉球王国に対し、一八七九（明治十二）年三月二十七日に日本政府によって断行された琉球処分以降の沖縄県民に対する皇民化教育の成果であり、二つ目は、これと関連しますが、琉球王国民の末裔として持ち続けた異民族観と深層心理の中に浮沈する誇りの確認です。

大学生の時に、政治学の内田満先生が「アメリカ鬼畜、天皇陛下万歳を教えられていたが、終戦の翌日には、同じ先生からアメリカは民主主義の国と教えられた。小・中学校の先生ってあんなにころっと変われるものかと、子どもながらに驚いたね」と語ったのが今さらのように思い出されます。社会の底辺において、太平洋戦争後半、軍事力で圧倒的に優位に立っていたアメリカに連戦連敗する中で、社会の底辺において教育と世論操作によって子どもたちをはじめ国民を戦争に動員していった教員や、戦争犯罪の訴追を免れたメディアの責任は大きいと思います。とりわけ「処分」を受けた沖縄県民の間には「皇民」自覚において「本土」の国民に遅れをとってはならないという焦りがあり、このことが悲劇の度合いを一層強くしたのではないかと考えます。

私の二つ目の発見は、沖縄県民の希望につながるものです。スレッジが戦場で遭遇した入れ墨の沖縄住民の老婆のことばとしぐさです。

私はつい最近まで沖縄県には行く機会がございませんでした。妻に連れられて沖縄の島々を巡りながら沖縄戦の悲惨さを教えられましたが、正直私には余り関心がありませんでした。ところが、私の先輩がこのたび元沖縄県警察部長であった荒井退蔵の記念誌をまとめることになったことから、私が早稲田大学の先輩であった大田昌秀元知事に巻頭言をお願いする大役を引き受けることになりました。沖縄出身の妻が、一族に戦死者がいるということで慰霊の日に参列するため帰省するのに合わせて、妻を表敬訪問させたところ、代わりに大田昌秀元知事から私に読むようにと貴重な資料を預かってきたのです。大学院で専攻した国際政治学の指導教授は、元陸軍の和歌山連隊旗手の吉村健蔵先生でしたので、大東亜戦のことは寝言のように耳に染み込んでいましたが、預かった資料には沖縄戦の写真集もあり、地獄絵の凄惨《せいさん》な戦場の写真がとじられていました。すぐに自分の考えをまとめることを決心し、公務に支障のないよう毎朝午前三時ごろから起床し琉球弧の過去と現在に関する本を読み込み、三カ月ほどで書き上げることができました。

私は沖縄県の知識は皆無でしたが、沖縄の人々の過去の辛苦と現在の苦悩がすこしずつ我が身のことのように理解できるようになるにつれて心の中に降りて来たのは「汝の立つ所を深く掘れ、さすれば其の処に泉あり」ということばです。自分の島の成り立ちについて地理的に歴史的・文化的に想いを巡らしていると、いつしか誇りが湧いてくるのだと思います。その誇りと自信に依って未来を見つめるとき、単なる郷愁ではなく確固とした方向性も見えてくるのだと思います。

エメラルドグリーンとサンゴに色どられた琉球弧が、陽気で忍耐強いウチナーンチュを乗せて、永遠に平和で美しく輝き続ける島々であってほしいと願って止みません。

未完

平成二十七年十月　サシバが琉球弧に渡るころ

入野　正明

著者略歴

1960年、栃木県市貝町に生まれる。小中学校では児童会長、生徒会長を務め、早稲田大学では政治家になる志を固め、農業を基幹産業とする郷土を興そうと農政を勉強するために全国農業会議所の職員となり、企画農政部に配属される。29歳で市貝町議会議員となり政治家としての一歩を踏み出す。現在、市貝町長の職を預り、町民の福祉の向上のために身を削って働いている。

大学では、社会科学部において、経済・法律・政治等社会科学の学問の総合化を試み、創立者である大隈重信記念奨学生となる。政治経済学部では、政治理論、特に正義論について学び、さらに、大学院に進み、元帝国軍人であった吉村健蔵先生の下で「抑止と均衡《きんこう》」について研究する。学士論文は「日本の国際連合加盟過程の研究」、修士論文は「核抑止の研究」。

趣味はサシバの観察と日本刀の鑑賞。著者に『瑠璃色の絆』、そして『サシバのさっちゃん親子の琉球ワタイ旅』があり、現在三作目として近代日本の黎《れい》明に焦点をあてた小説を書くために資料を集めている。

ライフワークは、日本の過去を省み、地球の将来を想うこと。祖父の武は、大東亜戦争においてマーシャル諸島クエゼリン島に軍属として出征し、昭和19年1月30日以降上陸したアメリカ軍部隊と交戦となり、2月6日に37歳で玉砕している。

論文

『H・Aキッシンジャー外交理論—その理論的基礎及び有効性と限界について』(早稲田大学大学院政治学研究科・未発表)

『S・ホフマンの「キッシンジャー論」について』(同上)

『非同盟運動の役割について』(同上)

『日清戦争及び日露戦争の世界史的意義』(同上)

『国際組織論考—国際平和機構の理論と実際—』(同上)

『農地等に係る贈与税・相続税の特例制度、その経緯と今日的意義』「都市と農村をむすぶ」1988.№450.12月号所収

『ABM(弾道弾迎撃ミサイル)制限条約の成立までとその後』(同上)

サシバのさっちゃん親子の琉球ワタイ旅

二〇一五年十二月二十一日　初版第一刷発行

著　者　入野正明
発行所　新星出版株式会社
〒九〇〇-〇〇〇一
沖縄県那覇市港町二-十六-一
電話（〇九八）八六六-〇七四一

ISBN978-4-905192-72-5　C0095
定価はカバーに表示してあります。
万一、落丁・乱丁の場合はお取り替えいたします。

表紙イラスト・入野めぐみ
写真提供・江川靖、村山望